RELOAD
리로드

리로드 3

초판 1쇄 찍은 날 2010년 11월 19일
초판 1쇄 펴낸 날 2010년 11월 30일

지은이 | 이수영
펴낸이 | 서경석

책임편집 | 유경화
편집 | 이수민

펴낸곳 | 도서출판 청어람
등록번호 | 제1081-1-89호
등록일자 | 1999. 5. 31
어람번호 | 제8-0023호

주소 | 경기도 부천시 원미구 심곡2동 163-2 서경B/D 3F (우) 420-822
전화 | 032-656-4452 팩스 | 032-656-4453
http://www.chungeoram.com
E-mail | chungeoram@chungeoram.com

ⓒ 이수영, 2010

ISBN 978-89-251-2364-6 04810
ISBN 978-89-251-2361-5 (SET)

- 파본은 구입하신 서점에서 교환하여 드립니다.
- 저자와 협의하여 인지를 붙이지 않습니다.
- 이 책은 도서출판 청어람과 저작자의 계약에 의해 출판된 것이므로,
  무단 전재 및 유포·공유를 금합니다.

CONTENTS

제15장 | 7

제16장 | 65

제17장 | 135

제18장 | 195

제19장 終焉 | 237

EP. 종장(終章)을 위한 일언(一言) | 295

부록 | 312

Reload Episode | 325

후기 | 343

　가늘게 울리는 애절한 선율. 요란한 웃음소리
　오늘 밤에도 하얀 얼굴의 음유시인이 노래를 부르네
　얼굴만 훔쳐보지 말고 저 시인에게 술 한잔 가져다주게나, 아름다운 처녀여
　검은 까마귀 썩은 고기 위로 날아가고
　여물통 넘보는 돼지의 발걸음도 분주하네
　보시게, 오늘 같은 밤에는 뽀얀 여인네의 속살보단 시원한 맥주 한잔이 그리운 것을

　　　　　　　　　　　　　　　　―〈달밤〉中에서
　　　　　　　　　　　　　　　　　　(작가 미상)

Reload

…싫다. 내가 왜 네 질문에 답해야 하지? 꺼져!

✤

 절벽 아래에서는 호르데마누와 베이딘 전사들의 피 튀기는 전투가 벌어지고 있었지만 절벽에 매달린 이들도 심각했다.
 절벽 아래에서 대기하고 있는 베이딘족 전사들이 말릴 사이도 없이 암벽등반을 개시한 황제의 속도는 엄청났다. 혈혈단신 아주 홀가분한 몸으로 절벽을 오르기 시작한 황제는 평지를 걷는 것과 비슷한 속도를 유지하고 있었다. 한 번 경

힘도 있겠다, 짐 덩이도 없겠다, 그를 막을 것은 중력 이외엔 아무것도 없었다. 아예 맨손으로 얼어붙은 바위벽을 콱콱 찍으며 올라가는 그 무시무시한 속도는 앞서 가던 북베이딘 전사들을 추월하고도 모자라 리카르를 보조하며 따라가던 테치아룬을 잡았다.

"헉! 넌 누구냐?"

바로 옆에 나타난 낯선 얼굴에 놀란 테치아룬이 외치는 순간, 황제는 주저하지 않고 그의 뒤통수를 잡아 내던졌다.

"끄, 끄아아!"

보통이라면 그냥 떨어졌겠지만 그는 다행히도 다른 전사들과 밧줄로 연결된 상태였다. 그대로 추락하는 그의 몸을 잡아챈 북베이딘족의 전사들은 간신히 그의 안전을 확보했다.

"크허억!"

절벽에 대롱대롱 매달린 테치아룬이 숨 돌리는 동안 그들은 리카르의 뒤를 따라잡는 황제의 모습을 확인하고는 경악했다.

"저, 적이다!"

"쏴! 누군지는 모르지만 죽여!"

밧줄로 몸을 지탱한 채 전사 두 명이 활을 빼 들었다. 작은 단궁을 집어 든 전사들은 재빨리 황제를 향해 화살을 쏘기 시작했다. 날카로운 소리와 함께 황제의 옆으로 화살이 날아와 박혔다. 심지어 그의 등에도 두 발의 화살이 그대로

꽂혔지만 황제는 끄떡도 하지 않았다. 그는 바로 앞에서 벽을 오르고 있는 리카르를 따라잡는 데 열중했다. 그의 짐승 같은 본능은 베이딘족인 주제에 금발인 저놈이 태양신과 관계된 녀석이라 외치고 있었다. 다시 말해 다른 놈은 몰라도 저놈만은 죽여야 한다는 의미다.

"저, 저놈은 악마인가!"

"잡아! 저것이 바로 무녀가 말한 강철의 이빨을 가진 짐승이다!"

"그래! 저것이 바로 그 괴물이야!"

흥분한 전사들 중 테치아룬과 전사 두 명은 속도를 높여 맹렬하게 황제의 뒤를 쫓고 나머지 두 명은 절벽에 몸을 고정한 채 화살을 날렸다. 어떻게 해서든 리카르를 노리는 정체불명의 괴물을 죽여 없애야 한다는 직감이 들었던 것이다.

북베이딘족의 활은 매섭기로 소문이 나 있다. 단궁과 장궁 둘 다 사용하는 북베이딘족은 무기에 조예가 깊었다. 그들의 단궁은 단거리에서 무시무시한 위력을 자랑했다. 가죽으로 만든 방패 따위는 단번에 뚫을 위력이다.

그런데 등에 화살이 네 대는 족히 박힌 황제는 태연하게 움직이고 있었다. 언뜻 보아도 피 한 방울 흐르지 않고 있었다.

"저건 말도 안 돼!"

"분명히 명중했어!"

바로 앞에서 벌어지는 기괴한 현상에 그들이 비명을 지르는 순간, 그들의 발치에서 올라온 칼날이 빛을 뿌렸다. 시퍼런 칼날이 두 전사의 척추를 동시에 뚫고 인정사정없이 옆구리로 빠져나갔다.

헉 소리도 내지 못한 채 두 명의 전사가 숨이 끊어졌다. 허리가 끊어지며 토막난 내장과 선혈이 분수처럼 터져 나갔다. 그리고 그들과 연결되어 있는 세 명의 전사는 갑작스런 무게 변화에 휘청거렸다.

"크억!"

한 명의 전사는 그대로 시체가 된 동료 두 명의 무게를 이기지 못하고 추락했다. 게다가 불행히도 추락하다가 머리를 벽에 부딪쳐 그대로 혼절했다. 가장 힘이 강한 테치아룬과 남은 전사 하나만이 간신히 벽에 매달린 채 헐떡였다. 아무리 뭐라 해도 두 명에서 세 명을, 그것도 완전히 의식을 잃어버린 장정 셋을 지탱하는 것은 쉬운 일이 아니었다.

"버텨라!"

"허억! 대전사… 또 적이!"

이를 악문 채 매달려 있던 테치아룬은 손끝에 힘을 주며 아래를 내려다보았다.

무표정한 얼굴을 한 두 명의 사내가 단검을 입에 물고 올라오고 있었다. 한 명은 갑옷까지 입은 것이 아무리 보아도 제국의 기사였고, 한 명은 달라붙은 검은 옷을 입은 정체불명의 사내였다. 그들 사이로 밧줄에 매달린 전사들의 시체가 축 늘어진 채로 빙글빙글 돌고 있었다.

"제, 제국인?"

테치아룬의 얼굴이 일그러졌다.

"리카르! 리카르! 적이오! 적이오!"

그가 악을 지르며 앞서 가고 있는 베이딘의 희망에게 외쳤지만 그 목소리는 윙윙대는 사나운 바람에 금세 묻혀 버렸다.

북요르문 산의 바람은 차갑고 냉혹했다. 휘파람을 연상케 하는 바람 소리는 잔뜩 구부러진 계곡을 타고 올라와 대지의 여신이 만들어낸 도끼날을 휘감고 있었다. 이미 한참이나 벌어진 거리 탓인지 리카르나 그를 추월한 정체불명의 짐승은 아무것도 듣지 못한 듯 돌아보는 일 없이 오르기만 하고 있었다. 초조해진 테치아룬은 고래고래 고함을 지르다 결국 아래를 다시 내려다보았다. 무표정한 얼굴로 올라오는 두 사내를 막기 위해선 방법이 없다. 세 명의 시체를 매달고서는 살아남을 가망성도 없다.

"밧줄을 끊어!"

"아지아가 살아 있을지도 몰라요!"

핏발 선 눈으로 이를 악문 쿠샤가 외쳤다. 그의 사지가 부들부들 떨리고 있는 게 선명하게 보였다. 아지아는 쿠샤의 동생이고 쿠샤는 테치아룬의 조카였다.

"나약한 소리 말고 어서 끊어라!"

테치아룬이 다시 명령하는 순간, 쿠샤는 이를 악물고 단검을 들어 밧줄을 끊었다. 탓 하는 소리와 함께 무시무시한 속도로 밧줄에 매달려 있던 세 명의 전사가 그대로 떨어져 내려갔다. 이미 시체일 거라 생각하면서도 혹시나 하는 기대로 가슴이 찢어질 듯 비통했다.

"하아! 하아!"

피범벅이 된 손으로 쿠샤는 단검을 고쳐 잡았다. 밧줄에 파인 손바닥과 허리춤에서 피가 흘러내렸다. 매달려 있는 것만으로도 끔찍할 만큼 고통스러웠지만 바로 아래서 올라오고 있는 동생의 원수를 놔둘 수가 없었다.

"죽어!"

발끝을 고정한 채로 그는 이를 갈며 단궁에 화살을 먹였다. 하지만 장소 탓인지 화살은 그들을 맞추지 못했다. 그래서 쿠샤는 발을 굴렀다. 아래에서 올라오는 이들에게는 위에서 떨어지는 돌멩이 하나도 위험한 법. 그는 거칠게 몸을 움직여 아래에서 올라오고 있는 그들의 머리 위로 돌멩이를 떨어뜨렸다. 갑자기 쏟아지는 돌멩이에 손등과 머리를 얻어맞은 메리테인이 움직임을 멈추는 순간, 쿠샤는 이를 악문 채 테치아룬과 연결되어 있는 밧줄을 끊었다.

"대전사! 안녕히!"

그는 악을 지르며 위에 매달려 있는 테치아룬을 향해 외쳤다.

"쿠샤! 뭐하는 거냐!"

놀란 테치아룬이 입을 벌렸다. 그 순간, 쿠샤는 악을 지르며 아래에 있는 적을 향해 몸을 던졌다.

"으아아아!"

갈고리 같은 쿠샤의 손이 추락하는 무게를 고스란히 담아 메리테인의 등을 직격했다. 가디언 수장의 몸은 격한 충격으로 당장이라도 떨어질 듯 휘청거렸다. 목숨을 도외시한 무지막지한 공격에 체중을 지탱하던 왼손 손가락 두 개가 부러졌지만 그는 신음도 흘리지 않았다. 쿠샤는 악착같이 메리테인에게 달라붙어 단검을 치켜들었다. 피를 머금은 단검이 그대로 메리테인의 목덜미를 찔렀다.

"죽어라!"

"메리테인 경!"

뒤에서 루네릭이 외치는 순간 뜻밖의 일이 벌어졌다.

터엉 하는 금속성과 함께 단검이 메리테인의 살을 찌르지 못하고 튕겨 나간 것이다. 피에 젖은 단검을 쥐고 있던 쿠샤의 얼굴이 아연해졌다.

"큭."

무표정하던 메리테인의 입가가 비틀어졌다. 웃음 아닌 웃음.

그는 한 손, 한 발로 몸을 지탱한 채 뒤로 상체를 비틀었다. 갑작스런 방향 전환에 매달린 쿠샤가 버둥거리는 순간, 기회를 노리던 루네릭의 손이 움직였다.

"컥!"

시퍼런 검기가 북베이딘 전사의 몸을 반으로 쪼개며 허공을 붉게 물들였다. 반으로 토막난 전사의 시체가 까마득한 지상을 향해 추락했다. 전신에 피를 뒤집어썼지만 메리테인의 얼굴은 여전히 무표정했다. 그는 자신의 옆에서 괜찮느냐고 묻는 루네릭의 질문에 고개만 끄덕이며 다시 오르기 시작했다. 그의 등에는 반 토막 난 쿠샤의 상반신이 여전히 매달려 있었다. 전사의 집념인지 죽어서도 쿠샤의 손가락은 메리테인을 놓지 않고 있었다.

반 토막이 난 시체라도 무게는 무게다. 루네릭은 동요없이 움직이는 가디언 수장의 어깨에 매달려 있는 베이딘 전사의 시체를 떼어냈다. 풀리지 않는 손가락 탓에 겉옷이 길게 찢어졌다. 그러자 안에 반들거리는 갈색 방어구가 드러났다.

"경이로운 페자페지 방어구로군. 폐하의 은총일세."

안도의 한숨을 삼키며 루네릭이 말하자, 무표정하기만 하던 메리테인의 얼굴에 미소가 떠올랐다.

"제일 좋은 걸 생일선물로 주셨습니다."

"과연. 생채기 하나 안 났어. 훌륭한 방어구일세."

"비싼 게 흠입니다."

천연덕스럽게 대꾸한 메리테인의 얼굴은 다시 무표정해졌다. 이미 그 비인간적인 표정에 익숙한 루네릭은 발끝에 힘을 주었다. 사실 그들이 이렇게 쉽게 오를 수 있는 이유는 황제가 구멍을 뻥뻥 뚫고 올라간 덕분이었다. 한 번 등반 경험이 있어서 그런지 메리테인은 황제가 낸 자국을 고스란히 밟아 올라가고 있는 중이었다. 그리고 루네릭은 그런 그의 뒤를 따르고 있었다. 손발이 다 큰 황제가 만들어놓은 발판은 일부러 단검으로 찍거나 틈새를 찾아 헤매지 않아도 될 정도로 넉넉했다.

"빌어먹을."

보고 있던 테치아룬은 욕설을 퍼부었다.

그는 바보가 아니었다. 여기서 쿠샤와 똑같은 짓을 할 수는 없다. 그는 반 토막이 난 채 죽어버린 조카의 모습을 눈에 새기며 올라가는 속도를 높였다. 뒤에서 쫓아오는 자들 중에 갑주를 입은 기사가 방금 뿜어낸 것은 검기였다. 그건 즉 그가 쉽게 상대해 낼 수 있는 자가 아니란 뜻이다.

어떻게 해서든 정상까지 올라가 리카르의 도움이 되어야 했다. 리카르가 성공하면 모든 것이 다 잘될 것이다. 그는 불길한 점괘, 강철의 이빨을 가진 짐승에 대한 이야기를 잊기 위해 애쓰며 아래를 다시 내려다보았다. 그리고 절망했다.

위에서 참혹한 살인이 벌어지는 것과 마찬가지로 지상에서도 전투가 벌어지고 있었다.

대체 어디에서 나타난 것일까. 절벽 위에서 내려다보니 무시무시한 속도로 일단의 기사들이 달려들어 와 전사들을 공격하고 있었다. 이백여 명 되는 전사 중 이미 오십여 명이 추락으로 부상을 입은 상태였고, 난데없는 공격에 얼어붙어 있었다. 번뜩이는 갑주를 입은 기사들은 말과 함께 전사들을 짓밟았다. 몸을 돌리기 어려운 좁은 산길에서는 수가 많은 것은 도움이 되지 않았다. 정신을 차린 전사들이 화살을 쏘아댔지만 놀랍게도 화살은 고스란히 튕겨 나갔다. 어지간한 갑옷을 꿰뚫는 화살을 튕겨 버리는 무지막지한 방어력에 전사들은 망연자실했다.

"버텨!"

"죽어라!"

고함과 살기가 충천했다. 베이딘의 전사들은 악착같이 싸우고 버텼지만 호르데마누의 학살자들에게는 길게 버티지 못했다. 약 오십여 명의 기사들이 이백 가까운 전사들을 몰살시키는 데는 그다지 오랜 시간이 걸리지 않았다.

"무녀님을 지켜!"

"이쪽으로!"

시퍼렇게 질린 얼굴을 한 시니렌은 전사 열 명의 손에 이끌려 바위 틈새로 달아났다. 그 뒤를 무지막지하게 쫓아오는 기사들을 보고 그녀는 공포에 질렸다. 무거운 갑옷을 입은 기사들이 어떻게 이렇게나 날렵할 수 있을까.

"이거, 후작께 감사의 편지라도 써야겠구먼."

흐릿한 존재감의 부단장 레비스가 이단 프레일을 휘두르며 중얼거렸다. 길쭉하고도 사나운 막대기가 세 명의 전사들 머리통을 깨부수며 허공에 반원을 그렸다.

"그러게 말입니다."

기사들이 동의했다.

그들이 떠나오기 직전 황후의 사랑스런 돼지 후작은 자신의 기사단이 입은 페자페지 방어구를 몽땅 다 털어 근위기사들에게 건네주었다. 자신은 뒤따라가지 못하니 황제를 대신 지켜달라는 의미에서였다.

피에 굶주리고 멀미에 시달렸던 호르데마누의 전마들은 흐르는 피에 광분했다. 얼마나 광분했는지 날카로운 가시덤불이나 칼날 같은 바위틈을 전혀 두려워하지 않을 정도로 광분하고 있었다. 피에 젖은 이를 드러낸 전마들은 주인 못지않게 평원의 말들을 학살하는 데 한몫했다.

반니레다는 보고 있었다.

그녀의 가족들을 무력하게 학살했던 전사들이 근위기사들에 의해 학살당하는 광경을. 태양신의 무녀로 보이는 여인이 이리저리 쫓기고 쫓기다가 마침내 사로잡히는 광경을.

황제의 등에서 내려오자마자 그녀는 잠에서 깨어났다.

눈을 뜨자 보인 건 황제가 아니라 낯선 갑옷을 입은 남자들이라 당황했다. 전사로 보이는 남자들은 정중하게 그녀를 향해 목례하며 뭐라 설명했지만 그녀는 알아듣지 못했다. 대신 바인데가 그들이 황제의 직속 근위대들이고 황제는 황금 새를 잡으러 떠났다고 설명해 주었다. 또한 그녀의 복수를 위해 황제의 부하들이 베이딘족의 전사들과 싸우고 있다 설명해 주었다.

복수.

반니레다는 무의식중에 배를 어루만졌다.

그녀는 지금 죽어가고 있는 자들이 자신의 가족을 죽인 자들이 아니라는 것을 알고 있었다. 하지만 그들은 전사였다. 전사를 죽이는 것과 무력한 약자들을 죽이는 것은 다른 이야기다. 그녀는 초원에서 살아왔고 강한 자를 숭배하는 홀리족의 여인이었다. 이제 무녀는 아니라 할지라도. 이유 없이 눈물이 흘러내렸다. 복수가 이루어져도 그녀의 가족들은 돌아오지 않는다. 그녀는 말과 노래를 잃었다.

따스한 손이 떨리는 그녀의 손을 잡아주었다.

그녀는 옆을 돌아보았다. 어느새 바인데가 반니레다의 손을 잡아주고 있었다. 만약 황궁이었다면 경을 칠 일이었지만 이곳은 황궁이 아니었고, 바인데는 보통 남자가 아니라 신관이었다.

"이제 몸을 펴고 앞을 보시게나. 이들은 그대를 달맞이꽃 마마라 부르고 2궁비 마마라 부르고 있소. 그대는 이제 홀리의 반니레다가 아니고 제국의 2궁비 달맞이꽃이자 신혈의 황자를 낳을 이가 된 것이니."

바인데의 말을 들으며 반니레다는 눈물을 닦아냈다.

태양신은 그녀를 버렸고 그녀도 태양신을 버렸다. 하지만 그녀에겐 새로운 신이 손을 잡아주었다.

뜨겁다.

태양신의 계시를 받은 베이딘족의 왕 리카르는 온몸이 산 채로 타오를 것 같은 고통을 맛보고 있었다. 정상은 얼마 남지 않았다. 절벽을 타고 오르는 동안 열기는 점점 더 심해지고 있었다. 눈을 뜨고 숨을 쉬는 것조차 힘겹다. 온몸은 땀에 젖어 축축 늘어졌다. 그럼에도 불구하고 그가 매달려 있는 절벽은 여전히 얼음에 휘감긴 빙벽이었다. 하지만 그는 그것도 몰랐다. 그의 눈에는 아무것도 들어오지 않았다. 얼마 전부터 그는 아무것도 들리지도 보이지도 않는 상태가 되었던 것이다.

그저 절벽에 매달리는 것 이외엔 아무것도 할 수 없었다. 아래에서 그의 부하들이 죽어가고 테치아룬이 고함을 지르며 경고하고 있었지만 그에겐 아무것도 들리지 않았다. 윙윙대는 이명과 머리칼이 타는 냄새가 났다. 하지만 그것도 잠시, 숨이 턱턱 막히는 열기에 의식은 점점 멀어져 간다. 그저 의지 하나만으로 버티고 있다.

그에게 부족을 위해 살겠다는 의미가 없었다면 버틸 수 없었을 것이다. 아무것도 보이지도 들리지도 않는 상태로도 그는 움직이고 있었다. 천천히, 아주 느릿하게.

'태양신이여, 도와주소서. 나에게 황금 새를 허락해 우리 부족의 번영을 이루도록 도와주소서.'

메마른 눈알에서는 눈물조차 흐르지 않는다. 뜨거운 열기에 속눈썹까지 타버릴 것만 같았다. 숨이 뜨거워 견딜 수가 없다. 하지만 리카르는 입술을 물어뜯어 스스로의 피로 입 안을 축였다. 조금이나마 물기가 목 안을 적시자 그는 정신을 다시 가다듬었다.

부들부들 떨리는 손가락이 빙벽의 끝을 짚었다. 휘청거리는 다리가 기어코 인간에게 허락된 적 없는 정상을 밟았다. 그럼에도 불구하고 리카르는 정신을 차리지 못했다.

바로 앞에는 제법 넓은 평지가 존재하고 있었다.

전에 황제 일행이 올랐던 봉우리 아닌 절벽과는 달리 이쪽은 그래도 평평한 정상이 존재하고 있었다. 하늘 위에서 보면 길쭉한 막대기가 혼자서 서 있는 것 같은 기이한 형태로, 기암괴석이 늘어져 있는 북요르문 산의 정경이 한눈에 들어오는 고지였지만 리카르는 돌아볼 여유가 전혀 없었다.

그는 엎드린 채 숨을 골랐다. 전신을 태우는 것 같은 열기. 앞도 뒤도 일그러져 보일 정도로 공기가 들끓고 있었다.

'정신을 차려야 해.'

그는 다시 한 번 입술을 물어뜯어 핏물로 잘 보이지도 않는 눈가를 문지르고 코와 입가를 문질렀다.

간신히 고개를 들자, 조금 떨어진 곳에 바구니 모양을 한 바위 하나가 있는 게 눈에 띄었다. 리카르는 눈을 비비면서 그 바위 위에 올라 앉아 있는 눈부신 존재를 바라보았다. 아니, 바라보려 애썼다. 너무 눈이 부셔서 잘 보이지도 않았다. 그는 미친 듯이 머리칼을 늘어뜨려 앞을 가리기 위해 애썼다. 그도 모자라 옷깃을 찢어 얼굴을 가렸다. 눈이 부셔서 아무것도 할 수가 없었던 것이다.

"황금 새여, 도와주시오."

리카르는 무릎을 꿇은 채 애원했다.

황금 새 리르카이야는 황금이 아니라 빛으로 만들어진 존재처럼 보였다. 또 하나의 태양처럼 이글이글 타오르는 열기와 빛. 그 자체로도 태양신의 분신처럼 보였다. 인간이 감히 소유할 수도 없는 존재가 바로 이것이 아닐까.

"우리 일족의 미래를, 우리의 후손에게 번영과 행복을 허락해 주시오."

애끓는 목소리로 그는 외쳤다.

그러자 휘파람 소리와도 같은 울림이 창공으로 울려 퍼졌다. 리카르는 그것이 황금 새의 울음소리라는 것을 깨달았다. 그는 눈물이 치솟는 것을 느꼈다. 수많은 시련과 희생을 겪으면서 그는 겨우 황금 새를 찾았다. 그동안 그가 잃은 친구들과 전사들은 얼마나 많았는가.

그는 무릎걸음으로 기어 황금 새에게 다가갔다. 바위 위에 가만히 앉아 있는 황금 새는 그 형체를 잘 알아볼 수 없을 정도로 눈이 부셨지만, 그래도 그를 공격하거나 달아나려는 것으로 보이지는 않았다. 신조이니 아마 그의 말을 알아들을 거라 생각하면서 리카르는 벅찬 마음으로 손을 뻗었다.

"아악!"

뜨겁다.

그는 손을 움켜쥔 채 뒹굴었다. 오른손이 순식간에 시뻘겋게 부풀어 오르더니 곧장 물집이 툭툭 터졌다. 허옇게 익어버린 손을 붙잡고 그는 고통으로 비명을 질러댔다.

이것은 꿈이 아니었다. 그의 오른손은 손끝에서부터 팔꿈치까지 오그라들 정도로 화상을 입었다. 손바닥만 한 물집이 잡히고 부푼 물집이 터지자, 참혹할 정도로 극심한 상처만이 그 자리에 남았다.

"이, 이럴 수가! 황금 새여! 그대는 나를 인정하지 않는다는 것인가!"

격심한 고통으로 몸을 뒤틀며 리카르는 애원했다. 어째서 태양신의 신조가 자신을 거부하는 것일까. 실망과 분노로 눈앞이 새까매진 그는 벌떡 일어나 황금 새를 향해 돌멩이를 던졌다.

"어째서!"

"어째서!"

비통한 울부짖음을 들으면서 황금 새는 날개를 퍼덕였다. 그때마다 엄청난 열기가 공기 중으로 퍼져 나갔다.

황제가 도착한 것은 그때였다.

그는 쉽게 정상에 올라 엎드린 채 고통스러워하는 리카르와 황금 새를 발견했다.

"뭐야."

황제는 미간을 찌푸렸다. 강철의 안면과 강철의 심장과 강철의 이목구비를 자랑하는 그조차도 그 열기는 끔찍했다. 무엇보다 앞까지 안 보이는 엄청난 광채에 눈알이 아플 지경이었다. 그렇지만 리카르 정도는 아니었다. 무엇보다 그는 비인간적으로 튼튼했으니까.

"저게 황금 새? 황금보다는 불덩이 같은데?"

작은 태양 같은 존재를 보고 그는 성큼성큼 걸었다. 바로 그때 리카르가 고개를 번쩍 들고 황제의 앞을 막아섰다.

"너, 너는 누구냐?"

고통을 참으면서 그가 묻자 황제는 미간을 찌푸렸다. 화상을 입어 얼굴도 시뻘겋고 손도 발도 시뻘건 리카르는 그다지 위협적으로는 보이지 않았다.

"너야말로 누구냐? 아, 네가 그 태양신의 졸개?"

황제가 되묻자, 리카르의 얼굴이 굳었다. 그는 급히 허리에서 검을 뽑아 들었다. 그러나 뽑자마자 다시 비명을 지를 뻔했다. 화상으로 짓무른 손에 닿은 검은 엄청나게 뜨거웠다.

"크윽."

치익 소리와 함께 연기가 났다. 검자루마저 엄청나게 달아올라 있었던 것이다. 그와는 반대로 맨몸인 황제는 아무렇지도 않았다. 원래부터 몸뚱이 하나만 믿고 날뛰는 그는 쇠붙이를 가지고 오지도 않았던 것이다.

비틀거리는 리카르를 무시하고 황제는 성큼 황금 새 앞으로 다가섰다. 그 순간 끔찍한 열기가 살갗을 뒤덮었다. 헉 소리가 날 정도로 뜨거워서 그는 자기도 모르게 뒷걸음질쳤다.

"뭐야, 이거?"

너무 뜨거워 손도 댈 수 없잖아! 뭐 이런 게 다 있어? 이게 진짜 태양신의 신조란 말인가. 아씨, 뜨거워서 별로 갖고 싶지 않은데.

황제는 망설였다. 그렇다. 그는 고귀하신 몸인지라 그다지 고통을 겪어본 적도, 시련을 겪어본 적도 없었다. 신혈을 타고나 지나치게 건강한 몸을 유지해 온 수십 년간 그는 제대로 된 상처도 별로 입어본 적이 없을 지경이다. 그런데 이 뜨거운 괴물 새를 잡아가야 한다니.

"황금 새는 내가 가져가야 한다!"

리카르가 그의 앞을 다시 막아서며 외쳤다. 그 소리에 망설이고 있던 황제는 마음을 바꾸었다. 생각 외로 별로 보물 같지도 않고 예쁜 것 같지도 않아 갖고 싶은 마음이 싹 가셨지만, 그렇다고 남이 가져가게 놔둘 순 없다. 배가 아프니까.

결사적으로 외치는 리카르와 달리 황제는 앞으로 달려나가며 손을 뻗었다. 저 빛 덩이를 잡아 패대기를 치면 죽을 것이 분명했다. 죽으면 좀 덜 뜨거울지도 모른다.

삐이이이익—

그 고약한 마음을 눈치라도 챘는지 황금 새는 길게 울었다. 그리고 와락 빛을, 아니, 열기를 쏟아냈다.

"앗, 뜨거!"

뜨겁다고 비명을 지른 황제는 손을 쥐고 파닥파닥 날뛰었다. 리카르는 한창 긴장하다 말고 입을 벌렸다.

"뜨거! 아파! 이 빌어먹을 XXX! 잡으면 XXX! 뼈째 발라

고아 먹을 테다! 이 XX한 것! 감히!"

수도 없이 욕설이 물결쳤다.

리카르는 입을 벌린 채 그 욕설의 물결 속에 파묻혔다. 사실 황제는 그에 비하면 살짝, 아주 살짝 데인 것에 불과했다. 손바닥이 조금 붉어진 것에 불과했던 것이다. 물론 조금 지나면 물집이 좀 잡히겠지만 리카르처럼 왕창 데인 게 아니었다. 그런 주제에 다 큰 어른이 발버둥까지 치면서 욕설을 퍼부어대는 것은 참으로 보기 민망했다.

그렇다. 황제는 영웅이 아닌지라 참지 않았다. 아니, 참을 이유를 느끼지 못했다. 아프면 아픈 거고 짜증나면 짜증나는 거고 배고프면 먹는 거다.

게다가 화상은 엄청 아프다. 특히 조금 지나면 나아지는 다른 상처와 달리 두루두루 내내 아픈 게 화상이다.

"저걸 그냥!"

눈물까지 찔끔대던 황제는 황금 새에 대한 원한에 사로잡혔다. 저것이 감히 나의 섬섬옥수에 상처를 입혀? 방금 전까지 맨손으로 빙벽에 구멍을 뚫던 손이다. 별로 곱진 않지만 귀인답게 누구보다도 하얀 손바닥을 자랑하던 황제는 자신의 손을 움켜쥔 채 살기를 주룩주룩 쏟아냈다.

"다, 당신, 대체 누구요?"

리카르는 다시 물었다. 보통 인간이 황금 새를 만질 수 없다는 것을 깨닫는 순간 조금 흥분이 가라앉았던 것이다.

황제는 대꾸하지 않았다. 그는 대신 리카르의 멱살을 틀어쥐고 그대로 황금 새의 둥지를 향해 집어 던졌다.

"아악!"

말을 거는 순간 휙 하고 던져진 리카르는 가련하게도 비명을 지르며 태양 새, 아니, 황금 새에게로 날아가 부딪쳤다. 그리고 등에 엄청난 화상을 입으며 덱데굴 굴렀다.

치이익 하고 살이 타는 냄새까지 났다. 엄청난 고통에 그는 거의 정신을 잃었다.

그때 황제는 비겁하게도 리카르를 방패 삼아 열기를 피해 황금 새 앞까지 도달했다. 리카르의 등에 눌릴 뻔한 황금 새가 놀라서 막 날아오르려고 날개를 편 그 순간 황제의 발뒤꿈치가 황금 새의 뒤통수에 내리꽂혔다.

잊으면 안 된다. 황제는 제국의 악당이지 결코 영웅은 아니었다.

쫙 소리와 함께 악 소리도 터졌다. 신조인 주제에 황제의 발길질에 머리통이 터질 뻔한 황금 새가 비명을 내질렀다. 또한 페자페지 신발을 믿고 황금 새를 걷어찼던 황제도 화상을 입고 비명을 질렀다.

"뜨거워 죽겠다! 악!"

더 화가 난 황제가 왼발을 들어 다시 한 번 황금 새의 날갯죽지를 짓밟았다. 그리고 후회했다.

"아악! 뜨거! 뜨거!"

무려 페자페지 신발에 불이 다 붙었다. 땅바닥을 데굴데굴 구르며 불을 끈 황제는 이를 북북 갈았다. 뭐 이런 빌어먹을 새XX가 다 있단 말인가! 불이 왜 붙어!

황금 새는 졸도 직전이었다. 뭐 저런 게 다 있어? 네가 그러고도 전쟁신의 아들이란 말이냐? 이 비열한 놈! 악을 지르며 황금 새가 욕을 해댔지만 그 소리를 알아듣는 것은 황제의 손목에 붙어 있는 뱀의 왕뿐이었다.

―그 맘, 이해는 하지.

신발에 붙은 불을 끈 황제는 신음을 흘리며 바닥에서 구르고 있는 리카르를 흘긋 보다가 발끝으로 걷어찼다. 리카르는 비명도 지르지 못한 채 그대로 절벽에서 굴러떨어졌다.

―으와, 악당.

한탄하는 뱀의 왕을 무시하고 황제는 팔짱을 낀 채 고심했다.

저 뜨거운 놈을 어떻게 해야 잘 처치할 수 있단 말인가. 원래라면 잡아다 새장에 넣고 어허야, 둥기둥기 하면서 그의 눈토끼에게 선물로 줄 생각이었다. 그런데 아무리 봐도 선물로 갖다주기엔 너무나 위험한 물건이다. 게다가 감히 자신의 옥체에 상처까지 입혔다.

황제는 화상이 싫었다. 아파서 싫었다.

그래서 다치지 않은 손으로 큼직한 돌덩이 하나를 집어 들고 비실대는 황금 새 앞까지 다가갔다. 엄청 뜨겁다. 그러나 그냥 놔두기엔 화가 난다. 날 다치게 하다니. 저건 죽어야 할 것이다. 신조든 뭐든 죽어야 한다.

―자, 잠깐! 나를 해치려는 것이냐!

황금 새가 놀라 소리쳤다.

"그럼 놔둘 줄 알았냐!"

그는 이를 북북 갈았다. 난생처음 입은 화상은 너무나 아팠다. 그래서 점점 더 화가 난다.

"새 새끼 주제에 감히!"

그의 손에서 돌멩이가 날았다. 황금 새는 피하기 위해 날개를 퍼덕거렸다. 바로 그 순간 뱀의 왕의 눈이 빛났다.

허공을 격해 날아간 뱀의 왕은 황금 새의 날갯죽지를 콱 물었다. 놀란 황금 새가 버둥거리자 독을 주입하면서 뱀의 왕이 앙칼지게 몸을 뒤틀었다. 놀랍게도 뱀의 왕은 황금 새의 열기에도 멀쩡했다.

"호오!"

난데없이 벌어진 결투에 황제는 타버린 신발을 벗어 던지고 바닥에 주저앉았다.

―놔라! 이 발칙한!

황금 새가 악을 지르며 몸을 퍼덕였지만 뱀의 왕을 떨치진 못했다. 뱀의 왕은 으스스한 독니를 더더욱 깊게 박으며 소리쳤다.

―나는 오랫동안 네놈을 먹기 위해 기다려 왔다!

―이, 이 바닥을 기는 천것 주제에!

―천것 좋아하시네!

―놔, 놔라!

드잡이를 하는 걸 보던 황제는 조금 후회했다. 아, 괜히 맨손으로 때렸어. 그냥 뱀을 풀어놓을걸. 그럼 알아서 할 텐데.

황금 새는 어이가 없다 못해 기가 막혔다. 어떻게 자신이 이런 것에게 질 수 있단 말인가. 난 태양신의 신조다! 게다가 원래 새는 뱀을 잡아먹고 사는 거란 말이다!

콱 하고 황금 새가 뱀의 왕의 꼬리를 잡아 패대기치자, 뱀의 왕도 황금 새의 날개뼈를 박살 내며 응대했다. 잘난 척하지 마. 너도 죽으면 그냥 새 대가리일 뿐이거든! 게다가 저 미친 황제에게 걸린 이상 네놈이 새 구이가 되는 건 당연지사다!

황금 새는 몰랐지만 황제는 눈치채고 있었다. 뱀의 왕에게 물리는 순간, 황금 새가 내뿜는 열기가 옅어지고 있었다. 열기만이 아니라 빛도 옅어지고 있었다.

"저게 황금 새입니까?"

뒤에서 메리테인이 물었다.

언젠지 모르게 메리테인과 루네릭이 헉헉대며 올라와 있었다.

"그런데 어떻게 된 겁니까?"

"보면 몰라? 뱀하고 싸우는 중이지."

황제는 신조와 신의 후예가 벌이는 막장 싸움을 구경하며 대꾸했다.

빛과 열기가 사그라진 황금 새는 생각 외로 작았다. 황금

빛의 찬란한 깃털이 싸움 탓에 여기저기 나부끼며 흩어진다.

"…닭 같네요."

황금 새의 위용을 보지 못한 메리테인이 실망한 기색으로 중얼거렸다.

"그러고 보니 금빛 닭 같기도 하군."

게다가 뱀의 왕이 털까지 뽑고 있다.

"저 깃털은 진짜 황금은 아닌 거죠?"

메리테인이 묻자 황제는 흩날리는 깃털을 하나 주워 확인했다. 금빛으로 빛나서 예쁘긴 하지만 황금은 확실히 아니다. 색깔만 금색이다.

"구워 먹으면 닭 맛이 날까?"

황제는 잠시 허전한 뱃속을 떠올렸다.

"생각해 보니 아침도 안 먹었어. 배가 고픈 것 같은데. 이젠 육포도 좀 물렸고."

그 소리를 듣고 루네릭은 입을 벌렸다. 아무리 그래도 황금 새는 태양신의 신조인데 그걸 잡아먹겠다는 말을 하다니.

바로 그때였다. 피 터지게 싸우고 있던 뱀의 왕이 소리쳤다.

―객! 도와줘!

아무래도 완력이 달렸는지 뱀의 왕이 소리쳤다. 황금 새의 부리가 뱀의 왕의 머리를 쪼았다. 눈알이 하나 터지며 독액이 튀었다.

황제는 들고 있던 돌멩이를 버둥거리고 있는 황금 새의 머리통을 향해 던졌다. 그러나 황금 새도 나름 신조다.

―흥! 건방진 인간!

빼액 소리를 내지른 황금 새가 잽싸게 피하는 바람에 뱀의 왕의 몸통에 맞았다. 꽥 소리를 내지르며 뱀의 왕이 축 늘어지자, 의기양양해진 황금 새가 자랑스럽게 포효했다.

―건방진 천것의 최후다!

그 순간, 콰직.

황금 새의 모가지가 휙 돌아갔다.

돌멩이를 맞아 골골대던 뱀의 왕이 쏴아아 소리를 내며 기뻐했다.

―쌤통이다.

황제는 황금 새의 모가지를 쥔 채 한 번 더 패대기를 쳤다. 이를테면 확인타살(確認打殺).

루네릭과 메리테인은 굳었다. 그들은 동시에 소리없는 비명을 질렀다. 신조(神鳥)를! 아무리 그래도 그렇지 신조를 모가지 비틀어 죽이다니!

"굽자."

황제는 진지하게 말했다. 그리고 물었다.

"야, 이거 독은 안 들었을까?"

헉헉대며 뱀의 왕이 대꾸했다.

―양념으로 쳐.

세상은 강자만이 살아남는다. 비정하지만 그것이 신이 정한 생존의 법칙.

 강자라는 것은 반드시 힘이 센 자를 가리키는 것이 아니다. 때로는 재치나 의지, 때로는 마음이나 외모, 때로는 힘이나 기술, 그 어떤 점이 강해야 살아남는지는 그때마다 달리 결정되기에 보통 사람들은 알지 못한다. 그리하여 신이 정한 그 모진 법칙을 그저 운명이라 부르며 마음을 다스릴 수밖에 없다.

 황제만을 생각하며 절벽을 오르던 메리테인이나 루네릭과는 다르게 북베이딘족의 대전사 테치아룬은 리카르를 섬기는 충신은 아니었다. 하지만 그는 용사였다. 용기와 의지를 가지고 어떤 두려운 자라도 마주 보며 싸울 수 있는 자를 사람들은 용사라 부른다. 용사는 악하든 선하든 신의 사랑을 받는다. 그것은 용사가 불가능을 개척할 수 있는 의지와 용기를 가지고 있기 때문이다.

 산 채로 불타는 것 같은 열기와 눈이 멀 것 같은 빛의 홍수 속에서 테치아룬은 눈을 감은 채 움직이지 않았다. 전신은 땀으로 푹 젖었고 탈진했다. 메리테인과 루네릭이라는 강적을 등 뒤에 두고 쫓기듯 절벽을 올랐기 때문에 더 지쳤다. 그들의 손에 죽거나 떨어져 죽을 가능성이 엄청나게 컸지만 어쨌거나 그는 살아남았다.

 '죽겠군.'

북베이딘족의 전사는 헐떡이며 절벽에 매달려 있었다. 더 이상 움직일 기운도 없었기에 그저 리카르가 무사하기를 빌었다. 눈이 너무 부셔서 바로 앞에 매달린 테치아룬을 보지 못한 루네릭과 메리테인은 그를 앞질렀다. 사실 상황이 좋지 않기에 굳이 그를 찾을 엄두도 내지 못했다. 까마득한 절벽 위에서 눈도 안 보이고 귀도 안 들릴 끔찍한 열기가 그들을 뒤덮었기 때문이다. 정확히 말한다면 그들은 그를 잊었다.

테치아룬은 이를 악물고 단단하기가 이를 데 없는 바위 위에 단검을 박고 밧줄을 연결했다. 남은 밧줄은 얼마 남지 않았지만 적과 맞서 싸우다가 하산할 리카르를 위해서 남겼다. 아무리 그가 태양신의 아들이라 해도 황금 새를 얻고 적과 싸우다 보면 녹초가 될 것은 당연지사. 팔팔하게 하산하기는 어려울 것이다. 혹독한 경험은 사람에게 미래를 준비하라 가르쳐 준다.

그리고 바로 그 순간이 왔다.

비명도 없이 정상에서 무언가가 떨어지고 있었다. 열기와 빛이 사라진 푸른 하늘에서. 테치아룬은 눈을 의심했다. 리카르였다.

환상이 아니었다. 온몸이 상처투성이로 일그러진 리카르가 멍한 시선으로 떨어지며 눈이 마주쳤다. 그를 바라보며 스쳐 추락해 간다.

"리카르!"

경칭도 호칭도 잊은 테치아룬은 손을 뻗었다. 그는 이 순간, 자신이 절벽에 매달려 있다는 것도 적과 대치하고 있다는 것도 잊었다. 그가 기억하고 있는 것은 부족의 희망이자 명성 높은 전사였던 젊은이가 죽어가고 있다는 점이었다.

노련한 전사는 용사가 되어 젊은이를 위해 몸을 던졌다. 그는 힘없이 사지를 나부끼며 떨어져 내리는 젊은 용사의 몸을 부둥켜안고 눈을 감았다. 투박한 전사는 어떤 신에게도 빌지 않았다. 그는 눈앞의 일을 할 뿐, 누구에게도 의존하거나 기원한 적이 없었다. 두려워도 힘들어도 그저 참고 나아갈 뿐. 누군가를 의지하는 자는 나약한 자라 믿었다.

그러나 이 순간 그는 빌었다. 부디 단검이 지탱해 주길!

터엉 하고 절벽에 꽂힌 단검에 매달린 밧줄이 테치아룬과 리카르의 몸을 동시에 지탱하며 진동했다. 테치아룬은 억눌린 가슴 때문에 피를 토할 뻔했다.

온몸이 부서지는 것처럼 아팠지만 그는 참았다. 고개를 들어 위를 보니, 그가 매달아놓은 단검이 흔들리고 있었다. 덩치 큰 사내 둘을 버티기엔 아무래도 무리가 있다. 그는 고통을 참고 몸을 흔들어 재빨리 절벽에 손끝을 박았다. 운 좋게도 쉽게 발판을 찾아 발끝도 디뎠다. 위에 박아놓은 단검이 빠지기 전에 다른 것을 박아 넣어야 했다. 하지만 갖고 있는 단검은 이미 다 썼다.

그는 발끝에 힘을 집중한 채 한 팔로만 겨우 부둥켜안은 리카르의 몸을 더듬었다. 다행히 작은 비수 두 개를 찾아냈다. 이를 악문 중년의 전사는 있는 힘껏 비수를 빙벽에 박았다. 몇 번이나 반복하고 나서야 겨우 밧줄을 지탱할 자리를 마련할 수 있었다. 두 손의 손톱이 다 부서져 피가 흘렀다. 그래도 아직은 살아 있다.

테치아룬은 리카르를 흔들었다.

"리카르! 리카르 왕, 정신 차리시오!"

가까이서 보니 그의 몸은 생각보다 참혹했다. 화상으로 일그러진 뺨과 그을린 머리칼, 화상이 심한 등 쪽은 시커멓게 변해 있었다. 뿐만 아니라 짓무른 손과 검은 아예 붙어 있다시피 했다. 태양신의 화신이자 아들이라는 리카르를 추종하던 다른 이였다면 한탄하면서 불신감에 젖었겠지만 북베이딘족의 전사는 현실적이었다. 부상자는 곧 짐짝. 짐짝에게 많은 것을 바랄 수는 없는 일. 다시 말해, 자신이 이 짐짝이 된 젊은이를 들쳐 메고 하산해야 한다는 것이라 판단한 그는 시간 낭비 없이 발끝을 비수 자루에 지탱한 채 자신과 리카르의 몸뚱이를 칭칭 밧줄로 휘감았다.

위에서 흔들거리던 단검은 뽑히진 않았지만 뽑히기 직전이다. 그는 밧줄을 잡아당겨 간당거리던 단검을 뽑아 무기를 확보했다. 입에 단검을 물고 그는 천천히 아래로 향했다.

후들거리는 팔과 다리가 힘겨웠다. 정신을 잃은 리카르는 배나 무겁다. 그럼에도 불구하고 북베이딘의 전사는 포기하지도 버리려 하지도 않았다. 같이하던 전사들의 태반이 죽었다는 것은 이미 안다. 그는 계속 지켜보고 있었다. 모두 갑자기 나타난 적들에게 죽었다. 아마도 살아남은 것은 그와 리카르가 전부일 것이다. 그러니 자신도 리카르도 죽을 수는 없다. 살아 있다면 뭐든 할 수 있는 법. 노련한 대전사인 자신과 일족에게 희망을 주고 지혜를 가진 리카르가 살아난다면 다시 시작할 수 있을 것이다. 어차피 가진 것도 없었다. 그러니 다시 시작할 수 있다. 살아 있다면.

그가 그렇게 생각하며 몸을 움직이는 동안 그의 가슴 언저리에서 무언가가 빛났다. 예전에는 결코 볼 수 없었던 존재가 알을 깨고 움직이는 것이었지만 눈앞의 손끝과 발끝에만 집중하고 있는 그는 느끼지 못했다.

북베이딘족은 가장 거친 북고원지대에서 험악한 자연과 경주하며 살아왔다. 경작지도 목초지도 드문 고지에서 물을 찾아 떠돌며 남의 부락을 습격해 살아온 이들. 그들은 자신에게도 남에게도 자비를 두지 않는다. 언제 죽을지 모르는 생활의 연속으로 감수성은 메말라 붙는다. 그럼에도 계속되는 것.

그것은 혹독한 삶의 의지다.

"아……."

매달린 리카르가 가느다란 신음성을 냈지만, 테치아룬은 아무 말도 하지 않았다. 할 기운도 없었다는 게 정답이다.

그는 눈가에 매달린 땀방울을 흔들며 정신을 집중했다. 두 사람 몫으로 매달린 터라 집중력이 흩어지면 죽는다. 다행히도 굳이 비수를 박아 발판을 확보하지 않아도 절벽 여기저기에 움푹움푹 파인 곳이 많았다. 힘이 빠진 그에겐 행운이었다. 물론 그건 힘이 넘치는 제국의 황제께서 친히 내놓은 자국이었지만 테치아룬은 그런 것까지는 몰랐다.

"테, 테치아룬?"

리카르가 정신을 차리고 그를 불렀지만 여전히 그는 대답 대신 보이지 않는 발끝을 움직여 발판을 찾고 있었다. 꼼지락거리는 리카르 때문에 하마터면 균형이 흩어질 뻔했다. 가만히 있으라고 말하는 대신 단검을 문 테치아룬은 고개만 흔들어 보였다. 눈치가 있다면 가만히 있으리라. 리카르는 상황을 겨우 파악하고 나서는 침묵했다.

몸의 반이 화상으로 덮였다. 오른손도 거의 쓰지 못하게 되었다. 한쪽 눈도 잘 보이지 않는다. 그럼에도 불구하고 그를 고통스럽게 하는 것은 부상이 아니었다. 절망이었다.

'일족의 희망이었다.'

굶주린 이들의 희망. 참혹한 물길 싸움. 거친 모래바람과 황사로 터전을 잃고 갓난아이를 땅에 묻는다. 제국의 상인들이 오가며 내미는 곡식에 연명하면서 작은 샘 하나에도 생명이 오간다. 항상 가난하고 항상 위험하고 항상 메마른 대지. 바람에 따라, 물길에 따라 매번 변하는 지형과 떠도는 생활 탓에 고향이라 부를 곳도 기억에 남지 않는다.

오로지 그 삶 속에서도 흔들리지 않고 아이들을 위해 미소 짓는 부모들과 하늘에 뜬 별과 달, 태양이 고향이 된다.

그래서 그들은 달의 여신과 태양의 신을 모셔왔다. 몇백, 몇천 년간.

삶은 달라지지 않았다. 여전히 힘겹다.

리카르의 눈에서 눈물이 흘렀다. 화상으로 일그러진 한쪽 눈에서는 진물과 핏물이 흘러내린다. 태양신을 닮았다고 찬양받았던 미모는 사라졌고, 신에 대한 믿음과 의지로 가득 찼던 마음속에는 절망만이 자리 잡았다.

'내가 아니었다. 태양신께서 원한 자는 내가 아니었다. 나의 자만심이 모두를 망쳤다. 아마도 우리 모두는 신께 버려진 것일지도 몰라. 갑자기 나타난 그 사내가 바로 신이 원하는 자였을지도 모른다.'

리카르는 그에게 덤비지도 못했다. 그 키가 큰 사내는 눈이 부신 흰 피부와 한 번도 본 적이 없는 달과 태양의 머리칼을 가지고 서 있었다. 그가 눈도 뜨지 못할 빛과 열기 속에서 비틀거릴 때 그 거대한 사내는 당당하게 서서 황금 새에게 하대를 하지 않던가.

"내가… 아니었다."

등 뒤에서 그가 작게 중얼거리자, 테치아룬은 입에 물고 있던 단검을 꽉 씹었다. 덕분에 입가를 조금 베어 피까지 났다.

늘어진 리카르의 몸체가 점점 무거워진다. 테치아룬은 그것이 자신의 의지가 흔들리고 있다는 증거라 생각했다. 징징 울고 짜는 것은 북베이딘의 방식이 아니었다. 불꽃처럼 싸우고 모래알처럼 흩어지는 것이 그들의 방식이다. 리카르는 비록 북베이딘족은 아니더라도 베이딘족의 왕이 아니던가. 왕은 왕답게 좀 성질 더러워도 된다. 아니, 성질이 더러워야 한다고 그는 믿었다.

"미안하다, 테치아룬. 모두에게… 미안…….."

리카르가 흐느끼며 말하자, 테치아룬은 더 이상 참지 못하고 퉤 하고 단검을 뱉었다. 더 듣자니 울화가 치밀어 올라 참을 수가 없었던 것이다. 그의 단검이 입에서 빠져나와 아래로 추락하자, 리카르는 그제야 테치아룬이 단검을 입에 물고 있었다는 걸 깨달았다. 등에 매달린 그에겐 안 보였던 것이다.

"떠들지 마시오."

테치아룬의 거친 한마디에 리카르는 입을 다물었다.

그는 이 중년의 대전사가 자신을 위로하고 있다 생각해 죄책감으로 가슴이 찢어질 것 같았지만 테치아룬은 위로가 아니라 짜증이 나서 한마디 한 것이었다.

집중력이 흩어지면 떨어져 죽는다. 왕인 주제에 징징대지 마. 난 안 죽고 싶거든. 나같이 강한 자가 죽으면 부족의 손해니까 꼭 살아 돌아가서 부족의 여자들에게 내 씨를 배게 할 거야. 내 새끼들이 줄지어 자라나 손자를 볼 때까지, 똥칠할 때까지 살아야 해. 강인한 대전사의 씨를 여자들에게 남겨야 할 의무와 책임이 있단 말이다.

테치아룬의 말없는 호소는 물론 리카르에게 닿지 않았다.

원래 사람은 자기가 보고 싶은 것만 보고, 듣고 싶은 것만 듣는 법이다.

절망한 리카르는 다시 침묵했다. 테치아룬을 볼 면목이 없었다. 그는 자신을 위해 묵묵히 움직이고 있는 북베이딘 족의 전사에게 죄책감과 슬픔을 동시에 느끼고 있었다. 그는 아직 아래에서 기다리고 있을 전사들이 전멸한 것을 몰랐다. 만약에 알았으면 정말로 스스로 목숨을 끊었을지도 모른다. 그것이 의무와 책임을 지고 있는 지도자의 멍에다.

그럼에도 불구하고 리카르는 태양신을 저주하거나 원망하지는 않았다.

그는 자신을 자책했다. 아마도 자신이 자만한 것이리라. 태양신의 후예라고 스스로 믿고 신께서 자신과 함께하고 있다고 남들을 속였다. 자신은 사기꾼이었다. 모자란 인간이었다. 그러니 태양신께서 돌보지 않으신 것이다. 황금 새의 불꽃에 닿아 화상을 입은 것이 바로 그 증거다. 정말 태양신의 분신이었다면 자신은 불타지 않았을 테니까.

"…그러니 신이여, 모자란 저를 용서하시고 진정한 지도자를 내려주소서. 이 모진 땅 위에 은총을 내려주소서. 자만에 **빠졌던** 저를 용서하소서."

그가 그렇게 생각하는 순간이었다.

찬란한 빛이 그의 눈앞으로 천천히 떨어져 내렸다.

나풀나풀, 한들한들 떨어지던 그것이 리카르의 손 위로 내려앉았다. 뜨겁지도, 눈이 부시지도 않았지만 그것은 찬란하게 빛나는 황금 빛.

"아!"

리카르는 다치지 않은 왼손으로 그 황금의 빛을 움켜쥐었다.

"맙소사! 테치아룬, 이걸 봐."

물론 테치아룬은 볼 수 없었지만 리카르는 목이 메어 다시 그를 부를 수 없었다. 뜨거운 눈물이 계속해서 흘러나왔다. 그의 손에 놓인 그것은 황금 새의 깃털이었다. 만질 수도 없었던 황금 새의 깃털이 그의 손안에 놓여 있다. 이제는 뜨겁지도 눈이 부시지도 않다.

"신이시여."

리카르는 태양신의 이름을 부르며 흐느꼈다.

그는 바로 정상에서 뱀의 왕과 황제가 작당해서 황금 새를 죽여 버린 뒤에 깃털을 뽑고 있다는 것을 몰랐다. 그들이 뽑아버린 황금 새의 깃털 중 하나가 흩어지다가 리카르에게 닿았을 뿐이라는 것도 몰랐다.

하나 기적을 바라는 이가 기적을 만든다.

베이딘의 왕은 손에 닿지도 못했던 황금 새의 깃털을 조심스레 잡고 울었다. 그저 죽은 새의 깃털 하나에 불과했지만 그에겐 기적이었다. 신이 그에게 건네준 기적이다.

자비로운 그의 신은 여전히 못난 그를 버리지 않았다. 리카르는 황금빛 깃털을 움켜쥔 채 눈물을 흘렸다. 신이 그를 용서했다는 증거가 바로 눈앞에 있었다. 그가 감사의 기도를 올리는 순간, 황금빛 깃털이 눈부시게 빛나며 그의 전신을 휘감았다.

뜨겁긴 하지만 화상을 입을 정도는 아니다. 빛과 열기는 고통으로 지쳐 있는 그의 전신을 휘감으며 진물이 흐르는 참혹한 상처를 씻어냈다. 그을렸던 등이 언제 그랬냐는 듯이 매끈하게 변하고 반쯤 타버렸던 금발이 씻어낸 듯 화사하게 빛났다. 짓무른 눈가도, 화상으로 타버린 안구도 다시 재생되었다. 심각한 부상에서 벗어나자 활력이 다시 솟아난다.

'아, 아! 신이여! 나의 주인이시여! 감사드립니다! 부족한 저를 깨우쳐 주시기 위해 빛을 나누어 주셨군요!'

리카르는 온화한 빛 속에 파묻힌 채 눈을 감았다. 이제 신의 뜻에 따라 자만심을 버리고 나아가야 한다. 그는 맹목적으로 신의 명령을 쫓아 달리기만 했다. 그것이 신의 뜻이라 믿고. 그러나 그것은 자신의 오만이었다. 신께서는 시련과 좌절 없이는 결코 도와주지 않으신다. 정말로 일족을 부흥시키고 싶었다면 황금 새를 찾아 헤맬 것이 아니라 물길을 찾고 새로운 농사법을 찾아야 했으리라. 인간의 힘으로서는 차마 볼 수도 없는 빛과 고열을 가진 황금 새를 자기 것으로 삼는다고 일족이 부흥하는 게 아니었다.

리카르는 깨달았다. 고통과 상처를 입으며 신이 말씀하고자 하는 것을 깨달았다.

고난을 겪는다고 해서 신께서 내버려 두고 계시는 게 아니다. 신께서는 자신을 메고 절벽을 내려가는 테치아룬처럼 꾸준히 의지를 가지고 눈앞의 일을 해결해 가며 움직이길 바라시는 것이다.

 그 순간 리카르의 의지와 믿음이 빛의 창이 되어 그의 가슴에서 솟아올랐다.

 그가 만들어낸 빛의 창은 신계까지 뻗어 빛의 거울을 통해 지켜보고 있던 태양신 마이칼루야의 앞까지 도달했다.

 ─아아!

 방금 전까지 거울만 보면서 발을 동동 구르고 있던 태양신은 탄성을 터뜨렸다.

 ─이럴 수가! 이런 일이!

 불행의 여신에게 감금된 채 그는 거울로만 상황을 지켜보고 있는 중이었다. 아직 상위 신이 아니라 매개체나 대가 없이는 나설 수도 없었다. 그동안 내내 악신(惡神) 카자르 엔더의 분신 같은 악당(惡黨) 황제에게 당하기만 해서 그는 제정신이 아니었다. 어떻게 신의 사자라는 신조를 죽일 수가 있단 말인가! 게다가 자신의 명을 받고 있는 리카르를 방패로써서 내던지더니 그다음에는 발로 걷어차 죽으라고 절벽에서 밀었다. 앞을 막는답시고 늑대왕을 가차없이 때려죽이는 것을 보고 그는 저것이 상종 못할 놈이라는 것을 깨닫긴 했다. 그렇지만 설마했다. 늑대왕과 황금 새는 아예 격이 다른 존재다. 그런데도 저놈의 인간은! 하는 짓이 꼭 빌어먹을 전쟁 같아! 으아아아아!

제약이 없었다면 직접 현신해 그를 홀라당 태워 죽이고 싶었다. 뿐만 아니라 하품이나 하면서 자연은 적자생존, 센 놈이 이기는 거라며 떠들어대던 야수의 신도 패고 싶었다. 여기서 뱀의 왕이 전쟁신의 편을 들다니. 황제의 발길을 막기 위해 좀 이용했기로서니 홀라당 배신해? 그는 이를 북북 갈면서 머리칼을 쥐어뜯고 있었다. 그는 잊고 있었지만 뱀의 신은 원래 뒤끝이 길다. 꼬리가 긴 족속은 뒤끝이 길기 마련. 오죽하면 뱀의 신이겠는가.

당한 것도 속상한데 자신의 힘을 늘려줄 인간도 연신 당하기만 한다. 무력한 자신에게 화가 나고 저렇게 속수무책으로 당하는 리카르에게도 화가 났었다.

그런데,

―이럴 수가!

갑자기 늘어난 신력(神力)의 양은 엄청났다. 아직 강력한 신력을 품어본 경험이 없는 태양신은 가슴까지 파고든 빛의 창을 움켜쥐고 그저 입만 벌렸다.

단 한 명, 리카르에게서 나온 신력이다. 그를 향한 믿음이 만들어낸 신력.

태양신은 눈물을 흘렸다. 전쟁신 카자르 엔더에게 밀려서 변변히 해준 것도 없는데 인간 리카르는 그를 향해 신력을 되돌려주었다. 힘없는 신인 그를 원망하지도 않았다. 리카르가 살아난 것은 테치아룬이 있었기 때문이지 마이칼루야가 도와준 게 아니었다. 그는 그저 보고 있기만 했다. 그러다가 힘도 없는 신에게 오히려 용서를 비는 그 심성에 감동해 우연히 떨어진 황금 새 깃털을 매개로 삼아 간신히 치유를 시킨 게 전부다.

그런데 더 큰 힘이 돌아왔다. 인간의 정신이 기적을 일으켰다.

―이 얼마나 사랑스러운… 인간인가.

고통스러웠을 것이다. 절망했을 것이다. 그럼에도 불구하고 인간 리카르는 그를 위해 용서를 빌었다. 그를 믿으며 자신의 부족함을 탓했다. 그는 신을 탓하지 않았다.

거울을 쥐고 태양신은 눈물을 흘렸다.

감동을 잘하는 신의 눈물이 신계의 거울을 지나 태양신의 신력에 휘감겨 있던 리카르의 이마 위로 떨어졌다. 그것은 신력의 씨앗이 되어 리카르의 심장까지 도달해 그의 힘을 늘리고 그의 육체를 강화시키기 시작했다.

신의 연민, 신의 눈물이다.

리카르는 그에 동조해 다시 한 번 눈물을 흘렸다. 심장에서 느껴지는 신의 연민이 그를 기쁘게 했다. 그의 신께선 부족한 그를 탓하지 아니하신다. 신께서는 분명 우리 가난한 일족들을 사랑하신다. 바칠 제물이라곤 노래와 춤밖에 없는 이 가난한 부족을. 나는 그것을 굳게 믿노라.

태양신의 신력을 비로소 몸에 품게 된 리카르에게 신혈이 자리 잡았다.

아마도 그에게서 그의 아들이나 딸에게로, 또 그의 자손으로 계속해서 그것은 이어질 것이다. 그리하여 그 신혈의 힘은 그들에게 희망이 되고 신앙의 대상이 되리라. 데이페론 제국이 그렇게 시작되었던 것처럼.

태양신도 눈물을 흘리면서 그것을 깨달았다. 항상 전쟁신을 질시하고 부러워하던 마음 한구석이 무너져 내렸다. 그 악신 놈 자손 이상으로 그의 자손들은 커질 것이다. 그의 신력은 확대될 것이고, 세상에 태양이 있는 한 결코 끊어지지 않을 것이다. 태양신은 비로소 그의 옷자락을 쥔 채 놓지 않는 여신에 대한 원망을 버렸다. 그리고 불어난 신력을 가늠하며 그는 천천히 숨을 내쉬었다. 그토록 벗어나고 싶었던 하위 신의 굴레에서 벗어났다는 것을 그는 〈알았다〉.

철커덩 하고 그의 발목에 매달려 있던 족쇄가 풀렸다. 태양신 마이칼루야는 자신의 발목을 잡고 있던 마법과 주술의 신이 만든 족쇄를 물끄러미 내려다보았다. 그렇게나 애를 써도 풀리지 않던 족쇄다. 이것 때문에 얼마나 분노하고 절망했던가.

―미안해요…….

가느다란 목소리로 불행의 여신이 말했다.

까만 머리에 잿빛 눈을 한, 파리하다 못해 회색의 피부색을 가지고 있는 불행의 여신 자마히라 루노는 예전보다 더 빛나고 아름답게 변한 태양신을 바라보며 눈물을 흘렸다. 이제 상위 신의 반열에 오른 태양신은 결코 그녀를 돌아보지도 않으리라. 중위 신의 자리에 있을 때도 수많은 여신들이 그를 탐하지 않았던가. 이제 그를 강제로 잡아두었던 그녀를 징치하고 증오할 것이 분명했다. 땅을 파다 파다 지구 끝까지 파낸 그녀는 차라리 그의 손에 죽겠다는 마음으로 두 손을 모은 채 가만히 앉아 있었다.

방금 전까지만 해도 불행의 여신과 행운의 여신은 태양신보다 높은 상위 신이었다. 자연계 신들은 이념계 신보다도 지위가 낮은 편이었다. 바다나 대지, 하늘 정도의 거대 자연신이 아닌 이상 그러했다. 하지만 지금 태양신 마이칼루야는 마침내 이념을 손에 넣었다. 자연과 이념이 함께하게 되었던 것이다. 전쟁신 카자르 엔더처럼.

─이상하게도 화가 나지 않는군.

마이칼루야는 얼마 전까지만 해도 굉장히 단순했다. 쉽게 화를 내고 쉽게 기뻐하고 쉽게 짜증도 냈다. 그런데 지금 이 놀라운 상황에서도 정신은 명징하다.

─당신이… 상위 신 반열에 올랐기 때문일 거예요. 제가 싫고 밉지요? 죽이셔도 좋아요.

불행과 절망의 여신은 가늘고 긴 목을 태양신 앞에 드러냈다. 빛의 창으로 단숨에 찔러 죽이라는 듯이. 쌍둥이 여신에게는 미안하지만 그녀는 오랫동안 사모해 왔던 이가 자신을 증오하고 버리느니 차라리 직접 죽여주길 바라고 있었다.

태양신은 그런 그녀를 물끄러미 지켜보며 자신의 마음을 관조했다.

정말로 죽이고 싶었었다. 자신의 몸을 구속하고, 하는 일마다 방해하고, 자신보다 강하다고 찍어 누르던 불행의 여신이다. 바짝 마른 절벽 몸매에 무표정하고 청승맞은 얼굴, 회색빛 피부에 그가 질색하는 까만 머리칼과 빛도 보이지 않는 회색의 동공을 가진 여신. 만나면 하는 일마다 되는 게 없다는 절망과 불행을 가져다주는 여신. 누구든 싫어하는 여신. 그런 주제에 빛나는 아름다움을 가진 자신을 탐한다는 게 어디 말이나 될 법한 소리냐고 그는 조소하고 분노했었다.

그런데,

태양신은 여전히 망설였다. 힘만 있으면 자신을 괴롭히던 모든 것을 다 태워 죽이리라 결심했었는데 막상 힘을 가지게 되자 어쩐지 모든 것이 별게 아닌 것처럼 느껴진다.

가만히 울고 있는 불행의 여신을 외면하고 태양신은 슬그머니 다시 거울로 시선을 돌렸다. 리카르가 어찌 되고 있는지, 무사히 부족으로 돌아갈지 확인하고 싶었다.

그리고 차분했던 마음이 다시 열탕처럼 끓어오르는 것을 느끼며 뒷목을 쥐었다.

―저, 저놈이!

태양신은 고함을 질렀다.

리카르가 태양신을 숭배하고 있던 그 순간에 황제와 그의 일당은 정말로 북요르문 산 정상에서 불을 피워 황금 새를 구워 먹고 있는 중이었다. 해도 해도 너무하는 것 아니냐!

어떻게 인간인 주제에 신조를 잡아먹을 생각을 다 한단 말인가! 그가 너무 기가 막혀서 입만 벌리고 있는 사이에 배신자(?) 뱀의 왕이 황금 새의 간을 홀라당 한입에 삼키고 있었다.

간은 니들이 먹으면 안 돼. 여기에 독이 집중되어 있으니까. 다른 데는 먹어도 될 거야. 신조라서 그런지 먹고 나니 기운이 솟는걸!

뱀의 왕이 신조의 간을 홀라당 소화시키자 은색이었던 뱀의 비늘이 금색으로 변화했다. 우아한 보랏빛과 금색이 공존하는 아름다운 비늘의 색상에 뱀의 왕이 스스로 자화자찬을 해댔다. 멋지군! 이제 나는 진짜 신수가 되었어. 곧이어 날개까지 돋아났다. 옅은 피막을 가진 금색의 날개는 깃털 하나 없었지만 꽤나 우아한 모양새를 하고 있었다.

날개다! 우와아아! 날개다! 난 날 수 있어! 흥분한 뱀의 왕이 날개를 파닥거렸다.

그 모습에 인육도 마다하지 않는 황제가 군침을 삼키는 것도 모르고 뱀의 왕은 잘난 척 떠들어댔다. 그러나 다행히도 크기는 커지지 않았기에 뱀의 왕은 자신도 모르게 생명의 위기를 넘겼다. 여전히 손가락 굵기인 실뱀의 모습인지라 먹어봐야 간에 기미도 안 갈 거라고 황제는 예리하게 판단했다. 잘난 척 주둥이 놀리지 말고 짜져! 야, 메리. 혹시 소금은 없냐?

역시 전쟁신 족속들은 미친 것들이야. 방자하다 못해 간을 밖에 내놓고 공차기할 것들이야. 이 기막힌 모습에 이젠 허탈해지기까지 한 태양신이 다시 리카르 쪽으로 시선을 내렸다.

리카르는 여전히 법열에 휘감긴 채로 정신을 잃고 있었고, 그를 매달고 있는 테치아룬은 놀라운 집중력으로 그 모든 것을 무시한 채 하산에 열중하고 있었다.

그때 절벽에 집중하고 있던 테치아룬의 코앞에도 황금빛 깃털이 살랑살랑 떨어져 내렸다. 황제 일당이 구워 먹고 있는 황금 새의 깃털이다. 그러나 그는 깃털을 잡으니 하산을 위한 새로운 발판 마련에 집중하고 있었기에 그것을 향해 손을 뻗지 않았다. 그럼에도 불구하고 황금빛 깃털은 기이하게도 그의 어깨에 내려앉았다.

"응?"

어쩐지 등 뒤가 갑자기 가벼워졌다. 갑자기 뜨끈해지는 기분도 든다. 현실적인 테치아룬은 리카르가 부상 때문에 열이 난 것인가 생각했다. 슬그머니 뒤를 돌아보니 눈부신 빛이 눈을 찔렀다. 놀란 그는 발을 헛디딜 뻔해서 절벽에 와락 매달렸다.

"리, 리카르?"

절벽에 바짝 매달린 테치아룬은 차마 돌아보지 못했다. 등 뒤에 매달린 리카르의 몸이 빛에 휘감겨 발광하고 있다는 것도 확인하지 못한 채 그는 그저 이 기이한 상황을 참아내기에 바빴다.

'이게 무슨 일이야? 설마하니 리카르가 죽은 건 아니겠지?'

그가 막 그렇게 생각하고 있는 순간이다. 그의 어깨에 붙어 있던 황금의 깃털이 갑자기 그의 뺨을 간질였다.

"어?"

그는 그제야 황금빛으로 빛나는 손바닥만 한 깃털을 발견했다. 리카르가 난데없이 빛나는 것도 그 때문인가 싶은 생각에 깃털을 들여다보자, 한들한들 흔들리던 깃털이 갑자기 동그랗게 변하더니 그다음에는 검은 눈, 검은 머리칼의 작은 요정으로 화했다.

"아?"

신화에 익숙한 제국인들과 달리 눈앞에서 기적을 접한 현실적인 중년 전사는 입만 쩍 벌린 채 눈을 부릅떴다. 두 쌍의 하얀 날개를 가진 검은 머리칼의 요정은 무심한 얼굴로 테치아룬의 멍청한 얼굴을 바라보며 입을 열었다.

―나의 이름은 의지와 용기의 요정 마디에. 너의 의지와 용기가 나를 깨웠다. 그대의 이름은 무엇이냐, 용사여.

낭랑하나 무심한 목소리에 테치아룬은 한동안 대답도 하지 못했다. 하지만 방방거리는 열혈의 요정과는 달리 의지와 용기의 요정은 차분한 시선으로 대답을 기다렸다. 한동안 멍하니 있던 테치아룬은 침을 삼키며 작은 목소리로 되물었다.

"에, 그러니까… 요, 요정이라니? 정말인가?"

―보면 모르는가. 나는 불행의 여신의 딸. 불행과 고난 속에서도 의지와 용기를 잃지 않는 자들을 위해 태어난 요정. 그대의 의지와 용기가 불행과 불운을 뛰어넘었다. 그리하여 나를 깨운 것이다.

테치아룬은 이상하다 생각했다. 의지와 용기를 가진 자라면 리카르가 아니던가. 왜 새삼 그저 평범한 인간인 자신에게 요정이 나타난 것일까? 게다가 불행의 여신이라니. 말만 들어도 거북하기 이를 데가 없다.

"나는 평범한 전사일 뿐이다. 물론 좀 세긴 하지만."

어울리지 않는 테치아룬의 겸손한 발언에 무심하던 요정의 얼굴에 미소가 스쳐 지나갔다.

―그대의 용기와 의지는 범상치 않다. 용사여, 변치 않는 의지를 가진 자가 바로 진정한 용사. 그대, 나와 계약하겠는가? 나는 그대의 곁에 남아 용기와 의지를 지닌 용사를 돕는다.

그 말에 테치아룬은 얼떨떨한 얼굴로 고개를 끄덕였다.

"조, 좋다. 나, 나의 이름은 북베이딘의 이름 높은 대전사 테치아룬이다. 대전사였던 로초에틴과 노모레타의 둘째 아들이다. 나로도 괜찮다면 계약하자, 아름다운 요정아."

검은 머리칼, 검은 눈을 한 무심한 표정의 요정 마디에는 미소 지었다. 딱딱해 보였던 그녀의 얼굴이 환하고 아름답게 변하자 호색 중년 테치아룬의 얼굴이 빨개졌다.

―좋다, 대전사 테치아룬. 그대와 나의 계약은 성립되었다. 내가 아름답게 보이는가? 그렇다면 그대의 의지와 용기가 나

를 장식하기 때문이다.

그 순간 황금빛처럼 빛나지도 화려하지도 않지만 청아하고 담담한 향기가 테치아룬의 몸을 휘감았다. 용기와 의지의 요정 마디에는 작은 두 손을 뻗어 테치아룬의 입가에 키스했다. 저도 모르게 눈을 감은 테치아룬은 생각했다. 그다지 풍만하지도 요염하지도 않은데 굉장히 아름다워.

그의 검은 머리카락에 얼굴을 묻은 요정이 속삭였다.

―그런가. 나의 눈에도 그대가 그렇게 보인다. 그대는 멋지지도 잘생기지도 않았는데 굉장히 훌륭하게 보인다.

"내 마음을 읽는 건가?"

―그대는 나의 계약자다, 테치아룬. 인간 식으로 말한다면 나의 연인이 되는 것이나 다름없지.

"난 아내가 많은데."

아내만이 아니라 딸린 자식도 많은 중년의 대전사는 당황했다. 연인? 애인이란 말인가? 이 조그만 요정을 어떻게 품지? 형이상학적인 상상보다는 허리하학적인 상상에 익숙한 그가 당혹해하자 요정은 다시 웃었다.

―걱정하지 마라. 나에겐 질투심이 없느니. 나는 요정이니 육체를 나누는 게 아니라 마음을 나눈다.

그건 아주 조금 아쉽군. 아니, 엄청 아쉽다.

중년 대전사는 작게 중얼거렸다.

―불행의 딸이 어찌하여 의지와 용기인지 생각해 본 적 있

는가?

그 광경을 멍하니 지켜보던 태양신은 뒤를 돌아보았다.

어느새인지 불행 옆에 행운이 서 있었다. 아무리 봐도 대조적인 쌍둥이 자매 신을 보고 태양신은 담담한 태도로 고개를 저었다. 새삼 불행의 여신이 자신을 좋아한다는 자각이 들었다. 그와 가까이하고 싶다는 여신의 의지가 저 요정을 불러낸 것일 가능성이 컸다.

―진정으로 섬기는 이가 있어야 상위 신이 된다는 것을 알고 있는가?

행운의 여신 메디카나 퀴즈는 또다시 물었다. 동그랗고 글래머러스한 여신은 고개를 숙이고 있는 앙상한 여신의 어깨를 감싼 채 다시 질문을 던졌다.

―모시는 이도 많은 그대가 왜 상위 신이 되지 못했는지 아는가?

태양신은 가만히 불행의 여신 자마히라 루노를 바라보고만 있었다.

전과 달리 그는 차분하고 우아하게 보였다. 예전 태양신은 화려하고 아름다웠지만 어딘가 어설픈 사춘기 소년처럼 보였었다. 그러나 지금은 성숙한 청년 신이 되었다.

행운의 여신은 뜻밖에도 과묵해진 태양신을 향해 다시 미소를 지었다.

―나의 이 모든 질문을 이해하는가?

태양신은 비로소 고개를 끄덕였다. 그의 얼굴에 찬란한

미소가 떠올랐다.

―나는 이제 알고 있다. 불행 없이 행운이 없듯이 고난과 시련 없이 의지도 용기도 없다는 것을. 그리고 입으로 떠드는 믿음은 믿음이 아니라는 것을.

행운의 여신이 윙크를 던졌다.

―그러하다네, 빛나는 태양신이여. 참고로 말해두지만 나의 딸은 고난과 시련의 요정이라네.

행운의 딸이 고난과 시련이라니. 황당한 대답에 웃으면서도 태양신은 자신의 빛 속에서 새로운 존재가 태어나는 것을 느꼈다. 자신의 딸이 태어나는 것이리라.

태양신의 딸은 풍요와 질서의 요정이었다.

―반갑구나.

이제 태양신은 일일이 흥분하지 않고 자신의 손바닥 위에서 기지개를 켜는 작은 요정을 향해 미소 지었다. 그를 닮아 금발에 빛나는 푸른 눈을 가진 네 쌍의 날개를 가진 요정은 날개를 파닥이면서 그의 손가락에 경애의 키스를 던졌다.

―이렇게 아름답게 낳아주셔서 감사합니다, 아빠. 역시 아빠도 정말 최고로 아름다우셔요.

―그, 그렇구나.

―제가 태어났으니 세상의 모든 요정들이 제 미모에 숨을 죽일 것입니다, 위대하신 아빠.

첫 한마디에 정신이 번쩍 든다. 옆에서 행운의 여신이 한

마디 조언했다. 미리 말해두지만 원래 자식은 아비를 닮는 법이야.

—아, 참. 그렇다면 전쟁신의 요정은 대체 뭐지? 한 번도 본 적이 없는데. 계약자는 있는 건가?

앙알대는 요정을 다급히 알의 형태로 갈무리한 태양신이 묻자 행운의 여신은 깔깔 웃으며 거울을 가리켰다.

거울 안에서는 뼈까지 쪽쪽 빨며 식사를 마무리하고 있는 황제 일행과 갑자기 돋아난 날개에 환희하며 방방 뛰고 있는 뱀의 왕이 보였다. 물론 그 아래로 겨우 지상에 도착한 리카르 일행도 보였다. 아군들의 시체를 내버려 둔 채 테치아룬은 의식 불명의 리카르를 급히 어깨에 들쳐 멨다. 그의 눈에서 앞도 뒤도 보지 말고 탈출하자는 의지가 선명하게 보였기에 태양신은 급히 행운의 여신에게 그들에게 행운 한 자락을 달라 청했다. 의외로 행운의 여신은 호쾌하게 응해 자신의 머리카락 한 올을 뽑아 거울 안으로 던져 넣었다. 그러자 그 머리카락이 작은 날벌레가 되어 테치아룬의 목덜미에 달라붙었다.

날벌레를 발견한 의지와 용기의 요정이 미소를 지으며 날벌레를 건드리자 그것은 갑자기 모기 떼로 화해 앵앵대며 날아갔다. 제법 커진 모기들은 보초를 서고 있는 근위기사단들에게 달라붙었다. 여기저기서 성질을 내며 모기를 잡는 소리가 터져 나왔다. 아씨! 우린 귀족도 아니고 근위기사도 아니지 말입니다! 감히 모기가! 모기가! 아, 우리는 그냥 모기에게 뜯기거나 하는 병신 같은 놈들이지 말입니다! 악! 악! 저택에 있는 10미터짜리 모기장이 그립다. 아, 나도 페자페지 공방에서 얼마 전 구입한 모기장이 있었거든. 근데 그걸 두고 왔어. 흑. 조심해! 달맞이꽃 마마의 여린 피부에 모기가 달려들다니! 이런 불충한 것! 야, 다들 옷 벗어! 마마의 아리따운 피부를 위해 가디언들은 전원 옷을 벗고 시선을 끌어라! 좋지 말입니다! 제가 알몸으로 마마 앞을 막아서겠습니다. 그리하면 모든 모기가 다, 달콤한 피를 가진 제게 오지 말입니다. 닥쳐! 내 피가 더 좋거든! 시끄러우니까 그냥 입 좀 다물지 그러나? 제발.

앵앵대는 모기들과 근위기사들이 싸우는 가운데 수다스런 가디언들이 합세하자 임시 막사를 치고 있던 그 일대가 삽시간에 소란스러워졌다. 요정 하나와 리카르, 테치아룬은 그 수다의 바다를 뚫고 무사히 그 자리를 벗어났다.

진지하게 그 모습을 보고 있던 태양신은 한숨을 내쉬었다.

―행운의 모기로군.

―원래 행운이란 작은 것에서 **시작되는 법**. 준비된 자는 그 작은 것을 큰 것으로 만들어낼 수 있어야 해.

여신의 말에 태양신은 옷 벗고 날뛰는 가디언들의 우람한 알몸을 외면하며 한숨을 내쉬었다. 눈 버렸다.

―그나저나, 저기 어디에 요정의 계약자가 있단 말이야?

―저들이 아니야. 잘 보시게, 태양신. 전쟁신 카자르 엔더의

요정은 광기와 이성의 요정 란마. 드물게 소년의 모습을 하고 있는 요정이지.

참고로 말하자면, 요정의 대부분은 아리따운 소녀의 형태를 취하지만 가끔, 아주 가끔 취향 이상한 신들이 소년이나 청년, 노인의 형태로도 요정을 생산한다.

태양신은 거울을 자세히 들여다보며 미간을 찌푸렸다.

대체 그 기이한 요정과 계약한 게 누구란 말인가? 인간이라면 광기와 이성이 공존한다는 게 가능할 리가 없다. 그냥 미친놈이 될 뿐.

태양신의 눈에 문득 황금 새의 구운 살에 소금을 뿌리고 있는 청년의 모습이 와 박혔다. 아아, 처참도 해라. 가여운 나의 새. 태양신은 입술을 잘근잘근 깨물었다. 별로 도움은 안 되는 존재였지만 그래도 자신의 상징이자 심부름꾼이었던 황금 새다. 진짜로 구워 먹다니.

나쁜 XX들! 메리테인이 굽고 있는 게 자신의 황금 새라는 것이 생각나자 울화가 또 솟는다. 확 불화살을 쏴버려? 옆에 있는 기사단장 루네릭이 퍼런 얼굴로 외면하고 있는 동안에도 성실하게도 둥근 뺨의 청년, 가디언의 수장이자 1번 메리테인은 열심히 소금을 뿌리고 살을 발라 황제에게 건네고 있었다. 시킨 대로 하는 것을 넘어서서 더한 것도 해내는 충실한 가디언은 심지어 주인의 몸보신을 위해 황금 새의 내장을 뽑아 달군 돌판 위에 놓고 볶기까지 하고 있다. 그래도 새가 좀 커서 다행이죠? 그죠? 닭보다 커요. 칠면조

보단 작지만. 여긴 사냥감도 없어서 걱정이었다고요. 양념해서 내장 볶음을 하면 제법 먹음직하죠? 그죠? 요즘 주인님 식사가 부실해서 제가 얼마나 걱정을 했다고요. 영양실조와 발기부전은 동시에 오는 법이거든요. 계속되는 그 수다에 주인이 한마디 했다. 야, 닥치고 볶아!

―…저놈이군.

태양신은 이제 화도 나지 않았다. 그냥 가슴이 휑했다. 내장을 볶는다. 양념해서 볶는다. 헛헛. 그는 가디언의 머리통 위에 올라앉은 삐쭉머리의 작은 요정을 발견할 수 있었다. 네 장의 날개를 가진 심술궂은 얼굴을 한 은발, 은안의 소년 요정은 날개를 파닥이면서 열심히 고귀한 신조의 내장을 볶으며 양념을 치는 가디언의 머리칼을 잡아당기고 있었다. 가끔 생각난 듯이 뾰족한 바늘 같은 검으로 그의 귀까지 콱콱 찌르며 킬킬댄다. 아무리 봐도 계약을 맺은 인간에게 할 짓은 아니다. 겉모양만 봐서는 고문을 즐기는 악당이지 요정으로는 안 보인다.

태양신이 한숨을 내뿜자 행운의 여신은 아직까지 무릎 꿇고 있는 불행의 여신을 일으켜 세우며 물었다.

―어쩔 거야? 정말 내 자매를 죽일 건가? 아직도 화가 나 있어?

단어는 심각한데 어투는 발랄하다. 그 말에 와앙 하고 다시 불행의 여신이 소리쳤다. 난 안 돼에! 눈이 부셔서 그를 볼 수 없어어! 그녀는 땅을 파고 굴을 뚫으며 대성통곡을 하고 있었다.

　―후우.

　그 소음에 한숨을 내쉰 태양신은 고개를 저었다. 그리고는 우아하게 불행의 여신에게 손을 내밀며 청했다.

　―일단은 교제부터 시작하지. 불행이여. 나는 아름다우니까 그런 죄악을 저지를 만했다고 납득하겠다. 모든 것은 너무 아름다운 나의 죄다. 그대는 그저 마음이 약했을 뿐이다. 그러니 용서해 주겠다.

　이상한 방면으로 성숙해진 태양신의 관대할지도 모르는, 아니, 관대한지도 의심스러운 언행에도 불구하고 불행의 여신은 폭포수 같은 눈물을 뿜어내며 그의 품에 안겼다.

　그 광경을 보며 행운의 여신은 이죽거렸다. 아니, 혀를 찼다.

　―이래서 얼굴 반반한 것들은 정신이 썩었다고 하는 거다.

　고대사를 연구하는 수많은 이들이 철혈황제의 위업에 대해 감탄한다. 이를테면 그는 고대의 *정복대제 유 클란트이고 *성왕(聖王) 오흐라누스라고. 하지만 착각하면 안 된다. 그가 고대제국 사상 가장 위대한 황제였다 해도 그는 오로지 선대였던 정복황제 유그 펠리오르의 뒤를 이은 것뿐이란 사실을. 실제로 유능한 관료와 인재들은 다 선대에 갖추어졌다. 다시 말해, 철혈황제는 선대의 평화적인 선위 아래 움직였으며 모든 계획 역시 유그 펠리오르 5세의 지시하에 시작된 것이다. 우리는 철혈황제에 대해 연구하면서도 그의 부황이었던 정복황제 유그 펠리오르 5세에 대해선 무시하는 경향이 있다. 일설에 따르면 그가 전쟁광이자 폭군이었다 하는데, 오히려 속속 등장하는 사료들은 그의 위업이 상당수 감춰져 있다고 밝히고 있다. 왜 우리들은 정복황제를 무도하고 잔인한 전쟁광이

라 폄하하는 것인가. 이는, 우리가 지나치게 철혈황제의 천재성에 경도되어 있기 때문이 아닌가 한다. 나의 한 가지 의문은 정복황제가 왜 그 무소불위의 권력을 가지고도 자신이 계획한 일들을 직접 행하지 않았는가 하는 점이다.

—데이페론 제국소사(帝國小史) 中에서
제국대학원 멜베른 야나이스 교수 著

*정복대제 유클란트:16세기에 대륙을 통일한 데이페론의 황제. 30대에 대륙 통일을 행하여 정복대제라 불렸다.

*성왕 오흐라누스:근대적 의미의 법전을 완비하고 종교 개혁을 이룬 18세기의 대공왕. 하흐트란 공국의 왕이자 부정부패를 척결하여 이름이 높았다.

CHAPTER 16

Reload

음, 제 생각은 좀 달라요.

많은 분들이 착각하고 있는 게 있습니다. 사실 그분은 아주 좋은 분일 겁니다. 서툴러서 그렇지 참으로 착하고 선량하신 분이에요. 행동이 거친 것은 당연한 거예요. 많이 바라는 건 욕심이죠. 그 서툴고 거친 부분이 귀엽다는 걸 다들 인정하셔야 해요. 그게 여자의 마음에 불을 질러요. 전쟁신 카자르 엔더의 화신이라 불리는 분인데, 사실 그분이 나긋나긋한 태도로 웃고 있다는 건… 기, 기분 나쁘잖아요? 그죠?

⚜

루네릭 이하 근위기사단은 허탈한 마음으로 침묵했다.

가디언들도 마찬가지였다. 아니, 다들 모두 할 말이 없었다. 단 한 사람만이 평소와는 다른 태도로 다가왔는데, 그것은 반니레다였다.

그녀는 겁도 없이 두 팔을 벌리고 다가와 황제의 몸을 끌어안았다. 그리고는 그의 앞머리를 살그머니 쓰다듬었다. 사실 그의 앞머리는 황금 새의 열기에 조금 그을려 탔다. 비록 티도 안 날 정도이긴 하지만. 게다가 손도 좀 데었다. 그렇다. 무려 1도 화상을 입었다.

그의 상처를 살피는 그녀를 내려다보면서 황제는 좀 놀랐다. 너, 날 너무 좋아하는구나?

"그니까… 그게……."

근위기사단 호르데마누의 수석기사 앙데라그가 주저하며 물었다.

"황금 새는 어찌 되었습니까?"

소심하게 황제에게는 못 묻고 단장 루네릭 백작에게 묻는다. 시선이 일제히 가련한 루네릭에게 쏠리자 그는 덤덤한 목소리로 대답했다.

"우리 위대한 폐하께서 잡으신 연후에 뱀의 왕의 몸에 흡수되었다. 결국 황금 새는 우리가 가지게 된 것이지."

"우와아!"

듣고 있던 이들이 환호했다.

멋지지 말입니다! 우린 믿고 있었어요. 의심하지 않았지 말입니다. 우리 폐하라면 반드시 해내실 거라 믿었지 말입니다.

다들 떠드는 가운데 루네릭은 잠시 하늘을 보고 땅을 본 연후에 주머니에서 황금빛으로 번뜩이는 무언가를 꺼내 들었다.

"기념으로 하나씩 가지라고 하셨다."

고뇌하는 기사단장의 주머니에서 나온 것은 황금빛의 깃털 한 무더기.

"허어!"

"이것이 신조의!"

"이것이 황금 새의 그것?"

근위기사단은 광분하며 달려들었다. 과연 태양신의 신조라 하더니 황금빛으로 번뜩인다. 이것이야말로 대대손손 이어질 가보가 될 징표가 아닌가. 전설적인 황제의 원정을 끝까지 따라간 근위기사단만이 가질 수 있는 증표! 신조의 깃털!

우와와! 멋져! 번쩍번쩍 빛이 난다. 나, 참고 사표 내지 않길 잘했어! 그래, 그래. 폐하께서도 우릴 생각하고 계셨던 거야. 고생한 보람이 있었다며 눈물을 흘릴 표정으로 달려든 기사들에게 꼼꼼하게 깃털 하나씩 나누어 준 루네릭은 부러워서 침을 줄줄 흘리고 있는 가디언들의 시선을 모른 척했다.

그러나 시선은 따갑다. 특히나 가디언의 수장 메리테인의 시선이.

그리고 살고 싶수? 이 험한 세상, 살아가려면 요령도 필요한 거외다. 특히나 애들은 뭘 좀 주면 좋아하거든. 귀족인 주제에 밝히긴. 귀족이니까 밝히지. 시선과 시선 속에 말없는 대화가 오간다.

"끌끌."

겉으로는 강직하고 거짓말 하나 못할 것 같은 얼굴을 하더니 뒤로 호박씨를 깐다. 어쩐지 자신이 깃털 뽑고 있을 때 옆에서 열심히 주워 담더니만. 가증스런 근위기사단장의 행위를 지켜본 메리테인은 침을 줄줄 흘리며 우린 뭐 없나요 하는 얼굴로 쳐다보는 놈들을 쏘아보았다. 이것들이, 가디언인 주제에 왜 이리 욕심이 많아!

어라? 욕심? 문득 메리테인은 기묘한 기분이 들었다. 어떻게 가디언들이 욕심을 가질 수 있지? 그러고 보니 녀석들이 좀 이상한 것도 같다. 황제에게 생일선물을 빙자한 하사품을 받고 나서였던가.

메리테인이 각성하는 동안 2번과 3번이 헐벗은 황제의 맨발을 보고는 화들짝 놀라서 물을 가져와 그의 발을 공손히 닦고 새 신발을 신겼다. 몇 번 움직여 보다가 마음에 안 들었는지 황제가 신발을 벗어 던지자, 옆에 있던 4번이 다급히 황제의 신발을 새로 만들기 시작했다.

그 모습을 반니레다는 황제의 품에 안긴 채 조용히 지켜보고 있었다. 말을 못해서 그런지 그녀는 무척이나 담담하고 차분해 보인다.

'이상해.'

가디언들의 행동이 좀 수선스러워진 것 같았다. 물론 원래부터 가디언치고는 말이 많은 편이긴 했지만 이렇게까지 난잡하지는 않았다. 특히나 주인이 옆에 없을 때는 감정 자체가 사라지는 게 가디언들이다. 뭔가 가지고 싶다는 마음, 즉 물욕 자체가 없는 것이다. 가디언은 오로지 주인만을 위해 만들어진 인형이다. 그런 주제에 선물 달라고 노래를 부르며 침을 흘리다니. 뿐만 아니라, 황제가 자리를 비운 잠시 사이에 반니레다를 둘러싸고 앉아 있는 모습도 기묘했다. 주인이 아닌데도 주인인 양 그녀를 모시려 했다니. 그러고 보니 자신도 요즘 좀 이상한 것 같다. 주인이 명하지도 않았는데 가디언들의 예비 인력들을 전부 눈토끼 마마에게 붙여 놓았다. 어? 왜 그랬지? 왜 내가 그런 명령을 내렸지? 게다가 그 명령에 따른 그놈들은 또 뭐야? 메리테인은 문득 가슴을 눌렀다. 이상한 기분이 들었다. 잠잠했던 심장이 펄떡펄떡 뛴다.

메리테인은 새삼스럽게 옆에서 투덜거리고 있는 황제를 바라보았다.

호르데마누들이 가지고 온 술과 음식을 먹고 마시는 황제는 평소와 다를 게 없는 것 같았다. 그러나 좀 달라진 것 같기도 하다. 주인님이 미쳤을까? 아니, 주인님은 원래 미쳤었는데. 그럼 대체 뭐가 달라진 거지? 여자들에게 친절해지신 거? 하지만 그건 애를 가진 여자들에게만 관대하신 거잖아? 도련님들에게 친절해지신 거? 하지만 그건 변덕일지도 모르잖아?

"아?"

메리테인은 혼란을 느꼈다.

주인이 선물을 주었다. 가디언에 불과한데 귀족인 근위기사들도 가지기 힘든 페자페지 무구를 전부에게 해주었다. 절벽에서 몸을 던져 가디언들을 받아주었다. 부상당한 가디언들을 버리지 않고 끌고 왔다. 메리테인은 죽지 않았다. 주인이 준 방어구 덕분이다. 주인은 짜증을 내면서도 어느 누구 하나 죽이지 않았다. 적만 빼고.

"어엉?"

메리테인이 이상한 소리를 내고 있는 동안 황제는 황금 깃털을 가지고 희희낙락하는 기사들을 보다 말고 반니레다를 내려다보았다. 작고 무표정한 이민족의 후궁은 그의 가슴에 얌전히 매달려 있었다. 하지만 시선은 기사들이 들고 있는 황금 깃털에 쏠려 있다.

그토록 베이딘족과 홀리족이 목숨을 걸고 원했던 황금새. 신화와 전설 속에서나 살아 있던 그 황금의 신조. 그 신조의 깃털이 지금 이민족의 손안에서 굴러다니고 있다.

그녀와 그녀의 가족을 버린 신을 원망해야 하는지, 아니면 신을 배신한 주제에 서글퍼하고 있는 자신의 연약한 마음을 탓해야 하는지 그녀는 아직도 확신할 수가 없었다.

무녀였던 소녀의 깊은 회한이 담긴 눈동자 안에는 눈물은 없었지만 아직도 슬픔이 맺혀 있었다. 다른 이들이 보았다면 그 가련한 모습에 가슴이 저렸을 터지만 황제는 감수성이 메마른 남자였다. 그냥 메마른 게 아니라 아예 병아리 오줌만도 못했다.

갖고 싶구나. 그래, 갖고 싶은 게야. 원래 여자들은 그냥 황금이라면 정신을 못 차리지. 보석이나 황금에 눈알 돌리는 걸 보면 그게 아마 여자의 본능일지도 몰라. 가만히 안고 내려다보니 반니레다의 뽀얀 젖가슴이 옷깃 사이로 슬쩍 보인다. 빈약한 몸매였지만 그래도 살갗을 맞대다 보니 탄력적인 그녀의 육체는 매력이 있는 것 같기도 했다. 요즘 몇 번 못했지. 바빠서 말이야. 아직 벌건 대낮이지만 한 번 갈까 하는 생각이 문득 들었지만 황제는 애써 마음을 접었다. 후궁에게 보석이나 비단도 못 내려서야 체면이 안 선다.

"야, 내놔."

그가 메리테인에게 손짓하자, 가디언의 수장은 반쯤 조는 것 같은 얼굴로 허리춤에서 가장 큰 날개깃 한 개를 꺼내 주인에게 건넸다. 신벌의 두려움도 없이 황금 새의 털을 직접 뽑은 당사자는 가장 보기 좋은 날개깃 몇 개를 챙겨두었던 것이다. 나중에 펜으로 쓰겠다는 야심찬 마음으로.

"그 쪼잔한 신의 황금 새의 깃털이다. 선물로 주지."

황제는 그답지 않게 자상한 어조로 그녀의 땋은 머리칼

사이로 황금 새의 깃털을 손수 꽂아주었다. 재질이야 깃털이지만 그래도 신조의 깃털인지라 황금빛으로 오묘한 빛을 뿌리는 깃털은 황금으로 만든 정교한 세공처럼 보였다.
 그녀의 커다란 눈이 흔들렸다.
 "그래, 너도 황금이나 보석 등 치장할 게 갖고 싶었겠지. 여자니까."
 여자의 물욕에 대한 강한 선입관을 피력하면서 황제는 혼자 스스로의 관대함에 자부심을 느꼈다.
 "그러나 여기엔 너에게 하사할 보석들이 없구나. 그러니까 이것들로 대신하겠다."
 놀란 눈을 크게 뜨는 그녀를 향해 그는 팔뚝에서 골골거리고 있는 뱀의 왕을 끄집어내어 그녀의 손목에 채워주었다.
 "이건 팔찌다. 색깔은 예쁘지?"
 —어라?
 포만감에 젖어 졸고 있던 뱀의 왕은 놀라서 잠에서 깼다.
 "앞으로 네가 통역해 줘라."
 뱀의 왕은 잠결에 잘못 들었나 생각해 눈을 치켜떴다. 황금 새의 일격으로 눈알이 하나 없어졌지만 날개가 생긴 뱀의 왕은 이제 뱀이라기엔 너무도 강력한 힘을 가지게 되었다. 그런데 갑자기 벙어리 계집애 통역이나 하라니.
 —미쳤어? 난 뱀의 왕이다! 내가 널 도와줬으니 이제 날 봐주길 바란다.

나에게도 지위와 체면이 있어! 뱀의 왕이 잘난 척 날개를 펴고 외치자, 황제의 입가가 일그러졌다.

"까고 있네. 한번 터지고 싶어?"

황제의 눈이 가늘어지며 번뜩였다. 웃는 게 웃는 게 아니다. 드러난 허연 이가 짐승스럽다. 그는 요즘 참고 있어서 쌓인 것이 만만찮았다. 어울리지 않는 짓을 하다 보니 몸 한 구석 어딘가에서 날이 시퍼런 비수가 솟아날 것 같은 기분이었다.

뱀의 왕은 새로 생긴 보랏빛 날개를 파닥이며 절망했다. 빌어먹을. 저 미친놈은 그러고 보니 신조도 구워 먹는 놈이었어. 뿐이랴. 내장까지 볶아 먹었지.

반니레다의 손목에 안착한 뱀의 왕은 얌전히 팔찌화했다. 남이 보면 극상의 세공으로 만들어진 귀물로 보일 아름다운 자태. 그러나 실상은 독액을 뿜어 신조까지 마비시키는 절독의 소유자. 그러나 단지 한 소녀의 통역 일을 할 뿐.

─빌어먹을. 나의 삶은 고난하도다.

제국 내에서 왕국을 선포한 베이딘 왕국은 초라하게도 세워진 지 한 달 만에 무너졌다. 냉혹한 역사가 말하는 이 전쟁은 민족주의 학자들에게 항상 몇 번이나 연구 과제로 떠오르는 것으로 참으로 한심하고 어리석은 전쟁이라 불렸다. 후세의 학자들은 몇 번이나 유목민족들의 무지함을 비웃으며 꼬집었다.

그러나 어찌 전쟁이란 것이 비극이 아닐 수 있으랴.

베이딘족의 반란이라 불린 이 전쟁은 제국사(史)에 있어서는 체면을 구기는 해프닝이었지만 북유목민 전체에 있어서는 비극이었다. 태양신의 계시에 들떴던 철모르는 전사들은 대규모 전투에 대해서, 전쟁에 대해서는 아무것도 몰랐다. 그들은 그저 나아가 싸우면 이기고 또 좋은 땅과 식량, 물을 얻을 거라 낙관하고 불나방처럼 모여들었다가 제국의 칼날 아래 학살당했다. 전쟁으로 이골이 난 제국군이 능란하게 그들을 유린하고 그들의 약점을 찔러 기아에 허덕이게 만드는 동안 단순히 부족의 부흥을 위해 목숨을 던졌던 순수한 전사들의 시체가 초원 위에 끝도 없이 쌓였다. 학살에 가깝게 전사한 전사들의 수는 잠정 집계 약 20만에 이르고, 실종자의 수는 말할 것도 없으며, 멸망당한 씨족의 수와 노예로 끌려 나간 부족민의 수는 집계조차 제대로 이루어지지 않았다. 아마도 수십만이 되었으리라. 빈약한 북방에서 전리품으로 삼을 것은 노예밖에 없었기 때문이다. 유목민들 중 대부분이 문맹자였고, 그들의 인구조차 확실히 기록되지 않았다.

뒤통수를 맞았던 제국 출신 영주들은 이제 유목민을 자기 가족으로 생각지 않게 되어 새삼스러운 민족 차별이 생겨났다. 그들은 유목민들을 잠정적인 야적 떼로 구분해 가혹한 정치를 펼쳤다. 하지만 이 억압정책이 바로 물에 물 탄 듯, 술에 술 탄 듯 느긋했던 북방 유목민들이 민족의식에 눈뜰

계기가 되었다. 시간이 흐르면 흐를수록 제국에 대한 원한이 쌓이고 쌓여 북방 유목민 전체에 퍼져 나갔다. 한때 베이딘족을 통합시켰던 리카르는 제국군의 눈을 피해 소수의 추종자들과 함께 북베이딘족으로 스며들었다. 가장 사나운 북베이딘족의 고원지대는 제국군조차 주둔을 거부하는 험지였다. 그 속에서 리카르는 스스로를 태양신의 종이라 자처하며 북방을 떠돌았다. 그가 세운 태양신의 교단은 점점 더 부피를 늘려갔다. 한때 씨족을 중심으로 예언과 노래로 이어왔던 그들의 태양신 신앙은 이제 교리를 가지고 의지를 가진 사제와 무녀 둘로 나뉘었다. 그를 추종하는 무리가 점점 늘어나고 제국에서 노예 생활을 하다가 면천되어 돌아온 이들이 주축이 되어 새로운 흐름이 생겨났다. 그리고 진정한 베이딘 왕국이 탄생한다.

그것은 베이딘족의 새로운 삶을 꿈꾸었던 태양신의 사도 리카르가 사망하기 1년 전의 일로, 초대 왕은 리카르의 아들이자 북베이딘 족장 테치아룬의 외손자 시투렌야 1세였다.

리카르가 세운 비극의 초대 베이딘 왕국이 멸망한 지 38년 만의 일이다.

❦

황가가 아무리 무소불위의 권력을 자랑한다고 해도 수족이 없이는 움직일 수 없는 법. 일반인들도 혼자 살기란 불가능한데 어찌 대제국이 황가 혼자의 힘으로 오롯이 존재할 수 있으랴. 그리하여 때로는 황가의 친구, 때로는 연적, 때로는 그냥 부하의 관계로 대대손손 내려온 가문들이 존재한다. 이들은 그 밀접한 관계로 인해 대단히 오랫동안 고위 중앙 귀족 자리를 누려왔다. 따라서 이들은 모두 황족에 대해 빠삭하게 알고 있었고, 또 자신들이 황족에 대해서 모르는 것이 없다고 자부하고 있기도 했다. 심지어는 황족의 피가 섞여 있어서 가끔, 아주 가끔 신혈이 발휘되는 경우도 있었다.

제국과 함께 오랫동안 이어 내려온 이베어리 가문.

이 가문은 대대로 재상직으로 특화된 가문이라 할 수 있다. 머리가 좀 좋은 신혈이 쏠리기라도 했는지 남들보다 몇 배의 일을 해치우는 가문이다. 뿐만 아니라 신혈의 3대 요소, 광기, 초능력, 이기주의가 특화되어 있기도 했다. 다시 말해, 머리는 좋지만 성질은 더럽고 가끔 미치기도 하는 집안이었다.

신혈을 지닌 가문들이 그러하듯 이베어리 가문은 작위가 들쑥날쑥하고 자손이 귀했다. 공과(功過)에 따라 작위가 결정되는 것이 제국이다 보니 별로 이룬 것이 없을 때는 남작에서 자작, 공이 넘쳐 날 때는 공작에서 대공위까지도 가지는 집안이다. 제국에서 기본적으로 작위는 세습이다. 그럼에도 불구하고 작위를 그대로 유지한 가문은 중앙 귀족가 중에는 거의 없다. 황제의 기분에 따라, 일의 공과에 따라 작위가 오락가락하기 때문이다. 그래서 타국과 달리 제국에서는 작위가 백 년간 한 번도 바뀌지 않았다면 고귀한 귀족이 아니라 지방 호족으로 본다.

각설하고, 어쨌든 이베어리 가문 역시 신혈을 지닌 고귀한 가문이었기 때문에 독실한 전쟁신 카자르 엔더의 신자였다. 또한 황제들이 주장하는 단단한 신체, 뛰어난 무력을 귀족의 상징으로 떠받드는 가문이기도 했다. 훌륭한 신체를 지니지 못한 자는 귀족으로서의 자격이 없다 하는 이 중앙 귀족 사회에서 로리랜드 에녹하든 이베어리는 입지전적인 인물이었다.

따라서 로리랜드는 어릴 때 근육질 넘쳐 나는 집안에서 학대받고 멸시받으며 자랐다는 의미다.

"그래서?"

서류의 산을 쌓은 채 침침한 다크서클을 드러낸 로리랜드는 눈을 가늘게 뜨고 상대를 노려보았다. 몸은 빈약해도 눈빛만은 황제 급이다.

"형님, 그러니까……."

누가 봐도 매서운 눈길을 마주한 제도 황군부 제1사단 수석기사는 당장이라도 눈물을 떨어뜨릴 것 같은 표정으로 사촌형님을 외면했다. 로리랜드의 세 배는 될 거구의 근육질 기사는 몸을 비비 꼬면서 옆에 서 있는 사무관을 응시했다. 소화에 무리가 가는 표정에 고통을 느끼며 평민 출신의 재정담당 사무관은 앞으로 나섰다.

"재상 각하, 1사단의 예산 편성에 대해 드릴 말씀이 있습니다."

재상의 빈약한 눈썹이 위로 솟았다. 그래서?

"전에도 보고서를 올렸습니다만, 1사단은 그동안 5년간 예산이 동결되어 새로이 비품도 지급받지 못하였습니다. 게다가 아시다시피 얼마 전 처형당한 전 상무대신 오스랄 백작의 여죄 수색 때 작위를 박탈당한 전 1사단 단장 이리호스 자작 등 수뇌부의 문제로 또다시 예산 책정을 받지 못하였습니다."

그래서 어쩌라구? 재상은 여전히 서류를 든 채 중년의 사무관을 응시하고 있었다. 다크 서클이 내려앉은 눈매는 참으로 음침했다.

"이대로 가면 내년 1사단의 급료와 비품은 6년째 동결되어 타 사단과 무려 36퍼센트 이상의 차이가 나게 됩니다. 수뇌부의 비리와는 별도로 일반 병사들의 사기 진작과 형평성을 위해서 이번 추계 예산안만은 성사시켜 주시기 바랍니다."

고개를 푹 숙이며 사무관이 말하자 몸을 비비 꼬고 있던 수석기사가 나섰다. 그의 이름은 노먼 린제이 이베어리. 올해 스물네 살의 나이로 1사단 수석기사에 임명된 인물이었다.

"6년째 예산안 동결이라는 건 어디다 물어봐도 너무 심한 상황이라는 것을 형님, 아니, 재상 각하도 아시리라 믿습니다. 처벌당한 수뇌부는 이미 처리되었지만 그 여파를 아래에 있는 일반 병사들이 받는다는 건 불공정한 처사. 최소한 이번 예산안만큼은……."

"노먼 린제이."

재상은 수면 부족의 여파로 지극히 갈라진 목소리로 입을 열었다.

"제1사단은 문제가 예전부터 많았다. 이번에 새로 온 사단장과 부사단장이 앞으로 어찌할 것인가를 보고서 심의할 테니 나가보게."

"하지만! 그 예산으로는 낡아빠진 레더 실드도 못 바꿔! 지금 1사단의 병사들은 낡은 무구를 그대로 쓰고 있단 말이야!"

성질 급한 젊은 기사가 핏대를 올리자, 재상의 입가가 비틀어졌다.

"그래서? 사리사욕을 품어 예산안을 횡령한 수뇌부가 있다는 것은 아래에 있는 놈들에게도 문제가 있다는 이야기 아니던가? 말단 병사에 어쨌든 자신은 먹고살겠다는 중간 관리들의 획책 없이 머리에 똥만 든 기사들이 무슨 수로 횡령을 하나? 나는 아직도 1사단이 횡령한 예산을 다 못 찾았다. 그거 다 찾기 전에는 예산은 그대로 동결이다."

"헉!"

횡령한 예산을 다 찾아내기까지 예산안 동결.

그 말인즉, 잘려 나간 수뇌부를 찾아 그들이 횡령한 돈을

다 뽑아내야 신규 예산을 확정해 주겠다는 악랄한 소리였다.

"그, 그것은……."

옆에 있던 사무관의 얼굴이 파리해졌다. 그는 재상의 사촌이라는 수석기사만을 믿고 재상부까지 따라온 차다. 설마 하니 이런 끔찍한 소리를 할 줄 몰랐던 사무관의 얼굴이 굳는 순간, 앞에 서 있던 덩치 큰 기사 이베어리가 진지하게 말했다.

"그럼 그놈들의 집을 뒤져서 횡령한 액수를 찾아내면 우리 예산은 준다는 소리지?"

"물론이지."

경쾌하게 대답한 재상을 앞에 두고 노먼 수석기사는 진지하게 주먹을 움켜쥐었다.

"알겠어, 형님. 그럼 놈들이 횡령한 액수를 알려줘."

"이미 공문으로 보냈다. 아마 니들 서류철에 있을걸."

노먼은 뒤에 시퍼런 얼굴로 서 있는 사무관을 돌아보았다. 그의 눈빛이 비정상적으로 타오르는 것을 발견한 사무관의 얼굴은 아예 얼어붙었다.

"횡령한 놈들의 집 안을 수색해 돈을 회수한다. 그 액수에 대해선 귀관도 알고 있지?"

"에, 그, 그러나… 우리는 제도 황군부입니다. 게다가 이미 형이 집행되었는데……."

실은 재상부에서 나와서 코 묻은 동전에 굴러다니는 돌멩이까지 주워 담았다는 소문이 자자했다. 심지어 벌금액보다도 더 끌어모았다는 평이 압도적이다. 그런데 또 뒤집겠다니. 횡설수설하는 그를 노려보며 노먼 이베어리는 맹세했다.

"나는 이베어리다. 이베어리 가문은 절대로 포기하지 않아!"

포기 좀 해줬으면 좋겠다. 이 정도 되면 범죄다.

파리해진 얼굴로 사무관 및 재상부 관리들이 속으로 중얼거렸다.

큰 이베어리나 작은 이베어리나 모두 이베어리다. 이 악명 높은 가문은 끈질기고 뒤끝이 길다 못해 악랄하게 끈질기기로 이름이 높았다.

노먼의 거구가 사라지는 것을 바라보며 로리랜드는 음침하게 웃었다. 흐흐흐, 크크크.

저놈이 말라비틀어진 버찌 같은 대갈통이라며 놀린 것이 132회, 말린 생선포 같은 눈깔이라며 모욕한 것이 53회, 또한 대련을 빙자해 폭력을 행사한 것이 약 34회, 내 갈비뼈를 세 번 부러뜨리고 팔다리를 각각 두 번씩이나 부러뜨렸다. 코피를 흘리게 한 것은 셀 수도 없다. 키 크고 힘세다며 나를 능멸한 놈.

"흐흐흐흐흐……."

다른 건 다 용서해도 첫사랑인 아네스 양을 빼앗아간 것만은 용서할 수 없다. 15세의 그날, 얼마나 피눈물을 흘렸던

가. 날 생선 가시만도 못하다고 비웃던 넘들, 다 죽었어. 특히 대련하자며 시비 걸던 것들, 출세는 다 했다고 생각해라.

"ㅎㅎㅎㅎㅎ……."

남자의 자존심은 키와 근육이 아니다. 머리다! 이날을 위해 나는 모든 것을 바쳤다. 나의 권력에 비할 자는 아무도 없다.

"크ㅎㅎㅎㅎㅎ……."

그 음침한 웃음소리에 재상부 관리들은 근육이 쪼그라드는 공포를 맛보았다. 남들은 모르지만 재상부 관리들은 알고 있다. 빈약하나 위대하신 재상 각하께서 근육과 키에 얼마나 많은 원한이 사무쳐 있는지. 재상부에서는 튼실한 근육과 키를 가지고 있는 것이 죄다.

그때였다. 따악 소리와 함께 음침하게 웃고 있는 그의 뒤통수에 일격이 가해졌다.

"악!"

앉은 채로 앞으로 쓰러질 뻔한 재상이 눈물을 머금고 뒤를 돌아보았다.

"누구냐?"

"나다."

재상의 권력을 찍어 누르는 권력을 가진 황태자는 창가에 앉아 그를 노려보고 있었다. 심사가 비틀린 소년의 얼굴에 짜증이 툭툭 배어 나왔다.

"헉, 전하! 어찌하여……."

"어찌하긴 뭘 어째? 왜 그렇게 음침하게 킬킬대고 있어? 그러니까 다들 쫌생이라고 싫어하지."

"어, 어느 놈이 저를 쫌생이라 부릅니까?"

뒤끝이 긴 재상이 이를 갈며 벌떡 일어나자, 황태자 제흐나므는 혀를 차며 물었다.

"전에도 말했지만 다흐마르의 행방은 좀 알아보았어?"

"아, 네."

급히 공손해진 얼굴로 재상은 서류더미에서 큼지막한 보고서 한 철을 꺼내 들어 내밀었다. 제흐나므가 보고서를 험악하게 넘기면서 읽는 것을 보며 재상은 흐뭇한 얼굴이 되었다. 오오, 네 살밖에 안 된 분이 이미 황궁 보고서에 익숙하시다니. 제국의 홍복이로다.

황제처럼 까막눈이 되지 않기를 얼마나 빌었던가. 최고 결정권자인 황제가 까막눈이 되면 일이 배로 는다. 그나마 절대 충성하는 가디언들이 있기에 무난히 일이 넘어가는 것이지, 가디언이 아닌 보통 관리가 황제의 옆에 붙어 있었다면 끝장이다. 권력이란 것은 흩어지면 못 쓰는 법이다.

보고서를 읽을수록 황태자의 얼굴은 찌그러진다.

전설의 용사 일지를 쓰고 있는 동생의 행적을 살피며 황태자는 생각했다. 아씨, 짜증나. 혼자만 노냐. 나만 두고 나가 노니 좋냐? 들어오기만 하면 모후에게 일러서 채찍 100대는 치라고 해야지. 난 공부하는데 넌 놀아? 쌍둥이 주제에!

"아, 그리고 황제 폐하께서는 곧 환궁하실 겁니다. 일은 다 마무리되었고, 전설의 그 황금 새는 황제께서 잡으셨다고 하십니다."

그 속도 모르고 흐뭇한 웃음을 머금은 재상이 고하자 황태자의 입가가 씰룩거렸다.

"산 채로? 잡아오긴 한대?"

순간, 재상은 입을 다물었다. 아니다. 이미 황금 새는 세상을 떴다.

그의 얼굴만 봐도 알 수 있었던 제흐나므는 코웃음을 쳤다.

"혼자서 구워 드셨겠지 뭐. 행여나 귀찮게 산 채로 끌고 오시겠어?"

맛 좀 보게 산 채로 가져오면 누가 뭐래? 몇백 년에 하나 나올까 말까 한 전설의 새라는데 구경도 안 시켜주고 혼자서만 드시다니. 틀림없이 맛은 없었을 거야. 그럼, 그렇고말고. 맛이 있을 리가 없어. 질기고 퍽퍽한 맛이 분명해. 아니, 맛이 없어야 해.

이를 갈면서 음침하게 중얼거리는 황태자. 겉은 열다섯 살 소년이나 속은 네 살 유아.

신의 상징이라는 신조를 앞에 두고 맛을 따지는 황태자를 보며 재상 로리랜드는 오늘도 먼 하늘을 향해 미소 지었다. 까막눈을 면한 게 그래도 어디냐.

"뭐? 전쟁신께서 점지한 야만족의 여자?"

"맙소사! 그 여자까지 임신 중이라면 어떻게 해요?"

"어떻게 야만족 여자를 후궁에 봉할 수 있어요? 그것도 2궁비로! 그건 안 되는 일입니다!"

오늘도 실속없는 다과회를 여는 후궁들은 이번에 들어온 새 소식에 광분하고 있었다.

"그 여자가 세상에 신혈을 잉태했다고 합니다! 그것도 전쟁신께서 점지한!"

"말도 안 돼! 그걸 어떻게 믿어욧? 대무여관도 동의한 겁니까?"

"대무여관이 어떻게 그 여잘 알겠어요?"

"폐하께서 그렇게 정하셨다는데요."

"그 여자가 달맞이꽃이라는 별칭이 있다는 소문은 들었나요?"

모인 후궁들의 얼굴에서 일제히 혈색이 빠져나갔다.

별칭! 그것은 바로 총애의 척도라 불리는 것. 황가의 비정상적인 심미관과 언어관으로 볼 때 비정상적인 별칭을 가지고 있다는 것 자체가 총애의 증거였다.

"나, 나도 별칭을 얻고 싶어."

"나도."

후궁들의 얼굴이 울적해졌다.

이제 그냥 후궁 마마는 식상하다. 아니, 너무 흔해서 별 볼일 없다. 안 그래도 후궁이 넘쳐 나는 황궁이다. 오죽하면 황후가 번호를 붙여 아무렇게나 불렀으랴. 그와는 반대로 총애의 상징인 애칭은 특별함을 의미한다.

황후의 정부가 되길 소원하는 귀족 남성들 사이에서 돼지란 별칭은 〈선택받은, 유능한, 강력한〉 등등이란 의미로 되새겨졌고, 황제의 총애를 기원하는 후궁들 사이에서 눈토끼란 별칭은 〈깜찍한, 사랑스런, 눈에 넣어도 안 아픈, 항상 안고 다니고 싶은〉이란 의미를 담고 있었다. 황제가 작다고 항상 안데르를 안고 다녔기 때문이다.

이미 황제의 산토끼, 아니, 눈토끼와 황후의 돼지라는 별칭이자 애칭은 황궁 전체에 퍼져 있었으며, 곧이어 제도를 넘어 대륙으로 뻗어갈 조짐까지 보였다. 몇몇 충성스런 평민들은 눈토끼를 사냥하면서도 눈토끼란 호칭 대신 산토끼라 부르고 있었으며, 또한 집에서 기르는 돼지도 일부러 얼룩이 돼지나 뚱뚱한 돼지, 우리 집 돼지 등등으로 따로 지칭해 부르기까지 했다. 심지어 낭만적인 연인들 사이에서도 새로운 유행어가 등장했다. 여자는 눈토끼, 남자는 돼지라 부르는 것이다. 오, 나의 작은 눈토끼, 아아, 나의 늠름한 돼지님, 기타 등등, 기타 등등.

후궁들 사이에서 애칭에 대한 열망이 퍼져 나가고 있을 때 그 애칭의 소유자인 안데르는 오늘도 체조에 열중하고 있었다.

"조금만 힘을 더 내십시오, 마마."

구슬땀을 흘리며 시녀장 루키아는 조교, 아니, 훈련에 열을 올리고 있었다. 황제와 황후 두 사람 모두에게서 칙명을 받은 그녀의 책임은 막중했다. 어떻게 해서든 왜소한 안데르를 일반인 사이즈로 키워내야만 했다. 지금 안데르의 체구는 어린 황족들과 비슷했고, 몇몇 황족들보다 오히려 작기까지 했다.

"오늘의 식사는 암사슴 넓적다리와 만드라고라의 뿌리를 넣고 고은 스튜입니다. 입가심으로는 간을 넣은 미트파이와 벌꿀 셔벗입니다."

보양식에도 일가견이 있는 나이 든 무녀가 급히 안데르의 식사를 맡았다.

"야식은 뭐야?"

"산양의 젖으로 만든 요구르트와 체리푸딩입니다."

루키아의 시선이 언뜻 황제가 그어놓은 침대 기둥에 가 닿았다. 아직도 멀었다고 생각되자 가슴이 벌렁거리며 두려움이 치솟는다. 아아, 황제께서 곧 돌아오신다는데! 아직 마마의 키는 모자라는데!

황제의 욕구불만은 현재 지붕을 뚫고 튀어나갈 상황이다. 루키아는 알고 있었다. 아무리 다른 후궁이 있다 한들 황제의 집착은 안데르의 몸에 생기는 흔적으로 고스란히 드러난다. 본인은 애정 표현이라 부르고 남들은 그냥 멍이라 부르는 흔적들이다.

그냥 황제만 있어도 무서웠을 텐데 거기에 황후까지 압력을 가하고 있었다.

압박감을 팍팍 주는 황후는 거의 매일 안데르를 불러다가 키와 몸무게를 잰다. 심지어 매일 보양식에 보태라고 특별 영약까지 보내고 있다. 신혈을 지닌 황족은 원래 영약을 먹지 않으니 보통 영약이나 보약은 후궁들이 먹는다. 애 잘 낳으라는 의미다. 황후는 후궁에 부여된 그 예산의 반을 툭 잘라 안데르에게 배정했다. 그것이 바로 후궁을 좌지우지하는 권력의 힘. 아무도 항의하지 못한다.

"이렇게 잘 먹으면 잘 자랄 거야. 내 것은 커야 해."

돈이 모자라면 청구해라. 내 오리를 잘 키워야 한다. 황후의 눈빛은 번들거렸다. 내 오리라면 당연히 크고 탐스러워야 하는 법. 윤기 좔좔 흐르고 포동포동 살도 찌고, 쭉쭉빵빵 늘씬하게 커야 한다.

루키아는 두려웠다. 그녀만이 아니라 안데르의 시녀들은 다 두려움에 떨고 있었다. 황제야 가끔 시켜놓은 것도 잊어버리지만 황후는 안 시킨 것도 시켰다고 우긴다. 게다가 둘다 뒤끝은 길고도 길다.

매일 체조, 마사지, 심지어 높이뛰기나 달리기, 미용액 투하와 목욕이 계속되고 키 크게 한다는 보양식이 매 끼니마다 거듭되는데도 안데르의 키는 자랄 줄을 몰랐다. 아니, 그녀를 키운 유모의 주장에 따르면 크긴 컸다. 약 손가락 마디 하나만큼 정도 컸다. 사실 겨우 반년도 안 된 시간에 비하면 그 정도만 해도 많이 큰 축에 들긴 하지만 황후나 황제의 눈높이에 따르자면 어림도 없었다. 그래도 유일한 위안은 항상 파리하던 그녀가 뽀얗게 살이 오르고 푸석하던 백발에도 윤기가 흘러 그럭저럭 은빛이 도는 백발이라 부를 수 있는 수준이 되었다는 점이다. 얼마나 잘 가꾸었는지 잘만 하면 은발이라고 부를 수도 있었다. 게다가 굴곡이라곤 조금도 없었던 바짝 말랐던 몸매에 요철이 생겨났다. 아직 그녀의 이복 자매들에 비하면 빈약하긴 하지만 그래도 이제 소녀다운 몸매가 되었던 것이다.

매일매일 가슴둘레를 재보던 황후는 이것이 콩알이냐 밤알이냐 투덜거렸지만 그래도 안데르는 자못 흥분하고 있었다. 나도 가슴이 커질 수 있다!

그녀는 가슴이 커졌다는 데에 의의를 부여하면서 얼른 황제가 돌아오길 기도하고 있었다. 원래 태양신의 신도였지만 별로 태양신에게서 도움을 받지 못했던 그녀는 어느새 전쟁신으로 전향해 매일 밤마다 신전에 가서 기도를 올렸다.

사랑하는 그분이 빨리 돌아오게 해주세요. 가슴이 좀 더 커지게 해주세요. 사과 알 정도는 커지게 해주세요. 엉덩이도 좀 빵빵하게 해주세요. 그분이 돌아와 깜짝 놀라게 해주세요. 이제 손만 잡고 자는 건 싫어요. 그러니까, 그러니까… 저 좀 요염하게 만들어주세요. 그분을 유혹할 수 있도록 빵빵한 미녀가 되고 싶어요.

상당히 소박하다면 소박한 기도였지만 불발이다. 전쟁신 카자르 엔더는 소녀의 몸매를 책임질 수 있는 신이 아니었다. 그는 전쟁신이지 미의 신이나 사랑의 신이 아니었으니까.

"황제가 돌아오고 있다는데 넌 그놈을 만나면 뭘 제일 먼저 하고 싶으냐?"

항상 그렇듯 오후의 다과에 초대한 황후가 물었다. 다과회라 부르고 신체검사라 느껴지는 황후의 초대에 시녀장 루키아의 스트레스는 심화되고 있었다.

"키스요~!"

안데르는 작은 두 주먹을 불끈 쥐고 외쳤다.

"덧붙여 동침도 좀."

빨개진 뺨으로 그녀는 종알댔다. 또 거기에 꽉 안아주셨음 좋겠고, 또 뽀뽀도 좀 했으면 좋겠고, 손도 잡아주셨음 좋겠고, 또 예쁘다 예쁘다 해주셨으면 좋겠고, 또…….

할 건 많았다.

작은 몸집으로 꼬물대는 안데르를 애완동물 바라보듯 흐뭇하게 바라보던 황후는 쯧쯧 혀를 찼다. 저걸 언제 다 키우나. 내 오리는 너무 작아. 이건 잡아먹을 데도 없는데. 왜 자라질 않는 거냐? 윤기는 좀 생겼다만 아직 작아.

줄자를 들고 안데르의 사이즈를 재면서 그녀는 탄식했다.

아, 씨! 왜 이렇게 작냐.

미리 말해두지만 안데르는 하리아드 여인의 평균 신장에는 충분히 도달했다.

"물."

황제는 느긋하게 말을 멈추며 말했다.

여긴 원래 샘이 있는 곳이 아닌데. 이상하기도 하다 생각하면서 길잡이로 익숙해진 바인데는 말을 멈추고 숙영지를 정해주었다. 황제의 말대로 정말 황야 한복판에 샘이 있었다. 작긴 했지만 샘은 샘. 말갛게 솟아나는 샘물로 목을 축이고 일행은 저마다 식사를 준비했다. 해가 지기 시작하자 황야는 금방 기온이 내려가고 어두워진다. 가디언들과 기사들은 급히 말린 말똥으로 마련한 모닥불에서 육포를 굽고 물을 끓여냈다. 재주 좋은 가디언들은 식사 준비도 뚝딱 마쳤지만 부상자가 제법 되는 기사단은 꽤나 준비가 느렸다.

"흠."

술이 없어서 끓인 물에 뱀의 왕의 피를 몇 방울 떨어뜨려 들이켜고 있던 황제는 문득 화사한 빛을 발하고 있는 황금새의 깃털을 발견했다. 반니레다의 검은 머리채 안에서 빛나고 있는 깃털은 온통 어두운 황야 한가운데서 은은한 빛을 뿌리고 있었다. 그 모습이 제법 보기 좋았다.

근위기사들 역시 아픈 몸을 하고서도 흐뭇하게 빛나는 깃털을 보고 있었다. 이런 귀한 것은 어떤 이들도 가지지 못했을 터였다. 황금 새라니. 이교신이긴 해도 어쨌든 신의 새다. 그 깃털을 영광스럽게도 소지하게 된 것이다. 황제의 친위근위기사단 호르데마누만이 가질 수 있는 물건이다. 고생한 보람이 넘쳐흘렀다.

"폐하."

바인데와 뭔가 떠들고 있던 루네릭이 무릎걸음으로 다가와 황제 앞에 고개를 숙였다.

"지금 대승을 거둔 북부원정군이 지척에 있다고 합니다. 그쪽에 있는 야히, 신관이 연락을 해왔다 합니다."

황제는 재주도 많은 바인데를 흘긋 보았다. 어떻게 알았지? 저거 쓸 만하네.

"일단 그들과 합류하여 환궁하시지요. 북부원정군 사령부에서는 폐하의 옥체에 무슨 일이라도 있을까 전전긍긍하고 있다고 합니다."

전전긍긍 정도가 아니라 와스발딘이라면 발작을 일으키고도 남았을 것이다. 더불어 레솔트도 안절부절못하고 있을 터다. 황후의 정부인 그가 황제를 내버려 두고 따로 환궁하면 무슨 소릴 듣겠는가.

"귀찮아."

아무리 빨라도 한두 명이 아니라 최소 오만에 이르는 대군이다. 아니, 오만이 아니라도 이만은 될 것이다. 그런 군대와 함께 움직이면 늦어지는 것은 당연지사. 사랑스런 눈토끼를 하루빨리 보고 싶었던 황제는 사납게 짜증을 냈다.

"그, 그래도 폐하, 대승을 거두었다고 하니 폐하께서 그들을 직접 거느리시는 것이 옳을 듯합니다. 분명히 기다리고 있을 것입니다. 폐하의 부름을."

뒤로 호박씨를 까기도 하고 멀쩡한 얼굴로 뻥을 치기도 하지만 호르데마누의 단장 루네릭 백작은 기본이 고지식한 인물이다. 그는 진지한 얼굴로 북부원정군과 합류하여 환궁하자고 고했다. 조금만 기다리면 제국에서 가장 성질 급하다고 알려진 충성스런 두 무장, 와스발딘과 레솔트가 미친 듯이 달려올 것이 뻔했다. 아니, 사실은 뒤가 무서워서 루네릭은 그들과 함께 환궁하고 싶었다. 말이야 황제친정군이고 근위기사단이지, 지금 현재 그들의 몰골은 차마 입에 담기도 두려운 산적 내지는 야적 떼 꼴이었다.

"게다가 눈토끼 마마께서도 폐하께서 화려하고 멋지게 개선하는 모습을 기원하고 계실 겁니다."

옆에서 은근슬쩍 앙데라그가 끼어들었다.

"응?"

귀가 상당히 얇은 황제가 눈썹을 치켜뜨자, 앙데라그가 연설을 시작했다. 아무리 잘난 근위기사단이라 해도 지금 이대로 환궁하려면 부상도 도지고 몸도 상한다. 게다가 위명 높은 호르데마누의 기사단이 이런 초라한 몰골로 폐하를 모시면 폐하의 명성에 누가 된다.

"폐하께서 환궁하시기를 손꼽아 기다리고 계실 가련하신 눈토끼 마마의 마음을 생각해 일단은 병력을 단장하고 다듬어 움직이는 것이 좋을 듯합니다."

그분이 얼마나 걱정하시겠습니까? 그죠? 앙데라그가 덧붙인 한마디에 황제의 마음이 움직였다. 그래, 그것이 얼마나 걱정하겠어? 내가 나간다니까 두 손 꼭 잡고 다치시면 싫어요 하면서 울먹이던 안데르. 무사히 돌아오세요 하고 눈물로 그를 보내던 작은 그의 눈토끼를 상상하자 황제의 마음이 사라라락 녹아들었다.

그래, 나의 눈토끼가 마음이 상하면 안 되지. 그러고 보니 내가 발하고 손에 화상을 입었었지? 내 사랑스런 눈토끼를 생각하면 다쳐선 안 되는 건데. 아, 손톱도 부러졌었다. 쭛, 고것이 걱정하면 어떡하지?

황제는 자신의 손과 발을 살펴보았다가 안도했다.

기우였다. 이미 그의 손발은 미끈하다. 부러진 손톱이 짧아 보이긴 하지만 그게 전부일 뿐 화상이고 생채기고 아무것도 없이 완벽하게 다 나은 몸이다. 뿐이랴. 별로 안 씻어도 피부는 매끈매끈, 화사하게 빛이 난다. 신혈이어서 그렇다기보단 사실 가디언들의 시중은 연중무휴이기 때문이다. 바지런한 가디언들은 자신들의 부상보다 황제의 부상에 더 신경을 썼다. 향유다 뭐다 하며 부지런히 황제의 손발을 마사지하고 다듬었다. 아마 사지가 잘려져 나갔어도 그들은 황제의 손톱 부러진 것에 신경을 더 썼을 것이다.

가디언답게 사지가 부러진 지 나흘도 안 되어 다들 부상에서 회복된 가디언들이 팔팔해진 것과는 달리 근본이 귀족 도련님이고 가끔 돌격대나 잡일꾼으로 변신하는 근위기사들은 몹시 초라한 꼴을 하고 있었다. 황제의 뒤를 따르느라 서둔 나머지 식량이고 뭐고 별로 가진 것도 없고 여벌의 옷이며 약통도 없다. 무엇보다 이들은 험지를 타넘고 헤치고 다니는 강행군을 계속해 왔다. 지치고 다치는 건 당연하다.

아무리 단련된 근육질의 기사라 해도 인간의 몸을 가진 평범한(?) 남자들이니까.

그런데 이 추레한 일행을 끌고 황제가, 그것도 대륙의 지배자라는 별칭을 지닌 제국의 황제가 환궁한다고 치자. 황제야 아무 생각이 없겠지만 황제에게 과도한 충성을 바치고 있는 이들로서는 뒤통수 잡고 쓰러질 모습이었다. 제도의 시민들도 경악할 것이다. 번쩍번쩍 빛나는 강철의 매를 문장으로 삼고 있는 호르데마누가 산적보다도 초라한 몰골이라니. 게다가 그 꼴을 하고 갔다가 제도 황군부를 총괄하는 황군총감이나 군부대신이 비웃는다면! 훗, 비렁뱅이 꼬라지를 하고 호르데마누라니. 문장이 아깝다, 문장이. 니들이 어디 근위기사냐? 어디 가서 근위기사란 소리 하지 좀 마. 제도 황군부의 졸병도 그런 꼬라지는 안 해. 크크크. 엄마 친구의 아들이자 제도군사학술원 동기인 황군총감 보르주트 백작이 콧수염 비비 꼬며 비웃을 것을 생각하면!

루네릭 백작은 자신의 부하들을 다시 한 번 훑어보았다. 제대로 씻지도 못해서 꼬질꼬질한 몰골인 근위기사들이 사타구니 북북 긁어가면서 레솔트 군에게서 얻은 페자페지 무구를 슬쩍 가방에 넣고 있는 게 보인다. 빌리긴 했지만 돌려주긴 싫은 것이 인지상정. 그냥 우리 먼저 환궁하고 휴가 받으면 안 될까? 폐하께서도 눈토끼 마마가 보고 싶으실 거야. 그치?

루네릭은 한숨을 몰아쉬며 다시 고했다.

"폐하, 정말 이들의 몰골이 너무 초라합니다. 폐하의 위엄에 누가 됩니다."

황제의 시선이 초라한 몰골을 하고 있는 근위기사단에게 닿았다. 그러고 보니 가디언들은 그럭저럭 나았는데 근위기사들은 여전히 꼬질꼬질하다. 아니, 점점 더 지저분해졌다. 물이 귀하고 약이 귀한 곳이다 보니 휴식도 치료도 부실해서 나아지질 않는 것이다. 가디언들이야 혼자서도 잘해요 하는 놈들이지만 근위기사단은 근본이 귀족 도련님들이다.

황제는 또 한 번 깨달음을 얻었다.

근위기사들도 지저분하구나. 왜 이렇게 애들이 구질구질해? 수천, 수만 명을 끌고 다닐 때는 몰랐지만 사실 호르데마누 근위기사단은 많은 수가 아니다. 고작 50여 명 남짓이다.

황제가 말없이 기사들을 훑어보는 동안 루네릭 백작은 피가 마르는 기분이었다. 짜증난다고 설마 죽이시진 않겠지? 부상자 따위는 귀찮다고 던져 버리시거나 걷어차시거나 찢어버리시진 않겠지? 그때 그러셨던 건 질풍노도의 사춘기여서 그랬을 거야. 원래 사춘기 때엔 멀쩡한 애들도 미친개가 되잖아? 이젠 19세가 되셨으니 사춘기는 지나셨잖아?

"흐음."

황제의 시선이 다시 근위기사들에게 닿자, 방만하게 늘어져 있던 이들이 일제히 자세를 바로잡았다. 저희들, 쓸 만하거든요! 죽이지 말아주세요! 버리지 말아주세요!

그 애처로운 눈빛에 황제의 기분이 점점 가라앉았다. 뭐야, 이 기분 더러운 시선은?

황제의 눈초리가 사나워지자, 루네릭은 피가 말랐다. 아아, 안 돼! 이 모습으로 환궁은 못해! 검왕이라 부르고 검광이라 불릴 만한 와스발딘의 그 이글거리는 눈동자가 뒤통수에 달라붙어 있는 기분이었다. 우, 우, 우리 폐하야! 그런데 어, 어, 어떻게 그렇게 초, 초라하게 모, 모실 수 있니? 네, 네, 네가 그러고도 그, 그, 그, 근위기사단장이냐? 이 여물통에 코 박고 죽어 자빠질 골통아! 그 비리비리한 XX를 단 그 몸뚱어리 하나 편하자고 우리 폐하를 험히 모시다니! 네놈의 대가리를 쪼개 그 허연 뇌수를 씻어주마아아!

어디선가에서 환청이 들려온다. 가슴이 다 벌렁거린다. 크윽. 속이 쓰라려. 욕할 때와 때릴 때는 절대 말을 안 더듬는 검왕은 상상만으로도 숨이 컥컥 막히는 종자다.

"알았다. 그럼, 그놈들보고 빨리 오라고 해."

황제는 순순히 허락했다. 그리고는 덧붙였다. 낼 점심때까지 안 오면 그냥 갈 거다.

"가, 감사합니다, 폐하. 서둘러 연락하겠나이다."

안도의 한숨을 내쉬면서 그는 급히 멀뚱거리고 있는 바인데에게 손짓했다. 신관의 동정 어린 시선에 가슴이 저렸다. 아아, 속 아파. 부인, 마누라, 나 이러고 산다오. 루네릭 백작은 잠시 하늘을 올려다보았다.

"보이는군요, 폐하. 척후병이 보였습니다."

레인저를 방불케 하는 얍삽함을 자랑하며 앞을 살피던 근위기사가 고해왔다. 말도 없이 무거운 갑주를 입고 잘도 뛰는 근위기사들의 모습에서 그들의 단련 정도를 누구나 알 수 있다. 그래도 말은 기사의 상징. 자기들 말을 다듬으면서 어떻게든 꼬질꼬질한 모습을 피하려고 열심히 몸을 닦는 기사들은 불쌍했다. 샘이 있어 다행이야. 아아, 이 꼬라지를 그 검왕이 보면 말려 죽일 거야.

가디언들은 간이로 만들어놓은 숙영지 주변을 빙빙 돌며 황제의 모습을 은근슬쩍 관찰하고 있었다. 오늘 좀 이상하시지? 점심도 좀 덜 드신 것 같은데.

해가 중천에 떴다. 주변 경계를 맡은 기사만 빼고 느긋하게 늦잠을 자고 휴식을 취한 이들은 어쨌거나 그럭저럭 사람 몰골이 되어 있었다. 가디언들은 평상시대로 황제의 손톱 소제와 발 마사지 등 소소한 미용에 열을 올렸고, 아예 달맞이꽃 마마라는 별칭으로 인식된 반니레다는 바인데와 말없는 대화를 나누며 느긋하게 앉아 있었다.

내가 왜 이럴까.

황제는 생각했다. 생각하고 있었다.

밥은 먹었는데 마음이 뒤숭숭하다. 영 뭔가 거북하다. 그 영감을 보겠다고 결심하자마자 마음 한구석이 거북하다. 체한 것처럼 쿡쿡 쑤시는 것도 같다. 독에 당한 것도 아닐 텐데. 사실 몸은 예전보다 튼실해졌다. 약도 술도 예전보다 줄었다. 약과 술에 취해 아무것도 모르고 넘어간 일들이 너무나 많았다는 것을 깨달았기 때문이라고나 할까… 라기보단, 먹을 새가 없어서 그랬다. 본의 아니게 금주(禁酒)에 금약(禁藥)을 한 셈이다.

요즘 내가 심약해졌어. 너무 관대해졌기 때문이야.

후우 하고 그는 탄식했다. 착해지니까 머리가 복잡해진다.

황제는 사실 그냥 확 가버리려고 했다. 그런데 근위기사들의 파리한 얼굴도 왠지 걸리고, 불쌍한 표정의 루네릭도 좀 걸리고. 결정적으로 그의 사랑스런 안데르가 자신이 초라한 거지 떼들의 주인이라고 오해할까 봐 걸렸다.

"주인님, 스테이크 드실 거죠?"

주인의 고뇌가 공복이라 믿고 있는 메리테인은 모닥불 위에 노획한 방패를 얹고 고기를 굽고 있었다. 근위기사들이 건량을 먹으며 이를 갈 때 가디언의 수장은 기다리고 있었다. 잡은 말고기가 숙성되기를. 원래 갓 잡은 네 다리 짐승은 맛이 없는 법이기 때문에 참고 있었던 것이다.

속이 거북하다 느낀 주제에 기름기 좔좔 흐르는 오랜만의 스테이크에 식욕을 되살린 황제는 메리테인이 썰어주는 스테이크와 가디언 비장의 술을 천천히 마셨다.

"그런데 와스발딘 백작과 꼬옥 가셔야 해요?"

그 영감은 정말 무섭거든요. 좀 미친 거 같아요. 진지한 얼굴로 말하는 메리테인을 물끄러미 보던 황제는 더 찝찝해졌다. 그 영감이 백작이었냐?

그렇다. 자신이 가디언들도 다 아는 와스발딘의 얼굴도, 이름도 몰랐다는 것이 기억나자 굉장히 찝찝해졌다.

왜 찝찝한 걸까?

황제는 다시 고심했다. 고심에 고심이 꼬리를 물고 달려들어 뱅뱅 돈다. 와스발딘 영감에 대해서 내가 좀 몰랐다는 게 왜 찝찝한 거지? 거, 좀 모를 수도 있는 거잖아. 그 영감이야 제멋대로 와서 제멋대로 죽었는데 내가 꼭 알아야 해? 응? 그런 거야? 무엇보다 그 영감은 나보다 마노를 택한 배신자잖아!

갑자기 울화가 치민다. 황제는 잘 먹다 말고 앉아 있던 바위를 맨주먹으로 내려쳤다. 콰앙 하고 돌가루가 날리며 손자국이 남았다. 왠지 전보다 더 힘이 세진 것 같은 기분이 들기도 한다. 아, 술을 줄여서 그런가? 약을 안 해서? 이 알 수 없는 찝찝함.

그는 벌건 눈으로 말똥거리며 그를 보고 앉아 있는 가디언들을 훑어보았다. 부상이 다 나은 그들은 여전해 보인다. 아니, 좀 더 건방져 보이기도 했다. 아씨, XX들. 저렇게 약해 빠진 것들이 날 감싸려고 난리를 쳤었지.

가물가물한 기억 속의 장면이 다시 흐릿해진다. 흐릿하다는 것 자체가 그가 그 당시에 정신이 빠졌다는 증거다. 술, 술, 마약, 음약. 빌어먹을 마약과 술에 취해서 얼마나 병신짓을 했던가. 와스발딘이라고 이제야 이름을 알게 된 영감의 얼굴이 희미하게 스쳐 지나갔다. 주름살이 가득하지만 푸른 눈은 맑았던 영감. 가디언들을 닮은 듯한 눈매가 그를 보고 웃던 게 기억났다. 아주 어린 날 그의 손을 잡고 사내답게 오줌 누는 법을 가르쳐 주겠다며 진지하게 말하던 남자가 기억난다. 여자를 꾀려면 거시기가 튼실해야 한다며 한겨울에 바지를 벗겨놓고 수련장을 달리게 하던 미친놈도 기억났다.

"아, 씨!"

속은 더 뒤숭숭해진다. 황제는 뒤숭숭하기에 스테이크를 더 씹어 삼켰다. 순식간에 3인분을 해치우는 황제를 보며 신이 난 메리테인이 흐뭇한 시선을 던졌다. 뒤에서 루네릭은 가슴을 쓸어내리며 손짓했다. 그래, 메리테인 경. 시간 좀 끌어. 우리가 꼭 거지꼴을 하고 환궁해야겠어? 거지꼴 하고 있는 건 당신들뿐이거든? 우리 폐하는 반짝반짝 아름다우시거든? 코웃음을 치면서도 메리테인은 부실했던 주인님의 식단에 드디어 건실한 고기가 올라온다는 데 감격해 열심히 고기를 구웠다. 2번과 3번은 열심히 황제의 잔에 술을 따라 바친다.

'혹시 내가 어젯밤 거시기한 그분을 못 봐서 그런 건가?'

황제도 생각이란 걸 하기는 했다.

사실 좀 이상하긴 했다. 요즘 왜 카자르 엔더가 안 나타나는 걸까. 밤마다 그를 다양한 방법으로 구타하는 재미에 빠져 있던 신이 아니셨던가. 혹여 바쁜가? 안 보면 좋은 게 아니라 불안해지는 황제는 잠시 고심했다. 역시 내가 너무 잘해서 안 나타나는 건가? 내가 훌륭해서? 그렇겠지. 이렇게나 완벽하게 일 처리를 했으니 저 XX한 신도 흡족했던 게야. 그러니까 안 나타나지.

혼자서 북 치고 장구 치고 둥기둥기도 끝낸 황제는 다시 과거 속에 고개를 파묻었다. 그건 그렇고, 도대체 기억이 영 제대로 나질 않는다. 찢어진 편지처럼 그의 기억은 여기저기 흩어져 합쳐지질 않는다. 그의 기억 속의 영감은 얼마 전 날뛰다 죽어버린 노인네였지만, 사실상 19세가 된 지금의 그에겐 겨우 10여 년 전의 일이다. 남들은 어릴 때 기억이 생생하다는데 황제에겐 제대로 된 어린 시절이 존재하지 않았기 때문인지 기억은 아른아른하다.

"야, 메리."

"넵!"

"영감에 대해서 설명 좀 해봐."

나한테서 쫓겨난 뒤에 뭐 해먹고 살았는지 보고해 보라는 말로 들린 가디언의 수장은 절로 이를 아드득 갈았다. 감정이 희미한 가디언조차 이를 가는 남자.

검왕이라 불리며 검광이라 불리다가 가끔은 미친 개아가라 불리기도 하고, 존경하는 스승님이라 불리다가도 죽어버려라 괴물아라고도 불리는 남자.

황제의 명에 메리테인은 천천히 설명했다. 옆에서 루네릭도 이를 갈며 보탰다.

와스발딘.

황제는 아예 기억도 못하지만 그의 정식 이름은 게오르그 룬데하트 와스발딘 백작이었다. 물론 지금이야 검왕이라 불리는 거물이 되었지만 그도 어린 시절이 있었다. 명문가 와스발딘 공작가에서 그는 자랑스러운 아들이었다. 유달리 덩치가 컸던 소년은, 15세가 되기도 전에 놀라운 재능을 선보였는데, 열 살 위의 형은 물론이고 정규 기사단에서 근무하고 있었던 그의 부친까지 때려눕히는 쾌거를 이룩했다. 형제들이나 또래들은 짜증을 냈지만 부모는 감격했다. 드디어 자신의 대에서 그랜드슬램을 이룩할 세기의 검사가 나올지도 모른다는 상상에 와스발딘 공작은 삼남의 교육에 열정을 쏟았다.

그런데,

"전 위대하신 신의 도구가 되겠습니다."

소년은 선언했다. 불타는 열정과 빌어먹을 고집을 가지고.

공작가의 사람들은 일제히 절규했다. 미쳤냐!

사실 전쟁신의 신관들은 존경받고 숭배받는 직업군에 속한다. 게다가 희생하느니 고결하게 살아야 한다느니 하며 금욕하고 살아야 하는 것도 아니다. 인생을 즐기자는 신의 섭리를 따라 일단 신을 모시기만 하면 결혼을 하든지 이혼을 하든지 도박을 하든지 그것은 상관할 바가 아니었다. 단지, 강해야 한다는 점이 문제다. 무녀는 여자라도 무예와 전술을 배우며 신관은 무투가의 일생을 보낸다. 사실 몸을 단련하고 무술을 연마하다 보면 별로 놀 틈이 없다. 특히나 바쁜 황궁의 무녀들은 더 바쁘고 평생을 단련과 수련 속에서 살아야 하는 근육질 무투가 집단인 신관들은 굳이 금지하지 않아도 음주가무에 열중할 시간은 별로 없다. 그나마 제도에 속한 신관이나 귀족가 출신인 신관들은 각 지역의 신전에서 지내지만 야히, 야히슨이라 부르는 소속 신전 없이 떠도는 신관들은 유랑하는 무투가이자 잠재적인 황제의 첩자에 가까웠다. 특히나 와스발딘 가의 삼남이 되고자 하는 것은 신전도 없이 떠돌며 전쟁신의 구도자로 살아가는 재야 신관이었다. 집안 전체가 들고일어나 이 고집 센 소년을 뜯어말렸고, 심지어 신전에서 신관까지 나와서 말렸다. 신탁을 받은 것도 아닌데 어린 소년을 야히로 받아줄 순 없다는 선언이 떨어졌던 것이다.

"야히도 아무나 되는 게 아니로군."

황제는 설명 듣다 말고 옆에 얌전히 앉아 있던 바인데에게 시선을 던졌다. 얼결에 시선을 마주한 바인데는 가슴을 부여잡으며 신의 이름을 불렀다. 아아, 억울하여라.

"그럼요. 신께서 이르지 않으시면 신관은 될 수 없습니다."

열심히 피력하는 바인데를 모른 척하고 황제는 설명을 재촉했다.

어쨌든 풀이 죽은 와스발딘 가의 소년은 열심히 검술을 익히고 닦아 마침내 15세에 황립무투대회 우승을 시작으로, 근위대 최연소 입단 예약, 제국 검투협회 석권을 연달아 해내며 기염을 토해냈다. 가히 천재적인 무재의 소유자였다.

크고 작은 제국의 검투대회를 모두 석권해 낸 와스발딘 소년은 근위대에 입단하라는 칙령을 받고도 밖으로 뛰쳐나가 평민들이 행하는 검투대회까지 넘보았다. 심지어 각 지역 암흑가의 비밀 도박장에서 벌이는 생사를 도외시하는 야비한 무투전까지 출전해서 무려 30여 지역의 무투대회를 석권했다. 그 무지막지한 비무행은 결국 지하조직과 도박사들 사이에서 그의 소문이 떠돌면서 끝이 났다. 어떤 무투회도 그를 받아주지 않았기 때문이다. 20세가 되기 전에 최고의 검사가 되어버린 와스발딘 소년은 고독과 외로움으로 몸을 떨며 결심했다. 역시 제국은 좁아! 나의 길은 대륙이다! 대륙을 정복해야 하는 거다!

그리고 20여 년. 불타는 열정으로 날뛴 그는 결국 집안에서 쫓겨났다. 칙명도 거부하고 혼자서 날뛴 탓에 성질 더러운 황제로부터 가문 전체가 징계를 먹은 것이다.

집에서도 쫓겨난 그는 대륙을 떠돌다가 검왕이란 별칭만 얻었을 뿐 돈도 변변한 지위도 없었다. 뿐이랴. 연애도 못하고 결혼도 못한 순백의 독신남. 전설의 동정 마도사였다.

고독에 몸부림치던 그가 마침내 고국으로 돌아왔을 때 맡은 일은 황족들의 검술 스승이었다. 그나마 불타는 열정과 겁도 없는 행동력을 좋게 봐준 대무여관이 권한 자리였지만 그것도 썩 잘해내진 못했다. 막 나가는 황족들과 열정만 불타는 검술 스승이 만나 잘될 리가 없다. 사실 실전이 장땡이라 우기며 황족들을 마구 팼던 와스발딘과 사이가 좋았던 황족은 난폭함에 있어서 아무도 따라잡을 수가 없다는 유그펠리오르가 유일했다. 모후에게 매우 얻어맞고 있었던 유그펠리오르에게는 와스발딘의 거친 교육은 별게 아니었다.

"어쩐지 정상이 아니다 싶더라."

황제는 고개를 끄덕였다. 아무리 검술 스승이라지만 남의 거시기에 관여하려는 놈은 제정신이 아니다. 비록 그가 어린 나이였지만 그래도 신혈을 가진 황자이자 소년의 몸을 하고 있었는데, 아비도 아닌 주제에 친한 척 달려들곤 했다. 대련이라고 팰 때도, 수련이랍시고 독사 굴에 던져 넣거나 개미굴에 쑤셔 넣거나, 혹은 발가벗겨 눈밭에 던져 넣을 때도 있었다. 하지만 약하면 맞는 게 당연하고 그 정도는 견딜 만했다 여겼기 때문에 참았던 것이지 좋아서 가만있었던 건 아니다. 그러고 보니 확실히 제정신인 놈은 아니었다. 황제는 쥐고 있던 술잔을 와그작 구겼다. 생각해 보니 진짜 나쁜 XX잖아!

"사실 엄마도 와스발딘 백작은 별로 안 좋아했어요. 말투며 하는 행동이 꼭 비렁뱅이나 깡패 같다고 싫어하셨죠. 주인님이 말투를 따라 한다고 싫어하셨거든요."

대화의 반 이상이 욕설이었거든요. 귀족인 주제에 왜 그런지 몰라요. 흥흥대면서 메리테인이 흉을 본 순간, 황제는 구겨진 술잔을 완벽하게 구슬로 만들고 말았다. 콰아아직.

말투. 아아, 말투.

안데르에게 상냥한 말 한마디 못해주는 이 XX한 어휘력과 XX한 말투.

황자인데다, 저잣거리 깡패와는 어울려 본 적도 없는 유그 펠리오르가 왜 욕쟁이가 되었단 말인가. 대륙 전체의 암흑가를 누비며 피와 살이 튀기는 잔혹무비하고 더럽고 치사한 지하무투회를 쟁패한 누군가 때문이다.

그래서 조기교육이 중요한 법. 자라나는 어린이에게는 바른 말, 고운 말을 쓰는 이가 곁에 있어야 하는 것이다.

"계속해라."

음산한 살기를 내뿜으며 황제가 재촉하자, 옆에 있던 루네릭이 슬그머니 한 발자국 뒤로 물러서며 메리테인 대신 이야기를 시작했다.

어쨌거나 황족 교육에 실패한 와스발딘은 좌절하며 다시 뛰쳐나가려 했지만 실력만은 출중한 검왕을 밖으로 내돌릴 수 없었던 대무여관은 다른 제자들을 소개했다. 그 불행한 자들이 바로 근위대 기사들과 가디언들이다.

황족보다 대하기 쉽고 좀 만만한 제자들을 만난 검왕은 기뻐 날뛰었다. 그래, 이거야. 이게 바로 내가 해야 할 일이다. 황족을 지키기 위해서라면 이들은 강해야 할 이유가 있는 자들이다! 책임감을 느낀 그는 가련한 새 제자들을 마구 굴렸다. 말 그대로 왕창 굴렸다. 너무 굴렸다. 길게 길게 굴렸다. 그래서 악명이 마구 왕창 쌓였다. 원한도 첩첩이 쌓였다. 사람은 대인 관계가 중요한 법. 다시 말해 출세는 물 건너갔다.

"그런 거죠."

"그렇습니다."

어느새 모여든 가디언들과 근위기사들이 한마디씩 던졌다. 정말로 첩첩이 원한이 쌓였는지 다들 이를 갈며 말하는 모습이 범상치 않았다. 황제는 고개를 끄덕이며 납득했다. 그래, 잘해줄 필요 없는 놈이었구나. 원래 나쁜 놈이었으니까.

바로 그때 쩌렁한 고함이 울려 퍼졌다.

"폐, 폐하!"

얼마나 절절한지 귀청이 찢어질 정도였다.

황제는 시큰둥한 얼굴로 고개를 돌려 먹던 스테이크를 씹어 삼켰다. 메리테인이 새치름하게 고개를 돌리고 술을 따라 바치자 그것도 마저 들이켰다. 아까 느꼈던 알 수 없는 찝찝함이 완벽하게 희석되는 것을 느끼며 그는 생각했다. 나쁜 놈이니까 잊은 게 분명해.

뒤에서 헐떡이면서 달려오는 병사들을 배경으로 깔고 중년의 무장 와스발딘 백작은 번개같이 달려와 황제의 앞에 무릎을 꿇고 덥석 그의 손을 잡았다. 귀찮아진 황제가 뿌리치자 이번에는 스스로 자신의 두 손을 마주 잡은 채 황제를 올려다본다.

"이, 이, 이, 이토록 늠름해지셨다니!"

근육질에 장신을 자랑하는 중년 무장이 두 손을 맞잡고 눈물을 글썽이는 모습은 썩 아름답진 않았다. 난 예전에도 늠름했거든?

"좆 까!"

황제는 기억과 달리 풋풋한 중년남을 흘겨보았다.

그의 기억 속에서 와스발딘은 검 한 자루 달랑 든 초라한 늙은이였지 고가의 무구로 몸을 치장한 근육질 금발 중년이 아니었다. 오히려 지금의 모습이 너무 낯설기까지 했다. 뒤에서 우물쭈물 고개를 숙이고 있는 놈들은 황제직속군에서 뽑혀온 놈들 같긴 하지만 기억은 안 났다.

"여, 여, 여전하시군요. 제, 제, 제, 제위에 오르신 것을 경, 경하드리옵니다!"

제위에 오른 지 이제 2년이 되어가는 황제는 눈물을 줄줄 흘리는 중년 남자를 걷어차고 싶은 충동에 시달렸다. 아씨, 진짜. 이게 원래는 이렇게 반반한 낯짝에 느끼한 놈이었던가?

그가 욕을 하든 말든 고개를 숙이며 눈물콧물 자아내며 황제의 발치에 쪽쪽 키스를 날리는 와스발딘을 보다 그는 그냥 그 머리통을 콱 땅바닥에 처박았다. 꽥 하면서도 반항하지 않는 그 뒤통수를 물끄러미 보고 있던 황제는 문득 문고 싶었다.

왜 그랬냐? 남들도 다 버린 황제를 위해 왜 일부러 찾아와 목숨을 버렸냐? 나는 네 이름도 몰라. 그런데 왜 그랬어? 네가 예전부터 제정신이 아니란 건 알고 있었다만 대체 왜 그랬어? 넌 명예도 직위도 갖고 싶어하지 않았잖아?

"거의 10년 만에 뵙습니다. 그렇지요?"

황제의 손아귀에서 은근슬쩍 빠져나온 와스발딘은 슬쩍 눈치를 보더니 덥석 황제의 손을 잡는다. 보통이라면 황제의 발차기가 날아갔을 테지만 뜻밖에 황제는 가만히 있었다.

"이젠 저보다 키도 더 크시고 거시기도 더 커지셨겠지요."

갑자기 매끈해진 말투. 살기를 느꼈나? 이 영감, 여전히 거시기에 집착하는구나. 황제는 희미한 기억을 되살렸다. 그러고 보니 이 늙은이가 그를 옆에 끼고 갖은 욕설과 갖은 음담패설을 가르치던 장본인이다. 공작가 태생인 주제에 대륙 전체의 욕설을 꿰고 있는 검왕.

"아기씨들도 많이 태어나셨다 들었습니다. 허허허."

역시 어릴 때 한 훈련이 보탬이 되었을 겝니다. 아기씨들도 제가 가르쳐야 되지 않을까요? 그죠? 은근히 청탁을 넣는 검왕을 보면서 황제는 기억과 현실의 괴리 속에서 잠시 갈등했다. 마지막 기억 속의 그는 구도자 같았는데 지금 보니 이건 모자란 미친 변태로 보인다. 그 그렁그렁한 눈을 보고 있자니 절로 발이 나갔다. 아씨, 이걸 보려고 내가 눈토끼와의 만남을 미뤘단 말이야?

퍽 소리가 울려 퍼졌지만 뜻밖에도 검왕은 움찔했을 뿐 멀쩡했다.

"어, 허허허허……."

약간 얼굴이 벌게졌지만 어설픈 웃음까지 내보인다.

검왕의 명치를 걷어찼던 황제의 미간이 구겨졌다. 차면 굴러야 찬 보람이 있는 법이다. 상대가 꿈쩍도 안 하면 울화만 쌓인다. 한 발로는 안 되니 두 발을 써야겠다는 마음으로 연속으로 이 연타를 날렸지만 한 걸음 물러설 뿐 검왕은 건재하게 미소를 날렸다.

"어허허… 역시나 기운이 좋아지셨습니다."

벌겋게 된 얼굴로 일부러 호탕하게 웃는 검왕을 보던 황제는 눈썹을 치켜 올렸다. 야, 원래 힘은 좋았거든. 핏대가 오른 황제가 이번에는 주먹을 날리자, 이 건방진 검왕은 신하인 주제에 고개만 살짝 틀어 피했다. 그러나 이것은! 페인트. 실질적인 공격은 발길질 이 연타와 연속 돌려차기였다.

퍼퍼퍽 소리가 터질 듯도 했으나 이것이 웬일인가. 검왕의 몸이 사라락 흩어지더니 환영만을 남기고 이동했다. 그 이동한 지역을 감지하고 황제의 주먹이 다시 날아갔지만 검왕은 이번에도 휘청하며 피해냈다. 아니, 피할 뻔했다. 우악스럽게 황제가 그의 머리채를 움켜쥐지 않았다면.

"악! 이것은 반칙입니다!"

"닥쳐."

바람난 여편네 잡듯 머리채를 쥐고 이리저리 흔든 황제는 마침내 머리털을 모조리 뽑을 기세로 검왕의 몸을 집어 올렸다. 헉! 아프지 말입니다! 제 머리칼은 연약합니다아! 계집애들처럼 머리채를 잡다니, 대체 이런 반칙을 써도 되는 겁니까? 전 이런 거 가르치지 않았습니다아! 소리 높여 항의하는 검왕의 몸뚱이가 대롱대롱 허공에 떠올랐다. 다 너한테 배운 거거든. 머리채 잡고 흔들어서 거시기를 걷어차 XX를 터뜨리라고 가르친 게 너 맞잖아! 수선스럽게 주절대지 말라구! 머리채를 잡힌 채 탈탈 흔들리면서 발차기를 이리저리 피하느라 바쁜 그 추한 몰골은 차마 보기 민망했다. 그러나 황제께서 손수 잡으셨으니 항의할 이는 아무도 없었다. 뒤에 있던 레솔트 후작과 메베르크 자작은 안도의 한숨을 내쉬고 가슴을 쓸어내리고 있었다. 아아, 다행이야. 난 한 대 맞고 쓰러졌던 게 행운이었을 게야. 그때 안 쓰러졌으면 머리채 쥐고 흔들다가 거시기를 걷어차셨을 게야. 그렇다면 대가 끊어졌겠지. 잠시 황제에게 맞아봤던 이들은 일제히 자신의 행운에 감사의 기도를 올렸다.

그러나 황제의 생각과 달리 머리채를 잡히고도 검왕은 고통스러워하는 대신 여유있게 황제의 발길질을 피하며 거시기를 보호했다. 아직 고자가 될 순 없단 말입니다아. 거기가 단련하기가 얼마나 어려운지 아십니까아아? 주절거리는 모습이 짜증났던 황제는 머리채를 쥔 채 그대로 검왕을 허공으로 집어 던졌다. 비명이라도 터져 나올 순간이었는데도 검왕은 한 바퀴 돌아 착지했다. 아마 두피를 단련해 탈모 방지에 힘쓰는 훈련을 따로 했는지 별로 아파 보이지도 않았다. 그 모습에 더 화가 난 황제가 뭐라 하기도 전에 가디언 셋이 동시에 뛰쳐나갔다.

공기를 찢는 소리와 더불어 날아가는 단검과 독침세례에 검왕의 손에서 검이 튀어나왔다. 챙챙거리며 튀어 오르는 그 신경질적인 공격을 막아내자마자 그의 앞뒤로 매서운 공격이 쏟아졌다. 가디언 2, 3, 4가 동시에 쏟아붓는 공격은 입이 쩍 벌어질 정도로 매서웠다.

"많이 늘었구나."

와스발딘이 중년의 팽팽한 얼굴에 어울리지 않는 나른한 음성으로 중얼거렸다. 그러면서도 조금씩 몸을 이리저리 비틀어 피해낸다. 싸울 때는 절대 말을 더듬지 않는다는 게 이 남자의 무서운 점이다. 다시 말해, 싸울 때는 절대로 흥분하지 않는다는 이야기다.

검왕의 손에서 검이 빛났다. 그의 검은 낡은 철검. 예전부터 그대로 변치 않는 검은 남들로부터 저것이 혹시 명검이 아니냐는 의혹을 자아냈다. 하지만 실상은 그가 스무 살 때 대장간에서 구입한 평범한 철검이다. 검기를 쏘아내고 오러를 뿜어내는 경지인 검왕은 애검을 소중히 여기는 알뜰한 검사였다.

경쾌한 금속성과 함께 세 명의 가디언이 검왕의 검압을

이기지 못하고 동시에 튕겨져 나갔다. 검왕이 그 뒤를 따르며 뭐라 한마디 하려는 순간, 황제의 주먹이 그의 뒤통수를 내려쳤다. 뒤치기의 날카로운 한 방에 검왕의 몸이 휘청거렸다. 인간 초월적, 괴물 지향적 신체를 자랑하는 황제의 맨손 공격은 무기를 든 것보다도 매섭다. 콰드득 하는 소름 끼치는 소리가 좌중에 울려 퍼졌다.

"크윽! 머, 멋진 뒤치기!"

비틀거리며 한마디를 남긴 채 쓰러진 검왕의 허리춤을 다시 한 번 걷어차 마무리를 한 황제는 연이어 아까 찼지만 별 타격을 못 주었던 발차기를 연속해 날렸다. 돌려차기, 후려차기, 걷어차기, 그냥 차기, 막 차기, 디저트로 주먹질도 몇 번 해줬다. 대항도 못하는 상대를 향한 무차별 구타에 관대해졌다 안도했던 이들은 일제히 시선을 돌렸다.

곤죽이 된 채 일어서지 못하는 검왕을 확인한 황제는 주변을 돌아보았다. 이제 꼬질꼬질해진 호르데마누와 꼬질꼬질하긴 하지만 부상에서 회복된 가디언들은 눈을 번쩍번쩍 빛내며 무언으로 기뻐하고 있었다. 우와, 저 괴물을 쓰러뜨리셨어! 역시 우리 주인님이셔! 폐하 만세! 그들은 헤벌쭉 벌어지는 입가를 억지로 손바닥으로 가리며 말없이 웃었다.

물론 안 그런 자들도 있다. 엄숙하기 이를 데 없는 검왕과 같이 북방의 정리를 맡았던 이들은 절로 몸을 떨었다. 저 엄하디엄한 분이, 황제 폐하를 향한 충성심으로 불타오르는 저분이 황제의 발차기에 대항하다가 더 맞고 쓰러지는 참혹한 현장을 보니 가슴이 아프다. 황제 폐하는 너무 무도해서. 잔인하셔.

황제는 반짝반짝 빛나는 갑주를 걸친 북방원정군들과 꼬질꼬질한 근위기사들을 번갈아 보다가 명령했다.

"바꿔 입어."

황제가 제도에 도착한 것은 그로부터 닷새 후였다.

선두에 호르데마누 근위기사단과 레솔트의 뇌전기사단, 흑색 경기병대와 궁기병대를 대동한 황제는 부하들을 씻기고 그대로 내달렸다. 물론 빨리 이동하는 데 이골이 난 자들은 타의 추종을 불허할 정도로 잘 달렸다. 뒤를 따르는 북부원정군은 힘에 겨워 결국 3군으로 나누어 뒤따르게 되었다. 황제의 열렬한 추종자인 와스발딘 백작이 이끄는 정예군은 1군이 되어 급하게 호르데마누와 뇌전기사단의 뒤를 따르고 있었는데 차마 그 사이에 끼어들 수 있는 이들은 없었다. 호르데마누와 뇌전기사단 사이에서는 알게 모르게 살벌한 감정까지 떠돌았기 때문이다. 와스발딘은 그것이 황후의 정부인 레솔트 후작을 저어하는 호르데마누의 충성심 탓이라 여기고 기특하게 여겼지만, 사실은 기사인 주제에 자유분방한 레인저를 닮아가는 근위기사들의 욕심 때문이다.

빌린 방어구 내놔! 아, 우리 사실은 싸우다가 그거 좀 잃어버렸거든. 너희들은 모르겠지만 우리는 황제 폐하의 뒤를 지키면서 베이딘족의 정예 전사들과 혈투를 벌이다가 죽을 고비를 한 백 번쯤 넘겼던 거야. 그러다 보니 페자페지 방어구라 해도 만신창이가 될 수밖에 없어서… 흑, 망가졌단다. 뻥치지 마! 내놔! 그게 한두 푼짜리인 줄 아냐! 아, 미안하긴 한데, 우리는 근위대라 폐하를 지키기 위해선 어쩔 수가 없었거든. 폐하가 중요하냐, 페자페지 방어구가 중요하냐? 이것들이 지금 발뺌하냐! 내놔! 내놔! 내놔! 없다니까. 없어요. 없다구!

무언과 발광과 욕설이 난무하는 가운데에도 불구하고 워낙 빠른 발들을 가진 그들은 끝없이 전진해 제도가 빤히 보이는 곳까지 당도했다.

개선식을 벌이기 위해선 여러 준비가 필요하다. 재상 로리랜드는 돈 쓰는 것은 싫어했지만 유능한 만큼 해야 할 일을 망설이진 않았다. 그래서 특별예산을 편성하고 정복황제를 맞이하기 위한 준비를 철저히 하도록 지시했다. 제도의 정문을 쓸고 닦아 장식하고, 황제가 황궁까지 행진하도록 도로를 정비하고, 근위대와 개선하는 원정군이 퍼레이드를 벌일 수 있도록 관리들을 움직였다. 제도총감을 비롯해 대대적인 행사를 모처럼 맞이한 관리들은 흥분해서 날뛰었고, 황제 일행은 제도를 코앞에 두고 준비가 다 되기를 기다려야만 했다.

원래 황제는 개선식 같은 행사를 별로 좋아하지 않았다. 원래 잘난 그가 이기고 돌아오는 것은 당연하고 제도의 시민들도 당연시 여기리라 생각했기 때문이다. 그래서 항상 그는 돌아오는 길은 제멋대로 근위기사대나 근위병들만 이끌고 후다닥 환궁했다. 몇 번 항의하던 이들은 황제의 발길질에 곤죽이 되었기에 뭐라 하는 자들도 사라졌다. 그래서 관리들도 황제도 개선식이란 것 자체를 해본 적이 없었다. 하지만 이제는 다르다.

'이건 나의 사랑스런 안데르를 위해서지.'

누군가를 위해 뭔가를 한다는 건 사실 꽤 간지러운 일.

황제는 여기저기를 북북 긁는 가디언들과 함께 턱을 북북 긁었다.

그의 눈토끼 안데르는 제국인이 아니라 촌스러운 변방의 소국 출신. 그가 당연히 이기고 돌아올 거란 것도 잘 모르고 그가 잘 다치지 않는다는 것도 잘 모른다. 그렇기에 그가 무사히 돌아왔으며 다친 곳 없이 멋지게 돌아왔다는 증명을 해야 했다. 게다가 그의 총애를 받는다는 것이 얼마나 대단한 일인지 알아야 했다.

'맞아, 알아야 해.'

과거 그는 분명히 안데르를 사랑했다. 수백의 후궁이 있어도 그가 사랑한 여자는 단 한 명, 의미있는 존재는 그녀뿐이었다. 그렇기에 애도 못 낳는 그녀를 몇십 년간 사랑해 주고 보듬었다. 다른 후궁들은 반항하면 죽이거나 내쳤고, 젊지 않은 후궁들은 일찌감치 구석에 처박아 버렸다. 그런데 안데르는 달랐지 않은가. 그런데도 그녀는 자신이 사랑해

주지 않는다며 증오하고 원망하더니 자살해 버렸다.

'대체 왜?'

황제의 머릿속에는 내내 그 의문이 남아 있었다. 물론 자신이 그녀의 가족을 멸족시킨 것은 사실이지만 그것에 대해 항의하는 여자들은 별로 없었다. 잘만 해주면 여자들은 모두 만족해했다. 그런데 왜? 30년이나 지나서 대체 왜 그녀는 그를 죽이려 들었던 것일까. 처음 만났을 때 분명 그녀는 자신을 사랑하고 있었다.

뭐가 꼬였던 것일까. 그도 그녀도 서로 사랑하고 있었는데 왜 이리 꼬여 버렸을까. 그럼에도 불구하고 왜 자신은 그녀를 못 잊어 다시 사랑하겠다고 이러고 있는 걸까. 그것도 신께 주구장창 맞아가면서.

"에이 씨."

왜 그랬는지 그는 지금도 잘 이해가 가지 않지만 어쨌든 남들이 말한 대로 사랑이란 것은 원래 그런 거라니까 그런 거라 치고 있었다.

하지만 자살해 버리고 그를 배신해 버린 그녀는 그걸 몰랐다. 모두가 아는 그의 마음을 모르고 혼자 시들어가고 혼자 실망하고 절망하며 그를 증오하게 되었다. 왜 그럴까. 왜 그것을 그녀는 몰랐을까. 가디언들은 물론이고 그의 측근들은 다 알고 있었는데.

—언제까지 이러고 있어야 하나? 술맛은 좋지만.

뱀의 왕이 스르륵 날개를 펴며 물었다.

황제는 마차 안에 있었다. 가디언들이 시중을 드는 가운데 달맞이꽃이라 불리게 된 반니레다와 함께 마차에 마련된 침상에 길게 누워 뒹굴거리고 있는 중이었다. 반니레다는 여전히 졸고 있었다. 몹시 지친 상태로. 방금 전까지 그는 그녀를 꽤나 괴롭혔다. 단둘이 되자 더더욱 달라붙는 그녀가 자신을 몹시 원한다고 생각했던 것이다. 사실 바인데와도 헤어진 터라 낯선 장소와 낯선 언어의 홍수에 휘말린 반니레다는 황제밖에는 매달릴 사람이 없었기에 그를 밀어낼 수조차 없었다. 절로 연민을 자아내는 모습에 뱀의 왕은 황제를 향해 잔소리를 할 수밖에 없었다.

―작작 좀 해라.

"내가 품어주었으니 기뻐하는 거다. 체력이 달리는 것이 좀 흠이지."

사실상 반니레다의 체력은 엄청난 것에 속했다. 여자 서너 명을 하룻밤 사이에 품어도 모자라는 그의 밤생활을 생각한다면 반니레다는 보통 귀족 여자들의 세 배나 네 배쯤 되는 강철의 여인이었다.

―왕년에 무녀였고 유목민 출신이라 이 애는 강한 거라고.

뱀의 왕이 항의하면서 마차에 마련된 와인을 할짝거렸다. 활짝 편 날개가 보석처럼 반짝였다. 황실 전용 마차 안에는 가디언들이 준비해 놓은 음식이 가득했다. 황제의 엄청난 식욕을 아는 자들이 잔뜩 마련했던 것이다.

그동안 아무렇게나 둘둘 말고 돌아다녔던 늑대왕의 가죽

도 놀라보게 매끄럽게 손질한 가디언들은 황제가 거하는 황실 전용 마차에 그것을 깔고 황금 새의 깃털을 꽂아 장식했다. 아는 사람만 아는 황제의 전리품인 셈이다.

"사랑이란 뭘까."

술을 마시던 뱀의 왕이 흠칫했다. 사랑? 사아아랑?

"사랑이란 걸 어찌 생각하냐? 허긴, 뱀새끼가 알 리 없지."

―날 모욕하지 마라! 난 새끼가 아니다!

"그럼 어미냐 아비냐?"

킬킬대는 황제에게 카악 하고 독니를 드러내던 뱀의 왕은 고개를 갸웃했다.

―너도 사랑하는 이가 있단 말이냐?

"뭔 소리야?"

―너 같은 놈이 사랑하는 인간이 있다니 놀라운 일이로다.

"그게 뭐가 놀랍다는 거냐?"

심기가 불편해진 황제가 작은 몸집의 뱀의 왕을 노려보자, 뜻밖에도 현기 어린 눈빛을 한 뱀의 왕은 활짝 폈던 날개를 접으며 몸을 꼿꼿이 폈다.

―너처럼 제멋대로인 인간이 남을 사랑한다는 게 놀랍다는 것이지.

황제는 잠시 미간을 찌푸렸다. 이게 지금 날 갈구는 거 맞지?

―사랑이란 것은 자신보다 남을 위하는 태도이다. 인간의

사랑에는 종류가 여럿 있겠지만 내 판단으로는 그러하다. 하지만 넌 너를 가장 중요하게 여기는 인간이니 놀랍다는 말이다.

갑자기 어려워진 그 말에 황제는 미간을 찌푸렸다. 내가 가장 중요한 건 당연한 거 아냐? 난 대륙의 지배자이자 최고 강한 인간이니까.

―인간들은 사랑이란 것에 많은 의미를 부여하는 것 같다. 하지만 교미를 뺀다면 사랑이란 자신보다 사랑하는 이를 더 위하는 것이지.

"교미가 중요해."

황제의 동의에 뱀의 왕은 한숨을 길게 내쉬었다.

―그러니까 네놈의 사랑을 받아봐야 별로 안 기쁠 거란 뜻이다.

그 말에 황제의 얼굴이 일그러졌다. 콱 저걸 패대기쳐서 죽여 버릴까.

―이 소녀만 봐도 그렇지.

뱀의 왕은 한탄했다. 모르는 놈 잡고 이야기해 봐야 입만 아프다. 자기 멋대로 남을 판단해서 자기가 하고픈 대로 해 버리는 황제의 작태는 이미 익숙해졌다.

"해달라는 대로 다 해주는데 뭐가 불만이야?"

살기가 풀풀 날리는 눈동자가 번들거리기 시작했다. 살기를 팍팍 뿜어대며 독 오른 표정을 짓는 황제를 보며 정말 독을 가진 뱀의 왕은 순순히 물러섰다. 아무리 강해져도 맞으면 아프니까.

—아니다. 그냥 생각해 보란 의미였다.

침묵하던 뱀의 왕이 조는 척하자, 황제는 이를 갈면서도 참았다. 꾸벅꾸벅 졸며 불편하게 자고 있는 반니레다의 몸을 당겨 안은 그는 심기 불편한 얼굴로 천장을 노려보았다.

자신보다 남을 먼저 생각하는 게 사랑이라.

"잘 모르겠군."

옆에서 그의 혼잣말을 들은 메리테인은 눈을 부릅떴다. 헉, 주인님이 모르겠다는 말을 하시다니!

"모르겠으면 아는 놈에게 물어야겠지."

그는 잠시 자문을 구할 상대를 떠올렸다. 그러자 곧 해답이 나왔다.

현자 빌리바드. 뭔가 알 수 없는 것을 물어볼 때는 역시 현자에게 물어야 하는 법.

"야, 메리."

"네, 폐하."

"현자 빌리바드 영감을 데려와."

그 말에 메리테인은 눈을 끔뻑거렸다.

"저어."

"뭐야?"

"현자 빌리바드는 반년 전에 죽었는데요."

"뭐?"

황제는 입을 쩍 벌렸다.

"기억 안 나세요? 폐하께서 즉위하시기 전에 너무 나댄다면서 한 대 치셨잖아요?"

"이빨 하나둘 정도 부러졌을 뿐이잖아."

"에이, 폐하의 힘이 얼마나 센지 잊고 계시는군요. 그 영감은 늙었다고요. 그런 늙은이라면 그 한 대로 이빨만 부러진 게 아니라 턱뼈에 금이 갔대요. 덧붙인다면 허리도 나가고 전신 타박상에 골절. 내리 골골거렸대요. 어쨌든 반년쯤 앓다가 죽었습니다."

잠시 동안 황제는 할 말을 잃었다.

"빌어먹을!"

역시 늙은 걸 한 대 친 게 문제였다!

옆에서 뱀의 왕이 비웃었다. 하지만 황제는 다시 생각을 되새겨 보고는 손짓했다.

"와스 영감을 불러봐."

영감이라 부르긴 민망하지만 어쨌든 연상자이자 스승이긴 하니까 불러봤다.

"…꼭 불러야 합니까?"

메리의 얼굴이 일그러지자 황제는 낯선 반응에 흠칫했다.

"그 영감, 꼭 불러야 해요?"

소름이 돋았다.

황제는 천천히 고개를 돌려 메리테인을 물끄러미 내려다보았다. 낯선 기분에 머리가 어지러웠다. 메리테인은 투덜거리긴 해도 그의 명령에는 한 번도 반문이라는 걸 해본 적이 없는 놈이다. 아무리 가까워도 그는 가디언이지 그냥 평범한 인간이 아니니까.

그의 시선을 느꼈는지 갑자기 메리테인이 몸을 비비 꼬며 고개를 숙였다.

"아이, 그렇게 보시면 부끄럽습니다욧."

"너 지금 뭐랬냐?"

"네?"

메리테인은 멍한 얼굴로 그를 올려다보았다. 자신이 뭐라 말했는지조차 모르는 표정이다.

"방금 뭐라 했느냐고. 방금 내게 대들었냐?"

"제가 어찌 감히……."

창백해진 메리테인이 답삭 고개를 숙이고 무릎을 꿇었다. 그의 어깨가 가늘게 떨리는 게 보인다. 황제는 그뿐 아니라 옆에 있던 가디언 2, 3번이 모두 고개를 숙인 채 굳은 것을 물끄러미 지켜보았다. 기묘한 일이었다. 어째서.

대장이 미친 겁니다. 확실히 미쳤지 말입니다. 감히 주인님께 토를 달다니. 그러니까 이 기회에 대장을 바꾸면 어떨까요? 바꾸지 말입니다. 서열대로 바꾸면 모두가 평안하지 말입니다.

'가디언들이 원래 이렇게 수다스러웠나?'

황제는 오가는 투덜거리는 소리를 들으면서 고개를 갸웃했다. 예전에는 가디언들이 이런 식으로 자신의 앞에서 수

다를 떤 적이 없었던 것 같다. 만약 그랬다면 아마 옛날의 그는 가디언들을 전부 다 죽여 교체했을 터였다.

"가디언들은 주인을 닮아가는 법입니다, 폐하."

눈웃음을 치며 와스발딘이 더듬지도 않고 설명했다. 더듬지 않는다는 것은 황제의 공격을 예상하고 있다는 뜻. 그럼에도 불구하고 여유작작 그는 황제의 품 안에서 졸고 있는 반니레다를 바라보면서 미소 지었다. 반니레다의 드러난 피부에는 간밤의 흔적, 과도한 힘에 의한 애무의 흔적이 고스란히 남아 있었다. 와스발딘은 며느리를 바라보는 시아버지의 시선으로 바라보며 호탕하게 껄껄 웃어 보였다. 그래 봐야 노랗고 퍼렇게 멍든 얼굴인지라 그다지 멋지다고는 할 수 없는 몰골이다.

"아주 예전부터 그랬다고 들었습니다. 대무여관과 황족의 유모들은 가디언을 만드는 데 상당히 공을 들였습니다."

가디언.

황제는 단순히 가디언이 자신의 발깔개라 생각했지만 실제로 가디언은 호위병이자 신혈로 인해 인간의 범주에서 벗어난 황족들을 위한 벗인 동시에 신혈의 소유자로부터 인간을 지키는 가드이기도 했다.

"제가 연구한 바에 따르면 신혈의 황족들은 원래 많지 않았습니다. 신의 피는 인간에게는 너무 강해 태아는 태어나

기도 전에 차례로 사산되기 일쑤였습니다."

와스발딘은 말도 더듬지 않고 진지하게 말했다. 비속어도 쓰지 않았다.

카자르 엔더로부터 시작된 황가에서 어느 날 카라신이라는 이름의 황녀가 태어났다. 예언의 능력을 가진 그녀는 무녀가 되기 위해 태어난 것처럼 신전에서 살았고, 신전에서 지내는 시간이 길었다. 그러던 그녀가 우연히 자신의 이복동생 로그라흐 황자를 만났다. 넓은 황궁에서 서로 얼굴도 모르는 상태로 자랐던 이복남매는 한눈에 사랑에 빠졌다. 하지만 예언의 능력을 가졌던 카라신 황녀는 미래를 보았다. 난폭하고 광기에 젖은 황족들이 인간을 마구 해치고 죽이는 장면이었다. 그녀는 알았다. 만약 금기를 어기고 이복동생과 결혼하게 된다면 그 사이에서 태어난 아이들은 강한 신기(神氣)를 가지고 세상을 피로 물들이게 될 것이다. 고민하던 그녀는 로그라흐 황자를 거절했지만 황자는 그 거부를 받아들이지 않았다.

"세상은 어차피 강한 자가 지배하는 것. 어찌하여 그 당연한 규칙을 두려워하는가."

황자는 거부하는 카라신과 강제로 결혼하고 괴로워하는 그녀를 위해 자신의 누이를 대신 대무여관으로 삼아 방비책을 세우라 명했다. 로그라흐 황자의 동복누이 리체이라 황녀는 대무여관이 되어 신혈을 연구했다. 그리고 카라신과 로그라흐 사이에서 드디어 쌍둥이 형제가 태어났다. 믿을 수 없을 정도로 강력한 힘을 가진 그 형제는 태어나자마자 걷고 말했으며, 심지어 성인보다도 더 강한 힘을 지니고 난폭한 성미를 감추지 못했다. 진정한 의미의 신혈이 시작된 것이다. 그 쌍둥이 형제가 룬드아흐, 리다르하라고 불리는 광폭한 신혈의 시조이자 가디언을 만들게 한 장본인이다.

카라신 황녀는 자신의 소생인 이 어린 아들들이 두 자리 수 이상의 목숨을 취하고도 죄책감을 느끼지 못하는 데 충격을 받고 다시 예언을 하기 위해 칩거했다. 로그라흐 황자, 아니, 황제가 된 로그라흐 1세는 학자와 신관들을 전부 다 끌어모아 그들을 바꿀 방법을 연구하라 요구했다. 그때 대무여관이었던 리체이라 황녀가 버려진 황족들을 끌어모아 가디언을 탄생시켰다. 원래 가디언은 서얼이나 버려진 황족들을 모아 난폭한 황족들에게 제물로 바치기 위해 만들어진 단어였다. 어차피 사람을 죽이려면 필요없는 인력을 죽이라는 의미로 내민 비정한 조치였다. 그런데 거기서 기적이 나타났다.

룬드아흐, 리다르하와 어울리던 가디언 중에서 초능력을 발휘하는 자가 등장했다. 죽을 고비가 연속해서 벌어지자 없던 능력이 개화했던 것이다. 바로 재생 능력이다.

팔다리가 부러지고도 사나흘이면 붙고 생채기는 하룻밤이면 다 붙는 기이한 능력이다. 신혈이 다른 방향으로 전개된 것이다. 로그라흐 1세는 신혈을 조금이라도 가진 자들이라면 그런 능력이 있을 거라 믿고 가혹한 실험을 계속했다. 어린 소년들을 깊은 굴 속에 넣고 생존 게임을 벌이게 한 뒤에 살아남은 자들만을 세뇌해서 가디언으로 삼게 한 것이다. 어린 나이에 죽을 고비를 수도 없이 넘기고 난 소년소녀들은 도덕심이 마비되고 감정이 마모되어 자신의 주인에 대한 감정만 남았다. 뿐만 아니라 나중에는 충성심 강한 무녀들이 신혈이 섞인 자들과 교합해서 낳은 아이들을 가디언으로 바치게도 했다.

"그 뒤로 신혈이 강한 자에게는 대무여관이 가디언을 붙여줍니다. 감정과 사고가 주인에게만 집중된 가디언들은 주인만을 따르지요."

"그런데 그게 무슨 상관이냐고."

황제가 다시 투덜거렸다. 그에게 있어 가디언의 유래는 별로 중요한 게 아니었다. 진짜 중요한 것은 메리테인이 갑자기 그에게 반항의 기색을 보였다는 사실이다.

와스발딘은 고개를 숙인 채 당장 자살을 시도할 것 같은 표정을 짓고 있는 메리테인을 보며 피식 웃었다.

"제가 보기엔 반항이 아니라 그냥 어리광인 거 같습니다만."

"어리광?"

덩치가 나보다 큰 놈의 어리광을 내가 왜? 격렬한 반응에 절로 주춤한 와스발딘은 허허 웃으면서 말을 이었다.

"폐하께서 자신을 귀여워한다고 믿고 까불었다는 증거입

지요."

 입을 쩍 벌린 황제와 달리 메리테인은 발갛게 볼을 붉힌 채 고개를 외로 꼬았다. 비비 꼬면서 수줍은 표정을 짓고 있던 가디언의 수장은 황제를 향해 분홍빛 오라를 마구 뿌렸다.

 그러나,

 진짜 대장 미쳤구나. 미쳤지 말입니다. 두 눈 뜨고 못 봐 주겠습니다. 그 무언의 시선을 받은 메리테인은 일그러진 얼굴로 자신을 보고 있는 2번과 3번을 향해 이를 북북 갈았다. 니들, 이따가 보자!

 "좋아지셨습니다."

 갑자기 가디언들 사이에 오가는 무언의 대화를 등 뒤로 두고 와스발딘이 미소 지었다.

 "가디언을 보면 주인을 안다고들 합니다. 가디언들이 활발해졌다는 것은 주인이 그만큼 밝아지고 활달해지셨다는 의미입니다."

 "활달?"

 이것들이 다 미쳤나? 기가 막힌 단어에 황제가 입을 벌리자, 허허 웃으며 영감은 자못 자애로운 표정을 지었다.

 "예전의 폐하께선 항상 우울하고 삐딱하셨지요. 반항적이기도 하고 난폭이 아니라 미친놈처럼 날뛰기 일쑤였지만 지금은 아니잖습니까?"

 보람이 있습니다. 역시 제가 한 교육이 한몫한 것이지

요 하고 덧붙이는 와스발딘을 향해 다시 한 번 황제의 발길질이 쏟아졌다. 그리고 와스발딘 백작은 황제에게 감히 미친놈이라는 말을 하고도 살아남은 유일한 인물이 되었다.

　　골짜기 높은 백합에는 향기가 짙어 사시사철 벌과 나비가 날아
들지
　　하나 골풀로 뒤덮인 골짜기 아래엔 독충과 사나운 짐승이 들끓
어
　　많은 약초꾼과 사냥꾼이 목숨을 잃었지
　　향기로운 백합을 탓하지 말게
　　우리는 항상 하늘을 보느라 땅을 보지 못하네

　　　　　　　　　　　　　　—〈골짜기의 백합〉中에서
　　　　　　　　　　　　　　　　(작가 미상)

RELOAD

저는 도저히 모르겠습니다. 대체 그분을 어떻게 대해야 할지. 가끔은 신의 화신 같기도 하고 가끔은 좀 모자라 보이기도 합니다. 어쩔 때는 관대했다가 어쩔 때는 광폭합니다. 뭐, 신혈이 짙은 황제들은 다 그랬다고는 하지만 저분이야말로 종잡을 수가 없습니다. 제가 제대로 하고 있는 건가요? 하아······.

⚜

불쾌한 심기를 고스란히 드러낸 얼굴로 카자르 엔더는 팔짱을 끼고 있었다. 다리를 건들거리는 모습이 좀 고약해 보이기도 했지만 압도적인 박력과 뒤끝 많은 성격 탓에 뭐라 하는 이는 아직까지 없었다.

―그래서? 이게 끝이야?

운명의 여신 베기르 라라는 미소 지었다. 불퉁한 표정의 전쟁은 심술이 그득한 얼굴로 그녀를 노려보고 있었다.

―불만이라도?

―결국은 당신이 원하는 대로 다 된 거 아니야?

―무슨 말을 하는 거요, 전쟁이여.

운명은 웃음을 터뜨렸다. 그녀의 천칭은 이제 균형을 이루고 있었다.

―당신 때문에 얼마나 내가 복잡했는지 알고도 그런 말을 하는 거요? 실제로 당신은 아무것도 하지 않고 그대로 원하는 바를 챙겼지 않소?

―태양! 그 빌어먹을 태양을 말하는 거지! 그놈이 결국은 나의 적이 되기 위해 성장했지 않은가!

흥분하는 카자르 엔더를 보고 베기르 라라는 희미한 미소를 띤 채 대꾸했다.

―전쟁이여, 아직 태양은 성장을 끝내지 못했소. 뭐가 그리 문제인지? 그는 원래대로 성장하였고, 그대의 위치는 결국 예전과 같은 상위 신으로 돌아왔소. 운명의 천칭은 균형을 이루었지. 아주 절묘했지.

―무슨 소릴 하는 거요? 나의 제국이 위기에 있는데! 난 있을 때 밟아주자는 주의요. 알겠지만 적이라는 것은 미약할 때

밟고 짓이겨 없애 버려야 하는 것! 백 년, 이백 년의 평화 따위로 내가 만족해야 하는 거요?

그는 전쟁이었다. 교활하고 잔혹하게 적을 섬멸하고 자신의 세력을 보존하려 하는 전쟁이다. 전쟁은 손해없이 이겨야 승리를 얻는 것이고, 신의 시선에서 보자면 적대 세력이 자라나고 있는 꼴 자체를 본다는 게 참을 수 없는 일인 셈이다.

이 짱돌 같은 XX! 다 된 수프에 콧물을 빠뜨려도 분수가 있지! 어떻게 거기서 그놈들을 그렇게 놓쳐 그 부실한 태양 놈에게 대사제를 만들어준단 말인가! 이렇게 되면 아무리 날뛰어봐야 제국의 독재는 이백 년도 가기 힘들 것이 분명했다. 카자르 엔더를 찬양하는 이들이 넘쳐 나는 대륙에 태양의 이름을 부르짖는 자들이 등장한다는 것은 소름 끼치는 일이었다.

진심으로 간구하는 신앙과 자신의 행복을 비는 신앙은 질이 다르다. 그동안 태양은 진정한 대사제를 얻지 못했었다. 매일 열심히 하늘에서 얼굴을 들이밀어 대도 진정한 사제가 없는 한 태양은 자연신 중 하나였을 뿐이다. 그런데 그놈이 생겨났다. 리카르. 아무도 안 보고 있었다면 카자르 엔더는 주저없이 그놈의 모가지를 댕강 잘라 파묻었을 것이다. 그런데 재수없게도 그의 측근인 전사에게 의지와 용기의 요정이 달라붙었다. 의지와 용기의 요정은 불행의 여신에게서 사랑받은 자에게 천만 분의 일로 태어나는 기적의 요정이다.

'빌어먹을!'

불행이 수없이 닥쳐도 의지와 용기로 이겨 나가는 용사에게단 나타나는 요정 마디에. 그 요정의 힘은 거의 하급 신에 육박한다. 그 요정이 붙어 있는 한 카자르 엔더는 리카르에게 개입할 수 없었다. 그 어떤 불행도 튕겨내는 의지와 용기 앞에 무엇을 할 수 있으랴.

―그런 놈을 내 족속으로 만들었어야 하는 건데!

카자르 엔더가 이를 갈자 운명의 여신은 천칭을 가리켰다. 그녀의 장대가 붉은 빛을 띤 제국의 운명을 찍자 전쟁신은 한숨을 내쉬었다.

반짝이는 천칭 추 아래로 시시덕거리고 있는 유그 펠리오르의 얼굴이 보였다. 진절머리가 날 정도로 짜증이 나는 놈이었다. 여자 옆에 끼고 흐느적거리는 꼴을 보니 울화가 치밀었다. 저게 지금 자기가 잘했다고 저러고 있는 거야? 당장 가서 저놈의 머리통을 터뜨리고 저놈의 창자로 순대를 만들어 돼지에게 먹일 테다!

―하지만 전쟁이여, 당신은 할 만큼 한 거라오. 멸망의 길을 걸었던 그대의 후손은 그대 덕분에 앞으로 천여 년간은 존속될 것이고 그대의 신혈은 전사와 용사라는 이름으로 대륙 전체에 퍼져 나갈 테니까.

―천 년은 부족하다니까. 난 대륙을 일통할 생각이었소!

이왕에 뒤집으려면 그 정도는 해야지, 진짜 애새끼 주렁

주렁 낳는 걸로 끝낼 셈이냐, 이 머저리 같은 놈! 내가 니 어미의 소원을 들어줄 때부터 어쩐지 마음이 거북했어! 괜히 들어줬어! 예쁘다고 괜히 봐줬어! 손톱이라도 깨물 것 같은 표정으로 전쟁이 주먹을 움켜쥐자, 운명의 여신은 고개를 저었다.

―이것으로 충분하지 않소? 이제 이 대륙에서 그대의 영향력을 축소시킬 때가 온 거요. 그래도 그대의 이름과 신혈은 계속해서 대륙에 남아 제국이 멸망하더라도 존재할 거요.

물론 독재자라든가 광인이라는 말도 같이 남겠지만. 베기르 라라는 깔깔 웃었다.

―참으로 세상은 절묘하도다.

운명의 여신은 세상을 창조한 창조신에게 존경의 염을 보내며 펄펄 뛰는 전쟁신을 다독였다. 정확히 말해 약을 올리고 있는 것 같았지만.

⚜

퍼레이드가 시작되었다.

황궁의 행사, 즉 개선식이나 황제 즉위식에서만 쓰이는 제도의 중문(中門)이 드디어 열렸다. 이 중문이라 불리는 거대한 문은 백금과 강철로 만들어진 높이 19미터, 두께 1미터의 거대한 규모의 성문이었다. 다른 성문과 달리 조각 하나 없이 매끄럽기만 한 중문은 지나가는 사람들의 거울로 쓰여도 될 정도로 반들거렸다. 이 애매한 높이는, 몇 대 전의 황제였던 베기우르 2세의 신력에 의해 정해진 것이다. 베기우르 2세는 어릴 때부터 수시로 이 문에 자신의 힘을 시험해 본다면서 몇 번이고 깨부수며 놀았다. 그러다가 제위를 계승하게 되자 빈약한 중문을 보수하겠다며 자신의 힘으로 깨부수지 못할 정도의 규모로 다시 만들게 했다. 키가 2미터가 넘었던 그의 체력으로 넘지 못할 19미터의 높이에 그의 염동력으로 무너뜨리지 못할 두께인 1미터, 재질은 강철에 백금을 입혔다. 참고로 말하자면, 베기우르 2세는 맨몸으로 12미터는 족히 뛰어넘는 가공할 체력의 소유자였다고 한다. 물론 어마어마한 돈이 소요되었고, 당시 재상부와 궁내 재무부는 비명을 지르며 머리칼을 쥐어뜯었다. 완공 당시 아직 젊었던 베기우르 2세가 이 문을 확인해 본다면서 뛰다가 부딪쳐 코가 부러지고 추락해서 다리에 금이 갔을 때 재상부와 재무부는 박수를 치며 환호했다. 황제가 다쳐서 기뻐한 게 아니고 다시 만들지 않아도 되기에 기뻐했던 것이지만 괘씸하다고 생각한 황제는 결국 관리들을 때려죽이고 말았다.

어찌 되었든 관리들의 피와 전대 황제의 코피가 묻어 있을 거대한 중문 사이로 위풍당당하게 황후의 돼지와 뇌전기사단, 경기병단 등이 일제히 나서고 뒤를 이어 북부원정군 사령관 와스발딘 이하 각 중앙 군부의 실력자들이 뒤를 이었다. 꽃가루가 날리고 환호성이 제도 전체에 울려 퍼졌다.

환영의 의미로 황궁의 안주인인 황후가 후궁들, 대무여관과 함께 모습을 드러내자 환호는 최고조에 달했다.

"만세!"

"만세! 황후 폐하 만세!"

"원정군 만세!"

수도 없는 찬사가 여신처럼 아름다운 황후에게 쏟아져 내렸다.

누가 봐도 아름다운, 전설과도 같은 황후의 자태는 신혈을 이어받은 황족 중에서도 드문 미모를 자랑했다. 황가를 상징하는 백금의 장신구를 걸고 황금색과 붉은 드레스에 하얀 모피를 걸친 그녀는 다른 후궁들과 달리 길고 윤기가 흐르는 금발을 나부끼며 외궁 내전실의 제단 위에 서 있었다. 외궁의 내전은 벽도 없고 지붕도 없다. 어디까지나 외부인을 반기기 위한 장소인지라 탁 트인 거대한 발코니와도 같은 형태를 취하고 있었다.

장검 두 자루를 옆에 차고 금발을 길게 휘날리는 황후는 위엄과 기품에 찬 여신과도 같아 보는 이들의 마음을 사로잡았다.

"아름다워!"

"세상에, 저분이 바로 우리 황후 폐하셔!"

"여신 같아! 우와, 저분이 우리 황후시라니! 저렇게 아름다운 분은 세상에 다시없을 거야!"

황후의 미모는 제국인들에게 자랑이 된다. 그것도 수많은 후궁들에게 밀리지 않는 황후는 존경의 대상이 된다.

우리 황후는 대륙 제일의 미모를 가지셨단 말씀! 정말 크고 아름다우셔! 니네 왕비 마마는 시든 오이 같다며? 오이에 아무리 칠을 해봐야 오이일 뿐, 크고 아름다우신 우리 황후 폐하에 비할 수 없어. 워낙 강하셔서 후궁 마마들이 백 명이 된들 이백 명이 된들 우리 황후님을 이기지 못하거든. 니들은 후궁 싸움에 궁내가 시끄럽대며? 시민들 사이에서 떠도는 취중한담은 나름 자부심의 척도가 되는 법이다.

"역시 그게 제정신이 아닌가 봐."

남방에서 정신병이 도진 게 분명해. 이딴 귀찮은 짓을 하다니. 근사하게 성장하고도 황후는 투덜거리고 있었다. 그녀의 발치에 자리 잡은 가디언들은 얌전히 있었지만 뒤에 도열하고 있던 후궁들은 난처한 표정을 지을 수밖에 없었다.

"이렇게 멋진데 왜 그러세요?"

겁도 없는 눈토끼가 이를 갈고 있는 암사자에게 갸웃대며 물었다.

"멋지긴 개뿔. 돈이 얼마나 드는 줄 아느냐? 저 많은 것들이 다 들어올 때까지 이 자세로 내내 서 있어야 해. 담배가 고프다."

미소 지으면서 대꾸하는 황후의 불평에 안데르는 상기된

뺨으로 호호 웃었다.

매끄러운 하얀 피부에 상기된 핑크 빛 뺨, 붉게 칠한 입술과 붉은 눈동자. 흥분해서 어느새 붉은 눈이 보랏빛을 띠고 있었는데 언젠가부터 은빛으로 빛나기 시작한 그녀의 백발도 이제 유명해졌다. 원래 제국에서는 백금을 황가의 상징으로 보고 있는 터라 그녀의 윤기 없던 노인성 백발이 윤기가 좔좔 흐르는 은발로 변하기 시작하자 황후는 꽤나 기꺼워했다. 물론 그것은 매일 아침마다 향유에 은가루를 섞어 그녀의 머리칼을 손질하는 시녀장 루키아의 소리없는 노력 덕분이었지만.

황후의 차림은 장식이 거의 없었지만 안데르는 소소하게 황후가 내려준 보석으로 몸을 휘감고 최고급의 모피와 실크로 화려하게 꾸미고 있었다. 물론 덩치 차이인지 미모의 차이인지 황후와 비견할 수는 없었지만 그래도 귀여운 맛이 있어 시녀들은 안도하고 있었다.

"황후 폐하, 전 진짜 빨리 뵙고 싶어요."

안달하는 그녀의 얼굴을 보며 황후가 쓴웃음을 지었다.

"그게 그렇게 보고 싶어?"

"에에. 어제 꿈도 꿨어요. 막, 막 눈물이 날 거 같아요. 다친 데는 없으신 거 맞죠?"

두 손을 마주 잡은 채 눈가를 발갛게 물들이는 안데르는 정말 어린 소녀로 보였다. 키가 안 크고 살구만 한 가슴이 아직도 자두 이상은 크지 않은 탓이라 여기며 황후는 안타까워했다.

"이쁜 것, 내 오리."

전 눈토끼지 오리가 아니거든요. 새치름한 표정으로 투덜거리는 안데르를 보고 황후가 소리 내어 웃었다. 이런, 깜찍한 것! 이리 와 내 품에 안기렴. 언니가 예뻐해 주마.

그 광경을 아니꼬운 눈초리로 보고 있던 후궁들은 심사가 불편한 것을 숨길 수가 없었다. 아, 짜증나. 저거, 예쁜 척하긴. 솔직히 말해 무서운 황제 폐하가 뭐가 그리 보고 싶냐? 저거 분명히 예쁜 척, 귀여운 척, 어린 척하는 내숭이야. 저런 저차원적인 내숭에 두 분 폐하가 넘어가시다니. 정말 너무해! 폐하도 눈이 삐셨지, 어떻게 저런 걸 예쁘다고 하신단 말인가. 불만이 점점 고조되고 있었지만 힘없는 게 죄라 후궁들은 두 주먹 불끈 쥐고 필사적으로 미소를 짓는다. 이 자리는 기쁜 자리, 개선식을 맞이하는 와중에 불화가 드러나면 황후에게 맞아 죽을 터. 억지로라도 기쁜 표정을 짓고 있어야 했다.

"비켜."

어느새 나타난 황태자 제흐나므가 성큼성큼 걸어 들어와 후궁들을 가로질러 황후에게 걸어갔다. 황후가 제1후궁을 희롱하고 있는 것을 본 황태자는 끌끌 혀를 차면서 말했다.

"그럼 재미있습니까?"

"재밌다."

"지금 원정군 2군까지 성내로 들어왔다는군요. 다음 차례는 호르데마누와 부황이십니다."

 키와 덩치 모두 성인을 지향하고 있는 황태자는 시큰둥한 얼굴로 제1후궁을 쓸어보았다. 안데르는 무섭다고 소문난 네 살짜리 유아 황태자를 보고 재빨리 고개를 숙였다. 시녀들로부터 몇 번이고 당부의 말을 들었기 때문에 절로 고개가 숙여진다. 아직도 네 살이라는 게 영 믿어지지 않지만 황태자는 황태자다. 힘없는 후궁이 고개 들고 덤빌 상대는 아닌 것이다.

 유아 황태자 제흐나므는 무심한 시선으로 부모가 각기 다른 방식으로 총애하고 있는 제1후궁을 내려다보았다. 그렇다. 사실 안데르는 네 살짜리 황태자보다도 키가 작았던 것이다.

 '끌끌. 저게 어디가 예쁘단 말인가.'

 이미 모후를 중심으로 구축된 확고한 미의식을 가진 황태자는 안데르의 몰골이 영 마음에 들지 않았다. 비리비리하고 볼륨도 없는 것이 왠지 불쌍해 보인다. 뒤에서 불꽃을 튀기고 있는 후궁들에 비한다면 애같이 생긴 그녀의 모습은 유아로서 친근감을 느끼게 하는 체형인 것이다.

 '불쌍해서 놔둘 수가 없기 때문인가.'

 크고 거대한 황후와 황제를 되새기며 황태자는 이유 모를 동질감을 느꼈다. 아무리 봐도 쟤는 불쌍해 보여. 한 대 치면 퍽 죽어버릴 거 같아. 아니, 말 한마디만 해도 놀라 죽어버릴 것 같아.

가족 간의 공감대를 형성시킨 안데르는 황태자의 생각도 모르고 괜히 얼었다. 날 후궁이라고 미워하시면 어쩌지? 무시무시한 분이라는데, 그냥 막 찢어 죽이는 분이라는데. 내가 만약 아이라도 낳으면 밉다면서 막 찢어 죽이시면 어떻게 해? 난 그냥 힘없는 외국인 후궁이라 가여운 아가를 그냥 뺏기고 말 거야.

상상하다 보니 듣고 읽었던 궁중 비화들이 새록새록 떠오른다. 안데르는 두 주먹 불끈 쥐고 맹세했다. 그래도 내 아인 내가 지킬 거야! 난 황후 폐하를 질투도 하지 않고 황태자님을 미워도 하지 않는 착하고 훌륭한 첩이 될 거야!

안데르는 진지하게 결심하고는 상상했다. 폐하랑 거시기하고 거시기해서 아이를 갖게 되면 어떤 기분일까? 아니, 거시기하고 거시기하면 어떤 기분일까? 아아, 난 폐하랑 손만 잡아도 가슴이 터질 것 같던데! 폐하가 예쁘다 한마디만 해주셔도 너무 기쁘고 행복해서 숨이 막힐 것 같은데 폐하와 거시기까지 하면 심장이 터질지도 몰라! 혹시 폐하는 내가 너무 빈약해서 싫으신 걸까? 아냐! 난 컸어! 사이즈가 커졌다고! 아, 하지만 폐하는 엄청 크신데. 게다가 황후 폐하도 굉장히 크시고. 비교하시면 울어버릴 테야. 힝.

혼자서 이런저런 생각을 하는 동안 무수한 표정이 오락가락 작은 얼굴에 떠오른다. 그 광경을 말수없는 황태자와 황후는 묵묵히 구경하고 있었다. 그렇다. 〈구경〉하고 있었다.

그때 엄청난 환호성이 터져 나왔다.

"우와아아아!"

"황제 폐하이시다!"

"광활하신 대륙의 주인이시여! 위대하신 지배자이시여!"

음유시인과 신관, 무녀가 동시에 감격의 눈물을 흘릴 정도로 분위기는 고조되었다. 웅장한 행진곡과 함께 전쟁신에게 바치는 노래가 울려 퍼지고 곱게 단장한 무녀들과 고귀한 혈통을 가진 어린 신관들이 찬양의 노래를 불렀다.

흥분한 제도 시민들이 앞 다투어 황제를 향해 무릎을 꿇고 모아놓았던 꽃송이를 날렸다. 그의 얼굴이라도 한 번 보겠다는 이들이 앞으로 튀어나오다가 제도 경비를 담당하는 경비병들에게 제지를 당했다. 소란이 잠시 일긴 했지만 황제의 시선이 닿자 금방 수그러들었다.

"폐하!"

"나의 주인이시여!"

"폐하!"

가히 열광적인 환영이었다. 시민들은 황제의 얼굴이 정말로 자신들이 매일 기도하는 전쟁신 카자르 엔더와 닮았다는 것을 알고 법열에 휩싸였으며, 젊은 처자들은 젊고 잘생긴 황제의 얼굴에 심장을 부여잡고 호흡 곤란을 일으켰다. 젊은 남자들은 황제의 주변을 둘러싼 빛나는 근위기사단 호르데마누의 위압감에 환호성을 내질렀다.

사실 황제는 기분이 처음에 별로 좋지 않았다. 언제나 앞서지 않으면 마음이 안 놓이는 터라 누가 자신의 앞에서 알짱대면 대번에 흉기를 휘둘렀다. 그런데 지금은 환호와 열광에 찬 개선식이다. 그가 뒤에서 나타나는 것은 주인공이 늦게 나타나는 것과 같은 이유에서였다.

황제는 이상한 기분이 되었다.

개선식은 난생처음이다. 혼자서 들어가고 혼자서 나오고. 시민들에게서, 그가 다스리고 있는 제국의 신민들에게서 이렇게 직접적으로 환호와 존경을 받는 것은 처음이다. 그가 만날 보던 귀족들은 항상 그만 보면 무섭다고 달달 떨기나 했지 이런 식의 환호와 열광을 보여주지 않았다. 하다못해 시녀나 시종들도 마찬가지다. 중문을 이런 식으로 지나본 것도 처음이다. 심지어 그는 즉위식조차 제 맘대로 치렀다. 형제를 토막치고 잘라내고 죽이고 난 뒤에 이루어진 대관식이었다. 그런 상황에 중문을 지나는 거창하고 화려한 즉위식을 올릴 마음은 추호도 없었다. 무엇보다 그는 제국 신민들에게 자신의 모습을 널리 알리고 그들의 얼굴을 보겠다는 마음가짐조차 가지고 있지 않았다. 제위는 내 것이고, 그러니까 가질 뿐. 살육은 당연한 것. 즉위식은 남들에게 보여주기 위한 것이 아니라 여겨 그는 심복 몇과 대무여관만 데리고 치렀다. 심지어 황제의 관도 자신이 직접 내려 썼다. 남들의 기억 속에서는 그 대관식이 겨우 1년 반 정도가 지났고, 그의 기억 속에서는 30여 년이 지난 일이다.

그 30여 년간 전쟁도 많이 겪었는데, 중문을 지나며 개선식도 치른 적이 없다.

황제는 흥분에 겨워 벌건 얼굴로 으쓱대고 있는 호르데마누의 가여운 기사들을 쳐다보았다. 그들은 근위기사가 되어 고생만 잔뜩 하다가 처음으로 남들의 환호와 존경을 받고 있는 것이다. 말로야 호르데마누야말로 제국 제일 기사단이라는 칭송을 들었지만 전쟁터만 오가는 탓에 실감한 적도 없었을 터다. 황제는 무뚝뚝한 루네릭이 눈을 반짝반짝 빛내며 발갛게 달아오른 뺨을 하고 있는 것과 레비스 부단장이 변태처럼 학학대며 호흡을 조절하고 있는 것을 발견했다. 뿐이랴. 잘난 척하던 바람둥이 앙데라그도 어깨를 으쓱이며 지나가는 여자들을 향해 쉬지 않고 눈웃음을 날리고 있다. 그 뒤를 이어 아직도 젊다 못해 어린 기사들도 열심히 의미심장한 미소를 던진다. 어쩌면 올해 장가가는 놈이 생겨날지도 모른다.

 생각해 보니 좀 불쌍하다. 칭찬해 줘서 싫어하는 이가 누가 있던가.

 황제는 바로 옆에서 무표정한 얼굴로 서 있다가 황제의 시선을 받자마자 활짝 웃는 절대 동안의 거한 메리테인을 물끄러미 바라보았다. 멍청한 웃음이 영 어설프다. 언제부터 이놈은 이렇게 웃을 수 있게 되었더라? 그뿐만이 아니다. 어딘가에서 숨어 보고 있을 가디언들의 얼굴도 떠오른다.

 피눈물을 흘리던 무표정한 가디언들의 얼굴은 이제 그의 기억 속에서만 존재한다. 그의 가디언들은 와스발딘의 표현에 따르면, 〈활달하고〉, 〈명랑해〉졌다. 그 이유는 주인인 그가 활달하고 명랑해졌기 때문이란다.

'그게 아닐걸.'

황제 유그 펠리오르는 푹신한 등받이에 등을 기대고 두 팔을 뻗어 팔걸이에 올려놓고 하늘을 올려다보았다. 새파랗고 말간 하늘 위로 하얀 구름이 떼를 지어 지나간다.

그가 홀로 앉아 있는 곳은 지붕 없는 화려한 타원형의 마차였다. 보통 왕이라면 이렇게 개방된 지붕도 없는 마차에 오를 리 없겠지만 이 지붕 없는 마차는 제국의 황제라면 아무도 해칠 수 없다는 전대 황제들의 강력한 자신감에 의해 설계되었다. 늑대왕의 모피와 황금빛 실크로 장식된 마차는 그도 처음 사용해 보는 12두 마차였다.

"폐하, 미소라도 지으시면서 손을 들어주시면 다들 쓰러질 겁니다."

흥분했는지 붉게 물든 얼굴로 와스발딘이 말을 몰며 다가왔다. 선두에서 이미 환호성을 들을 만큼 다 들은 영감이 황제의 옆에 어느새 또 따라붙었다. 그 서슬에 절로 긴장한 근위대와 가디언들이 얼어붙었다. 저러다 또 맞으려구! 저 작자가 미쳤나!

"폐하?"

기척도 없이 나타난 불충한 신하를 보며 황제는 귀찮아서 손을 휘휘 저었다. 생각하는 중이라 머리가 복잡해 죽겠는데 자꾸 알짱대니 짜증이 난다.

그러나 그가 손을 저어 보인 것이 모인 시민들을 향한 것으로 보였는지 갑자기 격렬한 환호성이 터져 나왔다.

"폐하!"

"폐하께서 이쪽을 보셨어!"

"우어어~! 폐하!"

격렬한 반응이 폭발적으로 터져 나오자, 황제는 어리둥절했다. 뭐야? 내가 뭘 했어?

우리 폐하는 진짜 미남이셔! 와아! 저 멋진 머리칼 좀 봐! 이번에도 야만족들을 수천 명, 수만 명을 해치우셨다지? 아니, 근위대들이 꽂고 있는 저 황금 깃털을 봐! 저 전설에 나오는 황금 새를 잡아 해치우고 그 깃털을 함께한 용사들에게 나누어 주셨대! 아아! 이거야말로 전설이야! 우리 폐하는 정말 대륙에서 제일가는 정복자이자 전사야. 저 여유있는 모습, 저 빛나는 모습! 우린 복받았어. 저런 분이 황제이시니 두려울 게 없어.

황제는 잠시 자신을 둘러싼 뜨거운 시선을 멍하니 훑어보았다. 이것들이 왜 이래? 뭘 달라는 거야? 그러나 그도 잠시, 그들 사이에서 흘러나오는 말에 흠칫했다. 수만 명은 아닌데. 물론 수백 명은 물리쳤다만. 내가 이기는 건 당연한 거지. 해가 뜨고 달이 지는 것처럼. 그런데 왜 저렇게 난리야?

저분의 아드님이신 황자께서는 얼마 전에 남방의 괴수를 무찌르셨다며? 남방에 새로운 별이 떴대요. 얼마 전에 황궁에서 나온 황자 한 분이 치한을 잡아 족치셨다며? 어마, 넌 몰랐니? 저분 소생의 황자 한 분이 소란을 피우는 도적들을 단매에 때려잡으셨대요. 산더미만 한 멧돼지를 한 손에 잡아 굶주린 애들에게 주신 황자님도 계셔! 살인 귀족을 벌하신 황태자님도 그렇고 정말 이번 대에서 우리는 복받았어! 만세! 만세!

소문은 빠르다. 황가와 신을 동일시하는 순진한 군중의 소문은 더더욱 빨랐다. 황제는 몰랐지만 북방으로 가던 다흐마르가 남방에서 용사 활동 중이었고(길을 잃었기 때문이다), 그에 질세라 다른 황자들도 후궁들의 부추김에 못 이겨 용사 활동을 개시했다. 해보니 답답한 황궁보다 재미있었는지 지금은 아예 가출에 가까운 상황이다.

그렇다. 세상은 넓고 죽일 악당은 많다는 걸 깨달은 황자들. 그들은 살인을 하고 싶으면 천인공노할 악당을 쳐 죽이는 게 이익이란 걸 깨달았다. 식인 야수, 연쇄살인마, 강간마, 백성을 참혹하게 쥐어짜는 귀족들, 마을을 통째로 덮치는 산적들. 넘쳐 나는 악당을 금발의 푸른 눈을 가진 〈어린〉 귀공자들이 무시무시하게 해치우고 다니니 순진한 군중은 모두 만세를 부르며 전설을 양산하고 있는 중이었다. 후궁들은 환궁할 줄 모르는 황자들 때문에 마음을 졸였지만 반쯤은 단념하고 있었다. 황태자 제흐나므에게 맞아 죽느니 차라리 출궁해서 용사놀이를 하는 편이 나았던 것이다. 그래도 막 나가는 다흐마르와 달리 다른 황자들은 호위 가디언들을 데리고 다녔기 때문에 후궁들은 큰 걱정은 하지 않앉다.

"저게 뭔 소리야? 황자들이 어떻게 되었다고?"

귀 밝은 황제가 옆에 있는 와스발딘에게 묻자, 눈을 반짝이며 검왕이 대답했다.

"폐하께서 정벌에 나가신 뒤에 황자 마마들이 모두 출궁해 악당을 무찌르고 백성들을 위한 구호 활동을 하신다 합니다. 정녕 훌륭한 소생을 두셨습니다."

"황자들? 대체 몇이나 나갔는데?"

"네 분 나가신 걸로 압니다."

"그럼 황태자만 빼고 몽땅?"

어이가 없어서 그가 입을 벌리자 어릴 때부터 가출해 승부사놀이를 즐겨왔던 와스발딘이 먼 산을 바라보며 칭찬했다. 아니, 칭송했다.

"그러합니다. 네 분 모두 출중하신 신력을 타고 태어나셔서 이 제국의 백성들을 괴롭히는 이들을 물리치고 온 나라를 평안하게 만들고자 노력하시고 계십니다. 이 얼마나 아름다운 황가의 전통입니까? 온 대륙이 이 훌륭한 분들을 전설로써 찬양하고 있을 겁니다."

역시 우리 폐하의 소생입니다. 사치와 향락에만 물들어 있던 다른 황족들과는 다릅니다. 아아! 정녕 우리 아름다우신 폐하의 깜찍한 소생들다우십니다. 이 와스, 정녕 스승으로서의 보람을 느낍니다!

황제는 미간을 찌푸렸다. 어째, 과거에는 전혀 없었던 일이다. 내 아들들이 그렇게 괜찮은 놈들이었던가? 기억도 안 났다.

"빌어먹을."

황제의 마음은 점점 더 가라앉았다.

와스발딘이 찬양하고 있는 황자들은 그가 죽여 버린 아들들이다. 황태자 제흐나므를 비롯해 네 명의 황자를 전부 다 죽였다. 목을 부러뜨리고 머리를 부수고. 이름도 잘 기억나지 않는 어린 아들들을 모조리 다 죽였다. 그런데 지금 그 어린 아들들이 전국에서 칭송을 듣는 놈들이 되었단다. 그 때문에 그도 지금 찬양을 받고 있는 중이란다.

속이 거북해졌다. 내가 잘났으니 그놈들도 잘난 건 당연하지. 그렇지만…….

이름도 기억나지 않는다. 어린 나이에 아이를 낳고 아예 무관심했다. 한 번이라도 관심을 가져달라고 애원하는 후궁들을 걷어찼다. 거치적거리는 건 질색이었으니까.

"후우."

황제는 머리칼을 쓸어 올렸다. 가슴 한구석이 점점 더 묵직해진다. 먹은 게 체한 것처럼.

"폐하."

눈치 빠른 메리테인이 재빨리 그에게 피를 섞은 와인을 내밀었다. 요즘 들어 메리테인은 독주 대신 약한 와인을 내주곤 했다. 그가 별말을 하지 않자, 가디언의 수장은 그가 먹는 술의 농도를 점점 더 약하게 내놓는 중이었다.

"출궁한 황자님들의 아름다우신 이름은 마르세르두, 도르바인, 멜바인, 다흐마르이십니다."

더 어린 분들과 황녀님들은 남아 계시지요 하고 덧붙인 와스발딘의 얼굴을 황제는 물끄러미 바라보았다. 그도 기억하지 못하는 어린 아들들의 이름을 다정하게 나열하는 그는 낯설었다.

"그런가."

"폐하?"

황제는 몰랐지만 와스발딘은 1년 정도 같이 지냈을 뿐인 어린 유그가 정말로 소중했다. 평생 동안 오로지 강함을 좇았던 검왕이다. 그에게 있어 어린 황자와 같이 지냈던 그 시기만이 유일한 인간다운 생활이었다. 여자도 모르고 인간적인 쾌락과 감정을 모두 버린 외골수인 검왕은 자신보다 더 괴물 같은 소년 황자를 사랑하지 않을 수 없었다.

근데, 좀 이상하긴 했다. 19세밖에는 안 되었을 청년 황제가 가끔은 자신보다 더 나이 든 얼굴을 한다. 뭐, 신혈의 소유자이니 원래 이상한 건 당연하겠지만. 단순하게 생각하면서 와스발딘은 히죽 웃었다. 이렇게 황제와 함께하자니 어깨가 절로 으쓱해진다. 장성한 아들자식을 보는 기분이랄까. 이 맛에 아이들을 낳는 걸까. 어디서 나도 여자 하나 데리고 와볼까. 동정의 마도사 와스발딘 백작은 잠시 상상하며 즐거워했다.

검왕이 음험음탕한 미소로 해죽거리고 있는 동안 황제는

사람들의 찬양을 들으며 드디어 황궁에 들어섰다.

"개선을 앙축드리옵니다!"

황후 이하 후궁들과 황태자가 일제히 무릎을 꿇으며 인사하자, 황제는 가볍게 고개만 끄덕였다. 이런 대규모 행사가 처음이다 보니 어색하긴 하지만 생각보다 나쁘진 않았다. 먹은 게 체한 것처럼 거북하긴 했지만 황후 옆에 선 안데르를 보는 순간 그것도 잊어버렸다.

"오오, 나의 눈토끼!"

그가 손을 벌리자, 황후의 손을 잡고 있던—덩치로 보면 엄마와 딸이었다—안데르가 눈물을 그렁거리면서 달려왔다.

"폐하아아!"

안아보니 더더욱 그립다. 황제는 작은 몸을 안고 대롱대롱 흔들면서 연신 뽀뽀를 퍼부었다. 이렇게 예쁠 수가. 이게 이렇게 예뻤나? 우와, 예뻐!

"폐하, 폐하!"

눈물을 흘리는 안데르는 정녕 예뻤다. 황제는 그 작은 머리통을 콱콱 누르면서 우악스럽게 뽀뽀를 거듭했다.

"나의 눈토끼! 보고 싶었다. 이렇게 예뻐지다니. 너는 점점 빛나는 토끼가 되어가는구나!"

앞으론 빛나는 토끼라 불러주랴? 그가 안데르의 팔다리를 꽉꽉 눌러가며 안는 것처럼 안데르도 황제의 손을 꽉 물었다.

"어라? 나의 눈토끼, 또 맛보는 거냐?"

흐흐 웃으며 의미심장하게 황제가 물었지만 안데르는 순진하게 배시시 웃으며 눈물을 닦아냈다. 더 물어. 물어도 돼. 황제가 손을 다시 내민다. 그녀는 사양치 않고 콱 물었다. 사실 황제가 돌아왔다는 실감이 안 나서 문 것이지만 어쩐지 황제가 정말로 자신을 사랑한다는 게 실감나서 좋았다. 보통 사람이라면 누가 문다고 하면 이상한 얼굴로 화를 내는 게 당연할 것이다. 그런데 황제는 웃어준다. 웃어줄 뿐만 아니라 더 물라고 팔뚝도 내민다. 그것이 기뻐서 그녀는 안긴 김에 손 말고 귓불이나 목덜미도 물어본다. 콱 씹히는 입안 감촉이 정말로 황제라는 게 실감나서 안데르는 와락 울음이 터졌다. 이렇게 무조건적인 애정을 퍼부어주는 사람이 돌아왔다는 기쁨에 심장이 터질 듯했다.

"놀고 있네."

황후가 한숨을 쉬면서 초를 쳤다.

황제는 히죽 웃으며 안데르의 어깨너머로 인사했다.

"여여, 수고했다."

"니가 요즘 제정신이 아니구나."

황후는 황제의 인사에 가슴이 철렁했다. 개선식도 의외였지만 이렇게 황후를 향해 인사하는 그도 지독하게 낯설었다. 정말로 이놈이 사람이 된 것일까.

"아, 참. 선물이 있다."

황제는 허리춤에서 번쩍거리는 황금 새의 깃털 두 개를 꺼냈다.

가장 크고 아름다운 것은 안데르의 머리칼에 꽂아주고, 남은 한 개는 황후의 머리칼에 꽂아주었다. 황후는 자신의 머리통을 짓이기려는 줄 알고 반쯤 피하려다가 어색한 자세로 받았다. 살기는 분명 없었으니까.

"어?"

"황금 새의 깃털이다. 그놈, 먹어보니 별 맛은 없었지."

"산 채로 잡아왔어야지!"

"산 채로 잡아오기엔 너무 뜨겁더라고. 그냥 모가지 비틀어서 구워 먹었어."

"먹었어? 이, 미친놈아! 그게 이교도의 상징이잖아! 그런 건 무슨 수를 써서라도 산 채로 잡아왔어야 한다구!"

황후가 화를 버럭 내자, 황제는 아랑곳없이 안데르의 하얀 머리칼 속에서 빛나는 깃털을 쓸어보며 대꾸했다.

"배가 고팠어."

안데르는 뭔 소리를 하는지 신경도 쓰지 않고 쏟아지는 눈물을 황제의 가슴팍에 비비고 있었다. 덕분에 루키아 및 시녀들은 비명을 삼키고 있는 중이었다. 꺄아아악! 애써 한 화장이 망가집니다, 마마!

"경축드립니다, 폐하."

"폐하."

그 모습을 보고만 있던 다른 후궁들이 다가와 인사를 했다. 아름답게 치장한 얼굴 속에서 희미한 긴장과 질시의 빛이 스쳐 지나간다.

평소라면 무시하고 넘어갔을 황제지만 이번에는 조금 달랐다.

"흠, 잘들 있었나?"

처음 듣는 인사에 가장 앞에 있던 아나리아 7궁비의 얼굴이 활짝 폈다. 그뿐만이 아니라 다른 궁비들의 얼굴도 감격에 겨워 환해졌다. 우와! 인사를 해주셨어! 우리도 생각하고 계셨나 봐!

눈물까지 글썽거리는 아나리아를 보고 황제는 쓴웃음을 지었다. 예전에는 몰랐던 것이 새삼 눈에 띈다. 말 한마디에 여자들의 얼굴이 환해지고 어두워지는 것을 이젠 알게 되었다.

'그때 안데르에게 예쁘다는 말 한마디만 했다면 그런 일은 없었을까.'

갑작스런 후회에 가슴 한구석이 조여들었다. 체한 것 같은 감각에 황제는 미간을 찌푸렸다. 헉! 뭔가 화나셨나 봐! 그 표정을 보고 후궁들의 얼굴이 창백해졌다. 가장 앞에 있던 아나리아의 얼굴은 시퍼렇게 변했다.

"아아, 오랜만에 보니 왠지 너, 귀여워 보이는데."

아나리아가 파랗게 질린 걸 보니 어쩐지 새 같아 보이기도 했다. 입술이 톡 튀어나와 도발적으로 섹시한 미녀인 아나리아를 보던 황제는 고개를 갸웃했다. 예전에는 자신보다 연상이었기 때문인지 그저 그랬는데 지금 시선으로 보니 좀 귀여운 데도 있다. 안색이 파래졌구나. 이제부터 널 파랑새라 불러주랴?

"폐, 폐하아."

순식간에 얼굴이 빨갛게 된 아나리아가 몸을 배배 꼬며 고개를 숙인다. 와아, 파랑새라니! 눈토끼보다 훨씬 예쁜 별칭이잖아! 살짝 입가를 손으로 가린 품이 애교스럽게도 보이고 깜찍한 것도 같다. 왜 예전에는 예쁜 줄 몰랐을까.

황제는 한 팔에 안데르를 안아 든 채 성큼성큼 걸었다. 후궁들을 하나씩 눈여겨보다 임신한 것이 분명한 로도아 21궁비와 비올레타 15궁비를 발견했다.

"너희들, 임신했구나."

놀란 눈으로 그를 쳐다보는 두 후궁을 보고 황제는 미소지었다. 뿌듯했다. 카자르 엔더의 명령대로 애들을 줄줄 낳고 있다. 아아, 이젠 안 맞아도 될 거야. 되돌아와서 셋이나 애들을 더 늘렸어! 앞으로 스물만 더 낳으면 안 맞을 테지. 요즘 잠잠하신 걸 보면 내가 잘하고 있다는 의미겠지. 아아, 난 착해졌어! 관대해졌어!

"마노."

"왜?"

"잊고 있었는데, 후궁 하나 더 있어."

"알고 있어. 제2궁비. 달맞이꽃이라며? 네가 요즘 문학 공부를 다시 하고 있는 듯하구나. 대무여관이 그녀를 맞이했어. 정화의식 중이라는군."

황후는 손이 빠르다. 개선식 전에 이미 사람을 보내어 반니레다를 데려간 그녀는 이교도인만큼 대무여관에게 맡겨 의식을 치르게 했다. 배교나 다름없는 상황인지라 아무 일 없다는 듯 맞이하기엔 무리가 있었다.

"그런데 애들은?"

황제가 묻자, 후궁들의 얼굴이 새파랗게 변했다. 애들은 가출 중이다. 황제의 허락 없이 출궁하는 것은 사실 대역죄에 해당한다. 특히나 황제가 원정 중에 벌어진 일이면 사형을 당해도 할 말이 없었다. 그녀들이 당장 쓰러질 듯 창백해지자 황제는 멀뚱하게 서 있는 황태자 제흐나므를 향해 물었다.

"너, 제흐냐?"

"네, 폐하."

아까 인사를 했는데도 몰랐냐고 묻는 뚱한 시선에 황제는 좀 희한한 기분으로 아들을 다시 보았다.

"너, 컸구나."

별로 긴 시간이 흐른 것도 아닌데 애가 벌써 머리 하나는 더 컸다. 삼 년만 지나면 황제와 비슷해질지도 모른다. 유아라 그런지 애가 쑥쑥 잘도 큰다.

"그런가요?"

황태자가 뚱하게 대꾸했다. 어린 황태자는 황제가 안 무섭다는 것을 파악한 뒤로는 자존심을 슬슬 앞세우고 있는 중이었다. 나, 애 아니거든요. 다 컸거든요? 흥.

예전에는 워낙에 주변에서 벌벌 떨었기에 부황이란 존재

가 괴물보다 더 무서웠지만 다흐마르를 옆구리에 끼고 굴리며 킬킬대는 부황이 무서울 리 없다. 본능이 앞선 유아인지라 황태자도 개기는 중이었다.

"뻣뻣하긴."

황제는 한 손을 뻗어 제흐나프의 머리통을 잡아당겼다.

"악!"

절로 비명이 나오는 악력이 자신의 자식임을 믿고 가차없이 잡았다. 내 새끼니까 터지진 않겠지. 그러나 당하는 입장에서는 그게 아니다. 날 죽이려는 거구나! 역시 부황은 악당, 괴물, 살인마! 버둥거리는 황태자를 보고 황후가 소리를 빽 질렀다.

"애, 터지겠다! 살살 잡아!"

"너와 내 아들인데 이게 터질 리가 있냐?"

황후는 황제의 말에 흠칫 놀랐다. 어쩐지 점점 사람같이 굴고 있는 황제의 태도가 기묘했다. 너와 내 아들이니까 믿고 있다는 뜻일까? 이 피에 미친 놈이 정말 그런 의미로 하는 말일까? 그녀는 황제의 뒤에 그림자처럼 서 있는 메리테인을 슬쩍 살폈다. 뜻밖에도 메리테인은 싱글벙글 웃고 있었다. 정말로 기분이 좋아 죽겠다는 얼굴이다.

황후 마노시아는 기이한 기분으로 황제를 다시 보았다. 그의 웃음을 살인 발작의 신호로 보고 있던 그녀는 황제가 기분 좋게 웃는 것을 처음 보았다. 가디언이 웃고 있다는 건 주인이 정말로 기분이 좋다는 의미이다. 가디언은 주인의 거울이니까.

'저놈이 자기 자식에게 애정을 품고 있다고?'

그녀는 안데르와 제흐나므를 번갈아 보았다. 황제의 솥뚜껑만 한 손바닥에 잡혀 부비부비를 당하고 있는 제흐나므는 귀찮다는 표정이었다. 하지만 부황의 드문 애정 표현에 좋아하고 있는 게 분명했다. 덩치는 크지만 아직은 유아다. 어린아이는 부모의 애정에 항상 굶주려 있었다.

"확인해 보자!"

루키아가 가장 두려워했던 시간이 드디어 찾아왔다.

안데르의 궁에 들어선 황제는 제일 먼저 그녀를 침대 기둥에 세웠다. 그리고는 얼굴을 찌푸렸다. 절망했다. 허어! 이럴 수가!

몸에는 보기 좋게 살이 오르고 머리칼은 윤기가 좔좔 흐르고 젖살이 빠져 얼굴도 이제 슬슬 색기도 돈다. 기분 탓인지 허리는 가늘어지고 엉덩이도 좀 커진 거 같다.

그러나!

키는 조금도 자라지 않았다!

황제는 절망했다. 그는 이마를 부여잡고 고개를 푹 숙였다. 빌어먹을! 아직도 작아! 작아! 아까는 황후랑 나란히 있어서 작아 보이는 줄 알았는데 실제로도 작아! 으아아! 제흐보다 작아!

"폐하."

그의 표정에 실망한 안데르가 황제의 손을 잡고 무릎을 꿇었다.

"제, 제가 작아서 싫으세요?"

키에 집착하는 그의 모습에 안데르는 적잖이 마음을 다쳤다. 키 크고 쭉쭉 빵빵한 북구 미인들 사이에서 작달막한 남방계 미인은 설 자리가 없는 법이다. 키가 안 되면 글래머라도 되어야 하는데 안데르는 솔직히 그것도 안 된다.

"제가 너무 모자라서 실망하셨죠?"

눈물이 그렁해진 얼굴로 안데르는 그의 손바닥 안으로 자기 머리통을 들이댔다. 만져 달라는 이 동물적인 제스처에 황제의 얼굴이 풀어졌다.

"아니다. 네가 아직 어리다는 생각이 들어서……."

"아니에요! 전 이제 합방할 수 있는 나이예요! 저의 어머니도 그랬고! 저도 이제 가슴도 커졌어요!"

두 손으로 가슴을 강조하는 그녀 탓에 황제는 불끈 치솟는 혈기를 못 참고 그녀를 와락 끌어안았다. 귀, 귀여운 것!

"전 작은 게 아니에요! 원래 하리아드의 여자들은 다 작아요! 제가 작았던 것은 단 한 가지!"

그녀는 비장하게 선언했다.

"가슴뿐이었어요!"

차, 참아야 해. 황제는 스스로에게 했던 맹세를 되뇌며 억지로 참았다. 그러나 애처롭게 바라보는 안데르의 시선은 그를 놓아줄 줄을 모른다.

"제가 얼마나 기대한 줄 아세요? 왜 거시기, 합방을 안 하시는 거예요? 제가 이젠 싫어요?"

아니라면 절 안아주세요. 저도 폐하랑 거, 거시기, 그거를 하고 싶어요. 몇 번이고 반복하며 애원하는 말에 그는 원래부터 별로 없었던 인내심을 갖다 버렸다. 에이! 사실 애랑 나는 다섯 살 차이밖에 안 나!

와락 입술이 겹쳐지자 안데르는 숨을 멈췄다.

두근두근. 마구 날뛰는 심장 소리가 점점 커진다. 아주 예전부터 원하고 원했던 것이 손안에 들어왔다. 사랑해 주는 사람. 이 모습 이대로 귀여워하고 귀히 여겨주는 사람. 자신을 세상에서 가장 어여삐 여겨주는 사람.

뒤에서 지켜보고 있던 유모와 루키아는 안도의 한숨을 삼키며 조용히 문을 닫고 밖으로 나갔다. 남은 것은 가디언들뿐. 그들도 은근슬쩍 안 보이는 사각지대로 은신했다.

황제는 작은 그녀의 몸을 침대 안에 눕히고는 속삭였다.

"내 사랑스런 눈토끼, 너는 예쁘고 정말로 곱단다. 너를 생각하면 가슴이 간질거려."

눈물이 다시 뺨을 타고 흘러내렸다. 붉은 눈이라고 눈물마저 붉진 않다. 유령 같다고 욕을 먹었던 핏기 없는 얼굴은 이제 홍조를 띤 장미 꽃잎처럼 화사했다.

"저두 사랑해요. 폐하, 보고 싶었어요."

울먹이며 말하는 그녀의 뺨에 키스하면서 황제는 잊고 있던 사실을 떠올렸다.

"내가 네 가족들을 다 죽였다. 그래도, 그래도 내가 좋냐?"

내가 안 무서워? 황제는 작은 소리로 주저하며 물었다. 이런 소심한 질문은 난생처음이다.

안데르는 미소했다.

"네, 알아요. 저도 직접 봤거든요. 하지만 괜찮아요."

그녀는 황제의 코끝을 물고 귓불을 물고 목덜미를 잘근 물었다.

"당신이 악당이라 해도, 살인마라고 해도 괜찮아요. 절 사랑해 주잖아요. 하리아드에서 저를 사랑해 주는 이는 단 한 명, 유모뿐이었어요. 당신이 절 어여쁘다 말해준 최초의 사람이었어요. 그때부터 전 당신을 사랑했어요. 이제부터 계속, 계속 사랑할 거예요."

안데르의 말에 황제는 입술을 깨물었다.

단 한 마디였다. 그 한마디면 참혹한 운명을 바꿀 수 있었다. 그런데 못했다. 아니, 안 했다. 비웃고 짓밟았다. 왜 모르느냐고 짜증만 냈다.

그는 가슴이 찢어질 것 같았다. 아니, 이미 찢어졌다.

이런 기분은 처음이었다. 눈가가 뜨거워졌다. 심장이 갈기갈기 찢어졌다. 온몸이 덜덜 떨렸다. 이게 무슨 기분이야? 이걸 뭐라고 말해야 해?

"폐하?"

안데르가 그를 올려다보며 속삭였다.

"왜 우세요?"

❧

―그래서?

거인이나 쓸 법한 워 해머, 단두용으로 썼을 법한 제례용 양날 도끼, 보기만 해도 피 냄새 뚝뚝 떨어지는 삼단 프레일, 2미터는 될 것 같은 거대한 타워실드, 전설의 오거가 썼을 법한 3미터짜리 몽둥이, 무지막지하게 보이는 그레이브, 스파이크 메이스, 모닝스타 등등.

그 모든 무기들이 둥둥 허공에 떠서 황제를 내려다보고 있었다. 팔짱 끼고 서 있는 3미터 정도의 키로 스스로를 구현시킨 전쟁신 카자르 엔더의 배후에서.

"사랑이란 뭘까요? 그리고 운명의 전환점이라는 것이 분명 있는 건가요?"

카자르 엔더는 눈썹을 치켜 올렸다. 그에 따라 그의 배후에 있던 무기들이 약 손가락 두 마디가량 떠올랐다가 내려온다.

신은 신이다. 카자르 엔더는 격노한 상태로 황제를 만났지만 이성과 광기가 공존하는 그의 신격은 아무리 화를 낸 상태라 해도 이성을 놓지 않고 있었다.

―지금 너, 나에게 인생 상담하자는 거냐?

"신이시잖습니까?"

황제는 뻔뻔하게 그를 올려다보며 물었다. 신이니까 다 아시잖아요? 그래서 날 되돌린 거잖아요?

―너, 잊고 있는 게 있구나.

싸늘한 조소를 머금은 카자르 엔더는 고개를 숙여 그를 내려다보았다. 차가운 그 눈빛에 어지간한 황제도 좀 얼어붙었다.

―넌 용서받은 게 아니다. 네가 저지른 잘못이 전부 다 사라진 게 아니란 말이다.

유그 펠리오르는 무의식중에 가슴을 부여잡았다.

"다시, 다시 시간을 되돌렸다고 하지 않으셨습니까? 그러니까, 그러니까 그건 사라진 과거가 된 거 아닙니까?"

심장이 얼어붙는 것 같았다.

내가 저지른 일이 사라진 게 아니라고? 자신만 보면 미간을 찌푸리면서도 다 받아주는 마노시아, 심통스럽게 주둥이를 내밀던 아들들, 열심히 교태를 부리며 배시시 웃는 후궁들. 그들을 내가 다 죽였다고? 자신만 보면 웃으며 아양을 떠는 가디언들이 다 죽었다고? 깃털 하나 들고 통통 부은 얼굴로 웃어대던 근위기사들이 생각났다. 하사하신 여자들 때문에 복상사할 지경이라고 말하던 루네릭을 떠올렸다. 고추 까주겠다며 달려들던 와스발딘과, 걱정스럽게 자신을 올려다보던 대무여관 할망구와, 바르작대며 핏대 올리는 충실한 로리랜드까지도.

그리고 안데르.

―네 이름이 무엇이냐?

카자르 엔더가 무심한 얼굴로 되물었다.

"유그 펠리오르. 유그 펠리오르 테이아 마그네우드."

그는 멍하니 중얼거렸다. 그는 이제 유그 펠리오르가 아니라 유그 펠리오르 테이아였다.

―유그 펠리오르의 시간은 끝났다. 그는 미치광이에 얼간이에 다시 못 쓸 인간 말종이었다. 그건 변하지 않는다. 단지 나는 너의 마지막 한 숨결을 돌려 너의 쌍둥이가 가지지 못한 테이아의 운명에 너를 맞췄던 것이다. 그것만으로도 나의 신력은 반으로 줄어들었다. 아니, 삼분의 일 정도로 줄어들었지.

없어진 게 아니다. 다른 것으로 대치되었을 뿐. 황제는 명백한 충격의 표정으로 바닥에 털썩 주저앉았다.

카자르 엔더는 전과는 다른 반응을 보이는 그를 유심히 바라보았다. 변하긴 변해서 영혼의 색이 그럭저럭 사람 같아지긴 했어도 그에게 신력을 보태주긴커녕 계속 뽑아가기만 하던 놈이다. 그런데 이제 보니 그의 가슴 한구석에서 빛이 느껴지고 있었다. 올곧게 하나의 신을 의지하고 간구하고 고심하는 신앙의 빛. 신의 힘을 늘려주는 진정한 신념의 빛이 황제에게서 자라고 있었다. 비록 손톱만 한 양이지만. 사실 그 정도의 양은 저잣거리 거지보다도 적은 편이다. 그만큼 신의 혜택을 입으면서도 고마워하지 않는다는 증거다.

그래도 카자르 엔더는 좀 놀랐다.

이것 봐라? 구르는 돌에는 이끼가 끼지 않는다더니 굴린 보람이 있었던 것일까. 그게 아니면 그래도 굴리고 굴리니 좀 다듬어진 것일까. 사실 황제의 모습에 전쟁신은 인간이란 존재에 대해 회의를 품고 있었다. 아, 타고난 악당과 타고난 바보란 게 있긴 있나 보다 하고. 안 되는 놈은 안 되나 보다 하고.

"그, 그럼… 제가 죽었다가 다시 살아났단 의미인 건가요?"

그걸 지금 묻냐? 원래라면 죽었다 살아난 바로 그 시점에서 물었어야지!

핏대가 확 오른 전쟁신은 대답 대신 워 해머를 날려 그의 머리통을 한 대 내려쳤다. 쾅 하고 황제가 정수리에서 피를 흘리며 고꾸라지자 그는 애써 한숨을 삼키며 말을 이었다.

―없던 일로 하는 게 아니라 다시 시작하는 거라고 했다, 이 얼간아.

"그게 그거 아닌가요?"

피를 줄줄 흘리며 눈을 부릅뜨는 황제의 면상은 무서웠다. 그러나 카자르 엔더는 시큰둥한 얼굴로 몽둥이를 휘둘러 그의 불손한 주둥이를 후려쳤다.

―이미 죽어 없는 네 쌍둥이의 운명으로 너의 시간을 새로 만들었다고 하지 않았더냐? 너의 시간은 다시 만들고 다른 이들의 시간은 되돌렸다. 그게 무슨 의미인 줄 아느냐? 그들은

기억하지 못하지만 너는 기억한다는 이야기지!

"아!"

—너는 너의 시간에서 그들 전체를 죽이고 짓밟아 죄악을 쌓았다. 그리고 쌍둥이의 시간으로 돌아가 다른 삶을 살고 있는 것이지. 물론 그들의 삶은 하나이지만 너는 둘. 그렇기에 너의 죄는 사라진 게 아니다.

물론 전쟁신은 얼마 전부터 그의 신력이 무섭게 늘어나기 시작해서 이미 상위 신 정도의 힘을 갖게 되었다는 말은 쏙 뺐다. 이 바보 황제 놈이 자신은 그만큼 열심히 했다는 증거라고 우길 수도 있는 상황이지만 사실은 별로 한 것은 없다. 그렇다는 말은 황제가 그냥 아무것도 안 하고 가만히 있기만 해도 성공하는 위치라는 의미다. 그런데 그걸 다 망쳤다. 그것도 제국 단위로. 대체 어떻게 하면 가지고 있던 그 엄청난 행운을 그렇게까지 망가뜨릴 수 있을까. 그것도 재주라면 재주다.

생각하면 할수록 울화가 치밀어서 카자르 엔더는 애써 자신의 심기를 억눌렀다. 아아, 나도 정말 관대해졌어. 전쟁이 이럼 안 되는데. 이러다가 나의 타이틀이 하나 더 늘어나는 게 아닐까. 관대와 전쟁의 신이라고.

원래 신격이 올라가면 타이틀이 늘어난다. 그만큼 상징하는 것이 늘어나기 때문이다. 자연신이던 바다의 여신이 질투와 변덕이라는 타이틀을 얻었듯이.

각설하고, 전쟁신은 황제에게 자신의 신력이 다 회복되었으며 또 점점 더 커지고 있다는 말은 하지 않았다. 전에도 말했듯이 원래 전쟁신이란 이기적이고 교활해야 하는 법이고, 이기지 못하면 칼을 물고 죽어야 하는 법이니까.

―전에도 말했던 것처럼 편법이다. 만약에 네 어미가 자신의 수명을 걸고 테이아의 이름을 받아 운명을 챙기지 못했다면 이런 편법은 통하지 않았을 것이다, 이 돌덩이야.

황제는 멍하니 그를 올려다보았다. 평상시라면 아파서 죽겠다면서 아등바등 데굴데굴 구를 텐데 이번에는 움직이지도 않는다.

텅 빈 눈동자가 보기 싫어서 카자르 엔더는 일부러 가져왔던 무기들을 전부 치워 버리고 정신적인 고문을 가하기로 마음먹었다. 원래 육신에 가하는 고문보다 정신에 가하는 고문이 오래가지 않던가. 전쟁신은 효율적인 행동을 사랑하는 분이었다.

―죄는 죄다.

전쟁신이 달콤하게 속삭였다. 물론 듣는 황제는 달콤이 아니라 살벌, 끔찍하게 들렸지만.

―네가 저지른 죄가 그대로 존재한다는 기분이 어떠하냐?

"……."

황제는 대답 대신 가만히 피가 줄줄 흐르는 입가를 손등으로 닦았다. 물론 정수리에서도 폭포처럼 콸콸 쏟아지는 피 때문에 닦아도 닦는 것 같지 않았지만.

"…합니다."

―뭐?

"끈끈하다고요."

죄가, 그리고 피가.

그리고 황제는 입을 다문 채 아무런 말도 하지 않았다.

전쟁신은 그런 그를 내려다보며 물었다.

―아프냐?

"아뇨. 잘 모르겠습니다."

그는 잠시 가슴에 손을 얹었다. 고개를 갸웃하는 것이 뭐라 말할 수 없이 가증스러워서 카자르 엔더는 혀를 찼다.

―그럼 왜 우느냐?

"전 운 적이 없습니다."

황제는 무표정한 얼굴로 신을 올려다보았다.

―그럼 그건 뭐냐?

신은 그의 턱 밑으로 툭툭 떨어지는 액체를 가리켰다. 상처에서 흘러내리는 피와 눈에서 흐르는 눈물이 엉겨 떨어지고 있었다. 평상시와 달리 황제의 얼굴은 무표정했다. 아프다며 엄살(황제가 아프다고 했을 시점에서 이미 그건 엄살이 아니다)을 떨던 표정과는 사뭇 다르다.

"이건 핍니다."

―눈에서 **나는**데?

"눈에서 나는 피인 모양이죠."

황제의 입가가 씁쓸하게 일그러졌다.

그가 흘리는 눈물은 진짜 눈물이 아니다. 피로 점철된 잔혹한 악당에게 눈물은 어울리지 않는다.

그 말을 듣고 카자르 엔더가 비웃었다.

―놀고 있네.

"진짜 피지 말입니다. 이건 절대 눈물이 아니지 말입니다!"

발끈해서 떠드는 그 주둥이를 꽉 쥐고 흔들며 신이 말했다.

―병신아, 넌 유그 펠리오르가 아니라 이젠 유그 펠리오르 테이아거든. 잔혹한 악당이 아니라 좀 모자란 청년 황제거든.

어린애를 달래는 것도 아니고, 실제로 고문하는 것도 아닌 태도로 신은 야멸치게 황제의 입술을 두 손가락으로 쥔 채 마구 아래위로 흔들어댔다.

―그러니까, 넌 울어도 돼, 멍청아.

신이 허락했다.

❦

"아?"

가디언의 수장 메리테인은 갑자기 가슴을 부여잡고 멈춰 섰다. 그뿐만이 아니다. 그의 곁에서 은신하고 있던 2번과 3번은 물론이고 지근거리에 있던 4번부터 15번까지 일제히 가슴을 부여잡았다. 그리고 그중 여덟 명이 동시에 눈물을 흘렸다.

"어?"

"이게, 이게 뭐야?"

주인이 없으면 입도 잘 열지 않는 가디언들이 저마다 외마디 소리를 내질렀을 정도로 충격은 컸다.

주인이 자는 모습을 보고 있던 메리테인의 반응이 가장 격렬했다.

그는 정말로 가슴을 부여잡고 몸을 숙인 채 거의 통곡하듯이 꺼이꺼이 울기 시작했던 것이다. 2번과 3번을 비롯한 다른 가디언들은 눈물을 줄줄 흘리며 입을 쩍 벌렸다.

이게 무슨 일이지? 이게 무슨 일이냔 말입니다. 주인님께 무슨 일이 벌어진 걸까? 우리 주인님이 무슨 일이지? 우리 주인님이 어디 아프신 거 아니야? 혹시 천재지변이 일어나려는 걸까? 이게 뭐야? 왜 이런 물이 뚝뚝 떨어져? 우와, 너 꼭 그러고 있으니 바보 같다. 까불면 죽여 버린다!

눈물이 계속해서 뚝뚝 떨어지자, 가디언들은 걱정이 되어 일제히 열다섯 명 모두 황제의 곁으로 달라붙었다. 안데르를 끌어안고 침상 위에서 조용히 자고 있는 황제의 얼굴은 평상시와 다른 점이 하나도 없었다. 그런데 눈물이 나온다. 사실 메리테인은 황제의 눈물을 보기는 봤다. 그래도 그건 하품을 해서 눈물이 나왔을 거라 단순히 생각했던 것이다. 황제와 일생을 같이한 메리테인으로서도 황제의 눈물이라는 건 하품할 때 이외엔 본 적이 없다. 하다못해 눈 속에 티끌이 들어가도 눈물 없이 튕겨내는 무적의 안구를 가진 주인이었기 때문이다.

메리테인이 눈물콧물 줄줄 흘려가면서 황제의 자는 얼굴을 보며 흐느끼고 있는 동안 뒤에 있던 가디언들도 가슴을 부여잡고 눈으로 떠들기 시작했다. 황제가 깨서 화를 낼까 무서워. 결코 소리는 내지 못했던 것이다.

아, 가슴도 아파. 이거 체한 걸까? 가슴을 쥐어짜는 거 같아. 뻐근해. 숨이 잘 안 쉬어지는 거 같아. 콧물도 나와. 얼른 풀어! 주인님 보시기 전에, 이 드러운 놈아.

콧물눈물을 닦아가며 가디언들은 이 생소한 상황에서 벗어나려고 무지하게 애썼다. 하지만 그들의 불안이 무색하게도 여기저기서 인기척이 느껴지기 시작했다.

뭐지? 아, 씨. 이거 미숙한 것들이다! 모자란 것들이 여긴 왜 와?

가디언들이 짜증을 내는 동안 인기척들은 복도에서 우왕좌왕하고 있었다. 메리테인은 그들이 누구인지 알고 있었다. 황제의 가디언이 되기 위해 훈련을 받고 있는 예비 가디언들이다. 아니, 교대할 부품들이었다.

조용히 시키고 와. 이를 갈면서 메리테인이 턱짓하자, 12번이 급히 밖으로 튀어나갔다. 그래 봐야 눈물콧물 흘리고 있는 면상이 별로 무서워 보이진 않았지만.

어쨌거나 복도 밖으로 나온 12번은 입을 쩍 벌렸다. 가디언이 된 지 어언 사 년 가까운 시간이 지났지만 이렇게 놀라 보긴 처음이었다.

복도에 선 황제의 가디언으로 내정된 이들은 모두 스무 명 남짓했다. 그런데 그들이 모두 눈물을 좔좔 흘리며 서 있었던 것이다. 훈련 중에 왔는지 웃통을 벗은 놈들부터 반쯤 벌거벗은 놈들은 물론이고, 단련하다 왔는지 피범벅이 된 놈이나 뭘 먹다 왔는지 입안에 음식물을 넣고 우물거리는 놈도 있었다. 그런데 그런 거한들 모두가 눈물콧물 좍좍이다. 눈물만이 아니라 감정 표현에 서툴러 눈물이란 걸 흘려 본 적이 없던 놈들인지라 뒤처리도 미숙해 줄줄 흘리는 눈물과 콧물이 뒤엉켜 끔찍한 몰골을 하고 있었다. 여자들이 그렇게 울어도 보기 흉한데 먼지 뒤집어쓴 거한들의 눈물바다는 차마 보기 민망할 지경. 크아아아! 이, 이것들이! 하마터면 큰 소리를 지를 뻔한 12번은 애써 마음을 가라앉히고는 예비 가디언들을 쏘아보았다. 시뻘건 눈알을 한 근육질 덩치들이 손등으로 눈가를 북북 문지르면서 코맹맹이 소리로 묻는다.

"무, 무슨 일잉 벌엉징 겁닝깡?"

이것이! 아직 눈으로 말하는 법 안 배웠냐? 주인님이 깨시면 어쩌려고 이래?

12번이 눈으로 호통 치자, 킹킹 소리를 내던 예비 가디언들은 고개를 끄덕이면서 콧물을 킁킁댔다. 몇몇은 그냥 급한 대로 소매로 풀었다.

별거 없으니까 떠들지 말고 숙소로 돌아가 대기해라. 너희들이 웅성거리면 주인님 깨신단 말이야. 저번에 한 충고

못 들었어? 열다섯 명이 넘어가면 주인님께선 절대 안 참으신다고? 너희들처럼 미숙한 것들은 당장에 모가지 댕강이닷!

선배답게 호통을 친 12번은 메리테인이 하듯 턱짓을 하고는 다시 황제의 침실로 숨어들었다. 그리고 생각했다. 모자란 것들. 아, 씨. 눈 버렸어.

서글픈 심정으로 12번이 와보니 메리테인이 퉁퉁 부은 얼굴로 황제의 자는 얼굴을 들여다보고 있다. 너무 가까이서 보는 거 같아서 12번은 충고하고 싶었다. 주인님께서 눈 뜨자마자 그 몰골을 보시면 기분이 어떠시겠어요? 너라면 눈물콧물 좔좔 흘리는 사내새끼 면상을 코앞에서 보고 기분이 상쾌하겠니?

그러나 그는 참았다. 그놈의 서열이 문제다. 빌어먹을 서열.

그의 모후는 항상 긴 회초리를 들고 있었다. 아니, 몽둥이인지 채찍인지 그건 확실치 않다. 마노시아와 비슷했던 것도 같다.

마노시아.

모후와 제일 비슷한 여자. 도저히 품을 아내라고는 생각할 수 없을 정도로 시기했던 여자. 그래서 그녀를 황후로 삼았다. 반강제로 황후로 삼으며 그는 쾌감을 느꼈다. 계집, 역시 계집은 한 번 찍어 누르면 그만이거든.

"너는 항상, 어리석구나."

모후는 그렇게 말했다. 슬픈 듯이 말했을까, 아니면 화가 난 어조였을까.

황제는 꿈을 꾸었다. 아니, 꿈을 꾼 것인지 꿈처럼 느껴지는 옛 기억인지 확실치 않았다. 어쨌든 그의 어린 기억 속에서 항상 등을 돌리고 제단을 향해 무릎을 꿇고 있는 여인이 있었다. 금발에 하얀 피부를 가진 키가 큰 여인이었다. 강인한 눈빛과 말수가 적었던 탓에 그다지 다정하다는 기억은 없었다. 하지만 그녀는 아무도 건드릴 수 없는 그를 때렸다. 그것도 잔혹할 정도로 무자비하게. 널 때릴 수 있는 건 나뿐이니까 내가 때려서라도 네놈의 나쁜 점을 고치겠다며.

모친이다. 모후였다.

모친은 그를 위해 건강을 기원했다. 아무것도 필요없으니 건강하고 튼튼하게 자라게 해달라고 수명을 걸고 기원했다. 특별한 힘을 갖기 위해 기도하는 여인들과 다른 기도에 전쟁신이 응답했다. 그냥 건강한 게 아니라 유별나게 건강하고 덧붙여 힘도 엄청 센 아이가 되었다. 그리고 사산되어 버려진 그의 쌍둥이, 아무에게도 이름을 받지 못했던 사산아를 위해서도 기도했다. 남은 수명을 걸고 기원했다. 아무것도 가진 게 없으니 이름이라도 갖게 해달라 신께 기도했다.

강한 것을 미덕으로 삼는 제국에서는 살아서 숨 한 번 쉬어 보지 못한 사산아는 그냥 땅에 묻는다. 이름 같은 건 없었다. 태어나지 못하고 사산되었다는 것은 패배했다는 뜻이므로.

그러나 카자르 엔더는 수명을 건 특별한 기도에 응답했다. 그녀는 자신의 뱃속에서 죽어버린 아이에게 이름을 허락받고 기뻐했다. 그리고 너무 튼튼해 아픔도 잘 느끼지 못해 비뚤어진 아들을 혹독하게 다그쳤다.

"나의 잘못이다. 내가 생각이 짧았다. 너를 그저 튼튼하게 해달라 한 나의 기원이 어리석었다."

그녀는 탄식했다.

아픔을 모르는 자는 잔혹하다. 아픔을 모르는 자는 둔감하고 이기적이 된다. 나는 아프지 않으니 남도 그럴 거라 생각한다. 남의 입장 따위, 약자의 입장 따위는 생각지 않는 무감한 지배자, 잔혹한 독재자가 된다.

유그 펠리오르는 아픔을 거의 느끼지 못했다. 다치면 금방 낫고 지치는 일도 거의 없다. 입맛이 까다롭지 않으니 아무거나 먹어도 괜찮다. 그의 위장은 피부만큼이나 단단해서 독충을 먹어도, 상한 음식을 먹어도 해를 입지 않았다. 추위도 더위도 셔츠 한 장으로 견딜 수 있다. 소소한 감기 따윈 아예 모른다. 며칠간 밤새 달리고 뛰어도 지치지 않는다. 맨손으로 바위를 쪼개고 한 걸음에 담장을 넘는다. 맨몸으로 야수를 때려잡고 홀로 수십 명의 암살자를 찢어 죽인다. 어린 소년임에도 불구하고 유그 펠리오르는 아무렇지도 않았다. 그를 따라다니기에도 벅차 수도 없이 시녀나 시종이 죽어나가고 호위를 맡았던 가디언들이 죽었다. 그래도 그는 아무렇지도 않았다. 그는 튼튼했으니까. 그는 아프지도 괴롭지도 않았으니까. 그는 전혀 아쉽지 않았다. 정을 붙일 필요조차 없었다.

"신의 이름을 붙이는 기원이다. 나의 기원은 어리석었다. 건강보다 현명함을 기원했어야 했다. 현명함보다 인간적인 행복을 기원했어야 했다."

그녀는 자책하고 또 자책했다. 아무리 때리고 모질게 훈육해도 다른 황자들보다도 오히려 더 사납고 더 난폭한 것을 보며 슬퍼했다.

모후는 그를 사랑했던 걸까. 자기 아들이니 사랑했을까? 아니, 사랑이란 게 대체 뭘까?

'이젠 모후의 얼굴도 기억나지 않는다.'

눈을 뜬 유그 펠리오르는 무표정한 얼굴로 천장을 올려다보았다.

그가 누워 있는 곳은 침대 위였다. 바로 옆에는 따끈한 작은 몸이 있었다. 어젯밤 그는 〈처음으로〉 안데르를 안았다. 갑자기 이게 꿈인지 생시인지 헷갈리는 기분이 되었다.

지금 자신의 품 안에 있는 이 작은 몸이 진짜 안데르일까. 사실은 안데르의 썩어가는 시체가 아닐까. 나는 완전히 미쳐 버려 지금 환상을 보고 있는 것 아닐까?

그는 손을 뻗어 자신의 머리칼을 잡아당겼다.

긴 머리채가 잡히자 따끔거렸다. 꿈이 아니다. 그 옛날, 안데르가 죽었을 당시 그는 머리가 짧았었다. 그리고 이렇게 피부가 매끈하지도 않았다.

"살아 있구나."

그는 멍하니 중얼거렸다. 죽지 않았다. 그건 꿈이 아니다. 카자르 엔더의 무자비한 말이 고스란히 눈앞으로 떨어진다.

—**죄는 사라지지 않아. 너는 남의 운명을 살고 있을 뿐이다.**

갑자기 머리가 좋아지기라도 했는지 아주 옛날 현자 빌리 바드가 한 말이 기억났다.

"먼 남쪽 밀림에 루가이거라는 거대한 도마뱀이 삽니다. 움직이지 못할 정도로 거대한 그놈은 배를 강기슭에 붙이고 나무인 양 꾸민 채 입을 벌리고 있지요. 그러면 작은 동물들이 그 입안에 집을 짓기 시작합니다. 자신들의 먹이를 그 입안에 쌓아놓고 또 쌓아놓습니다. 그리고 길쭉한 이빨이 자신들을 지켜준다고 생각해 정성껏 돌본답니다. 그러면 루가이거는 긴 혀로 그 작은 동물들이 쌓아놓은 먹이를 야금야금 훔쳐 먹습니다. 그들이 눈치채지 못하게 아주 조금씩. 작은 동물들은 너무 작고 루가이거는 너무 커서 자신들이 살고 있는 이 둥지가 사실 맹수의 입이란 걸 눈치채지 못하지요. 그리고 그들은 새끼를 낳고 기르다가 그 새끼가 떠나갈 무렵이 되면 루가이거는 입을 다물고 그 어미가 되는 동물을 통째로 삼켜 먹어버립니다. 그리고는 떠나간 새끼가 언젠간 돌아오길 바라며 눈물을 흘리지요. 몇 달 뒤 떠나간 새끼는 새 집을 물색하다가 결국 어릴 때 자라던 집과 흡사한 루가이거의 입안으로 돌아옵니다. 그 집이 자신의 부모를 삼켰다는 것도 모르는 채 똑같은 생활을 반복하지요. 새끼를 낳고 또 그 새끼가 자라 성년이 되면 루가이거는 나이 든 동물을 또 먹어치웁니다. 그리고 그 다 자란 새끼가 되돌아와 집을 짓기를 기다리며 눈물을 흘립니다."

그거 바보 아냐 하고 유그 펠리오르가 투덜거리자 빌리바드는 냉소하며 대꾸했다.

"그것이 바로 지배자랍니다. 그것이 바로 백성들을 지배하는 자, 황제라는 것입니다. 그래서 황제의 눈물 따윈 일 푼의 값어치도 없다고 말하는 것입니다."

"잡아먹는 주제에 불쌍하다고 우는 놈은 가증스럽단 거지?"

"그렇습니다. 그럴 바에는 차라리 현명하게 잡아먹을 줄 아는 것이 황제의 미덕이지요."

황제의 미덕이란 게 있긴 있는 거야? 아마 개구리 코털만큼은 있을걸요. 현자 빌리바드가 킬킬대며 대꾸했다.

황제는 시선을 돌려 품 안의 안데르를 내려다보았다.

원하던 대로 그녀를 정말 오랜만에 안긴 했는데 예전에는 어땠는지 도저히 기억이 안 났다. 그도 그럴 것이, 황음하고 광란에 날뛰었던 시절이다. 술과 약에 취해서 어떤 여자를 취했는지도 모르는 상황에 안데르와의 첫날밤이란 게 기억날 리가 만무했다. 아니, 안데르와는 첫날밤을 지낸 게 아니었다.

까놓고 말해, 그는 그녀를 강간했다. 18세의 미친 황제는 14세의 어린 공주를 겁간했다.

"빌어먹을."

안데르는 무려 일주일 동안 생사를 오락가락하며 앓았다고 한다. 그걸 누군가가 그에게 언급했었다. 기억은 잘 나지 않지만 루네릭이었던 것 같다. 고지식한 근위대장은 항상 품 안에 끼고는 있어도 거칠게 다루는 그녀가 불쌍해 보였는지 어느 날 그렇게 말했다. 첫날밤을 치른 뒤 그 작고 하얀 공주님은 하혈이 멈추지 않아 일주야를 꼬박 앓았다고.

그래서 어떻게 했던가.

황제는 루네릭을 흠씬 두들겨 패고 걷어차 내쫓았다. 그리고 그날 밤, 익숙해지라며 그녀를 더더욱 거칠게 다루었다. 전쟁터를 질질 끌고 다니며 시체 속에서 그녀를 겁간했다. 기억이 난다는 게 더 끔찍하다. 이렇게 여린 것을, 이렇게 약한 것에게 어떻게 그런 짓을 할 수 있었을까? 사실은 그녀가 살아남았다는 게 더 희한한 일이었다. 그리고 그녀는 그래도 그를 거부하지 않았다. 항상 한결같은 시선으로 그를 올려다보며 기다렸다. 먹이를 주는 주인을 기다리는 개처럼.

그렇다. 아무리 난폭하게 다루어도 그녀는 그를 기다렸

다. 세상천지에 그밖에 없다는 듯이 그를 바라보았다. 그래서 그녀를 놓지 않았다. 놓을 수 없었다. 비쩍비쩍 마르는 그 작은 몸을 보면서도 그는 그녀를 놓을 수 없었다. 그를 그렇게 바라보는 여자는 없었으니까.

안데르는 그를 사랑했다. 절망적으로, 끔찍하게, 애절하게.

"빌어먹을. 육시랄……."

그는 손바닥으로 얼굴을 쓸었다. 진땀이 묻어났다. 아프다.

그래, 아프다. 그렇지만 그는 루가이거다. 잡아먹고 뜯어먹고 할 짓 다 해놓고 징징 우는 꼬라지는 하지 말아야 했다. 울면 용서해 주겠지, 인정상 착한 애들은 그렇게 해주겠지. 하지만 죄는 없어지지 않는다. 자신만이 아는 죄는 그대로 남았다. 신과 그만이 아는 죄가 고스란히 그의 어깨 위에 올라타고 앉아 킬킬댄다.

"지랄……."

황제는 울지 않았다. 악당은 울어선 안 된다.

착한 척, 회개한 척 우는 악당이야말로 나쁜 놈이다. 죄를 아는 자라면 울 수 없다. 신은 울어도 된다 했지만 그건 신의 앞에서나 가능할 일. 인간의 앞에선 울어선 안 된다. 피해자의 앞에선 절대 울어선 안 된다. 그들에게 용서를 바라지 마라. 피해자에게 용서를 강요하는 태도를 취해선 안 된다. 네가 한 짓은 용서를 바랄 수 없는 행위였으니까.

그는 울어본 적 없었다. 피는 흘려본 적이 아주 가끔 있지만 눈물은 없었다. 그가 죽여 버린 현자가 말했듯 황제의 눈물 따위, 악당의 눈물 따위는 개구리 코털만큼이나 가소로운 이야기니까. 사죄한다고 난리를 쳐봐야 빌리바드는 지하에서 비웃을 것이다. 난 이미 죽었거든. 죽은 놈은 용서 못하거든. 착한 척하지 말고 앞으로나 잘해, 이 빌어먹을 살인광아.

"한 대 쳤다고 진짜 죽냐? 주둥이만 산 빈약한 것."

짱돌로 내려쳤어도 살아남은 와스발딘을 좀 본받지 그랬냐고 내심 투덜거리면서 그는 한숨을 내쉬었다. 머리가 맑아진다는 게 이럴 땐 괴롭다. 차라리 몰랐으면 모를까, 새록새록 밝혀지는 과거의 족쇄가 줄지어 대기 중이다.

"우우웅."

갑자기 품 안의 하얀 토끼가 신음을 터뜨렸다.

헉 하고 놀란 황제가 그녀를 다독이자, 통통 부은 빨간 눈의 토끼가 눈을 뜨고는 그를 올려다본다. 울어서 부은 건지 힘들어서 부은 것인지 구분은 안 가지만 시녀들이 잽싸게 침대 위를 정리한 탓에 다행히 흉한 몰골만은 면한 그녀였다.

"깼냐?"

"네에."

잔뜩 가라앉은 목소리로 대답한 안데르는 예전 기억과 달리 작은 고개를 꼬물대며 그의 품으로 파고들었다. 그 머리통에 뽀뽀세례를 퍼붓고 황제가 느끼하게 속삭였다.
"안 아프냐?"
"좀 아파요. 아니, 안 아파요."
 사실 안데르는 체력, 아니, 인내심에 자신이 있었다. 그동안 맞으며 구박받으며 살아온 14년. 돌팔매도 맞아보고, 채찍도 맞아봤고, 작대기로도 맞아봤고, 발길질이나 주먹질도 당해봤다. 무엇보다 괴물이라 부르며 혐오와 욕설로 점철된 하리아드에서의 삶. 그렇게 살아왔는데 무서운 게 무에 있으랴. 황제의 힘에 얼결에 생기는 멍은 일종의 애정 표현이지 증오나 경멸에 의한 것이 아니다. 소소한 상처 따위는 황제가 그녀에게 퍼부어대는 애정에 비하면 아무것도 아니었다. 그가 있는 곳이 천국이었다. 그의 시선이 그녀를 향하는 한 안데르는 더없이 행복했다.
"에헤헤……."
 웃는 그 얼굴에 연신 뽀뽀를 하면서 황제는 작은 머리통을 살살 쓸어내렸다. 몸이 작으니까 그가 조금만 세게 잡아도 멍이 든다. 그때는 그걸 몰랐었다. 그러나 지금은 안다. 황후가 세게 안지 말라고 고함까지 치지 않았던가.
"폐하의 아이를 갖고 싶어요, 저도. 폐하와 똑같은 아이요. 그럼 진짜 멋질 거 같아요."
 황홀한 눈빛으로 그를 올려다보는 안데르의 얼굴.
 그때는 이런 표정을 짓지 못했다. 그의 품에서 이렇게 밝게 웃지 못했다. 그저 강아지처럼 처량하게 그를 바라보기만 했을 뿐.

먹먹한 가슴을 억누르고 안데르를 끌어안았다.

작은 소녀는 현명하게도 그에게 묻지 않았다. 왜 울었느냐고. 만약 그렇게 물었다면 황제는 운 적 없다고 대답했을 것이다. 하품을 좀 했노라 그렇게 말했을 것이다.

그는, 온화하게 웃으며 소녀를 쓰다듬었다.

"너, 그게 뭐냐?"

그러나 황제의 생각과 달리 그 온화한 시간은 오래가지 않았다.

메리테인을 비롯한 가디언 다섯이 퉁퉁 부은 얼굴로 쭈그리고 앉아 있었다. 눈가와 코끝이 시뻘게진 거한들은 결코 아름답지 않았다. 보기만 해도 섬뜩하고 짜증난다.

가디언들은 훌쩍이면서 외면했다. 자신들의 몰골이 형편 없다는 것을 알기 때문이다.

"니들 꼴이 왜 이래?"

황제가 짜증이 나서 소리치자, 메리테인이 훌쩍거리면서 대답했다.

"그냥 막 눈물이 납니다요."

"눈물이 막 나? 가디언도 우냐?"

황제가 허 하고 묻자, 메리테인이 고개를 갸웃했다.

"모르겠습니다. 갑자기 가슴이 찢어지는 것 같고 막 코도 막히고 눈물이 막막 쏟아집니다. 이렇게 울다가 심장이 찢어지는 거 아닐까요?"

그 순진한 질문에 안데르가 깔깔 웃었다.

"울다가 심장이 찢어지진 않아요. 오히려 울면 속이 시원해질 수도 있어요."

"하지만 마마, 저희들은 아프기만 하거든요."

드물게도 가디언의 수장이 시무룩하게 대답하자 안데르는 놀라서 손을 내저었다. 메리테인이 충실한 황제의 가디언이라는 이야기를 들어온 그녀로서는 메리테인이 남 같지 않았던 것이다.

"정말 처음이세요? 우는 게?"

"네."

"넵."

안데르 앞에 있던 가디언 다섯이 일제히 대답했다. 사실은 숨어 있던 다섯도 대답했지만 평소처럼 눈으로만 대답했다.

"그럼 어릴 때도 한 번도 안 울어봤어요?"

"어허."

옆에서 황제가 한소리를 했다. 누가 가디언에게 존대를 하냐? 저것들에겐 반말해, 반말.

"하지만 폐하의 측근이잖아요? 폐하를 계속 모셔왔고……."

순진한 붉은 눈이 방긋 웃는다.

"폐하의 그림자이자 친구 아닌가요? 폐하께선 가디언들

과 함께 계실 때 제일 편해 보이시던데요?"

"그야 전용 발깔개니까 편하지."

흥 하고 황제가 퉁쳤지만 듣고 있던 가디언들의 입가는 좌악 벌어졌다. 우와, 우리가 편해서서 제일 좋으시대! 역시 폐하는 우리만 좋아하시는 게 분명해! 그러니까 저번에도 우릴 지고 나르셨던 거야! 그 깊으신 마음을 우리가 몰랐어! 우어어! 우린 바보야!

다소 각색되긴 했지만 무언의 외침이 삽시간에 가디언들 사이로 퍼져 나갔다.

안데르가 슬그머니 팔뚝에 매달리자 못 이기는 척 그는 그녀를 안아 올렸다. 아직도 한 팔에 안기고도 넉넉한 품새가 좀 아쉬웠다. 역시 살 좀 더 찌울걸. 후회가 절로 된다.

"쉬어라. 아직 얼굴이 안 좋구나."

온화한 그 말에 가디언들의 얼굴이 일제히 퉁퉁 부은 눈을 부릅떴다.

안데르는 모르겠지만 황제는 본능적으로 알고 있었다.

안데르는 아이를 갖지 못한다. 그녀의 몸은 신혈을 품기에는 너무 약했다. 정말 임신을 하게 된다면 그녀는 아마도 유산과 사산을 반복할 것이 분명했다. 게다가 그녀의 목소리는 너무 작아 카자르 엔더에게 닿지도 않을 것이다.

그는 아이를 갖고 싶어했던 예전의 안데르를 떠올렸다. 창백한 얼굴로 왜 아이가 안 생기는 거냐고 순진하게 묻던 그녀에게 그는 뭐라 대답했던가. 아아, 기억하지 말자. 해봐야 끔찍하다.

황제는 자신의 선명해진 기억력을 원망하며 애써 외면했다.

오랫동안 술과 약을 안 하니 머리가 좀 좋아진 황제였다.

　많은 이들이 고대제국의 통치 체제에 의문을 갖는다. 고대 데이페론 제국은 뜻밖에도 제법 체계적인 관료 체제를 이룩하고 있으며 의외로 고대사회치고는 드물게 여성의 정치 참여를 인정하고 있다. 신적인 존재인 황후야 그렇다 치고 하급 관료 중에서도 여성이 있다는 것은 특이하며 더욱이 하급 관료의 대부분이 전문 인력인 동시에 귀족과 평민이 뒤섞여 있다는 데에 놀라움을 갖는다. 물론 관료의 기본 자격은 완벽한 몸과 무력이었다. 고대 데이페론 제국은 체력과 무력이 약한 자는 지배자층으로 인정하지 않았다. 그 단순한 자격요건은 의외로 관료의 타락을 막았다는 데 그 의미를 갖는다.

—고대제국 흥망사 中에서
학술원 루드히스 말로니 후작 著

CHAPTER 18

RELOAD

 오늘 아침 메뉴는 버섯과 마늘을 곁들인 송아지 안심 스테이크와 선지를 넣은 진한 감자 스튜, 그리고 양파와 가지로 버무린 샐러드와 신선한 사슴피를 넣은 산양유였습니다. 디저트로는 미트파이와 꿀을 넣은 요거트가 준비되었지요. 각각 4인분으로 특대형으로 조리되었습니다. 위대하시고 영명하신 폐하의 취향대로 핏기가 고스란히 배어 나오는 레어로 구워졌지요. 아, 황후 폐하께서는 어떤 걸 드셨냐고요? 양파와 마늘을 곁들인 사슴 안심 스테이크와 소고기를 넣은 호박 스튜, 그리고 토마토와 가지로 버무린 샐러드와 신선한 양상추와 아넬라 열매로 맛을 낸 샐러드였지요. 또한 차갑게 얼음을 넣은 아이스티와 레몬을 띄운 뜨거운 홍차도 함께 나

갔습니다. 디저트요? 세상에서 가장 아름다우시고 살아 있는 여신과도 같은 황후 폐하께서는 차 종류 이외의 디저트를 즐기지 않으십니다. 하지만 이번에는 초콜릿을 듬뿍 끼얹은 레알 다크 초콜릿 케이크가 나갔습니다. 황태자께선 어떤 걸 드셨냐고요? 성장기라 그러신지 아무거나 잘 드십니다. 조리장이 무척 기뻐하고 있지요. 그분의 오늘 아침은 마늘과 가지를 곁들인 송아지 안심 스테이크와 선지를 넣은 가지 스튜, 그리고 버섯과 베이컨을 버무린 샐러드와 망고를 갈아 만든 요거트가 나갔습니다. 전하의 취향은 다행히도 두 분 폐하를 섞은 듯하여 조율이 별로 필요없었지요. 네, 폐하께서는 신선한 것과 육즙이 배어 나오는 날것을 좋아하시는 편이시고 강한 향신료는 좋아하지 않으십니다. 그렇기에 기본적인 재료의 선도를 중요시 여기지요. 짜면 싫어하십니다. 크림류도 싫어하시지요. 황후 폐하께서는 다른 후궁 마마들처럼 다이어트를 하시지 않기 때문에 기름진 것도 곧잘 드시긴 합니다만 어쨌거나 역시 향신료가 들어간 것과 짠 것은 싫어하십니다. 대신 차는 종류별로 매우 즐기십니다. 다행히 매일 각지에서 황후께 바치겠다고 각종 차가 진상되고 있습니다. 차만이 아니라 술과 보석, 시종도 올라오지요. 젊은 분이나 나이 든 분이나 모두 황후 폐하의 눈길 한번 받고 싶다고 몸부림치고 있기 때문입니다. 후, 황후궁의 시종장인 전 매일 밤마다 진상되는 물품의 명단을 작성하느라 날밤을 새우는 일도 허다하지요.

두 분 폐하의 사이는 어떻냐고요? 으으으으으음. 말하기 곤란한 문제입니다. 실제로 보통 사람들의 잣대로는 맞지 않습니다. 하지만 단언컨대… 두 분은 사실 사이가 좋으십니다. 물론 자주 싸우시고 폭력과 폭언이 쏟아지기도 하고, 가끔은 집기나 벽이 부서지기도 하긴 하지요. 금실이 좋은 것과는 다르게, 거, 뭐라 말하면 좋을까. 네, 친동기간처럼. 무, 물론 진짜 친동기간이시긴 하지만서도. 몇몇 부분을 빼면 취미나 취향이 같다고나 할까요. 에, 어쨌든 좋으십니다.

⚜

"야."

뜻밖에 점심을 같이 하게 된 황후가 눈썹을 치켜 올렸다. 이 교양없는 것이! 소리없이 그녀의 눈이 그리 말했지만 황제는 신경 쓰지 않았다. 원래 그는 자신에게 불리한 것은 신경 쓰지 않는다.

황후궁에서의 식사는 그가 알기론 이게 두 번째인가 세 번째였다. 가물가물한 기억 속에서 그가 황후를 취했던 첫 날밤이 생각났다. 보통 첫날밤을 묘사하라면 두 손 발발 떨어가며 얼굴을 붉히는 게 보통이겠지만 황제는 사실 딱 두 가지 기억밖에는 없었다.

황후랑 싸워 이겼다. 그래서 거시기 으싸으싸에 성공했다.

그날 밤 황후가 입은 드레스가 무엇이었는지, 자신이 뭐라 속삭였는지조차 기억에 없다. 그냥 드잡이해 가며 싸우다가 꾸욱 눌러 해결 봤다는 것 정도만 기억난다. 생각해 보면 그녀는 자존심이 셌을 터이니 그를 죽이기 위해 반란을 꾸미는 것도 이상하지 않았다. 그런데 오히려 그의 옆구리를 찔러가며 덤벼든 것은 안데르였다.

이상한 일이다. 그녀 입장이라면 당장 그를 찔러 죽인다 해도 별수 없었을 텐데 황후는 뜻밖에도 황제를 대신하여 제국을 다스렸다. 방자한 귀족들을 두들겨 패가면서. 로리조차 파리하게 말라비틀어진 오이가 되어가도 그녀만은 여전히 장미처럼 화사하지 않았던가.

말하다 말고 생각에 잠기는 그를 보고도 황후는 무시하며 식사를 계속했다. 오랜만에 나들이를 하면서 나다녔더니 식욕이 돈다.

"야, 있잖아."

"없어."

"그러지 말고, 그거 말야."

"이거?"

황후는 자신이 먹던 샐러드를 노려보았다.

안 그래도 크림이 들어간 드레싱이 마음에 들지 않았던 차다. 황제가 뭔 소릴 하려는지 몰라도 꽤나 거슬렸다.

"너, 내가 안 미워?"

"미워."

단칼에 잘라내는 그녀의 말에 황제는 흠칫했다. 기집애! 못되긴.

"지금도 많이 미워?"

어투가 아무리 봐도 어린애다. 황후는 눈썹 하나만 꿈틀하더니 들고 있던 포크를 내려놓고 대신 찻잔을 집어 들었다. 옆에 있던 시녀가 재빨리 그녀에게 홍차를 따라주었다.

"무슨 말을 하고 싶은 거냐?"

황후의 질문에 황제는 우물거리며 물었다.

"나와 혼인하면서 원망하지 않았느냐고."

그 질문에 황후는 의아해졌다. 이게 진짜 변했나?

"당연한 걸 왜 묻지? 원한이 안 쌓이는 게 더 이상하지 않냐?"

"그, 그건 아는데 말야."

황후는 그를 똑바로 보았다. 요 근래 황제는 이상했다. 그의 가디언들의 표정이 유달리 밝아진 것도 그녀는 알아챘다. 뿐이랴. 하루가 멀다 하고, 아니, 매일매일 시체가 나오던 방 안이 말끔해졌다고 한다. 정말로 황제가 된 다음부터 그는 살인을 삼가고 있는 것이다.

"그분은 제위에 오르기 위해서 학살을 한 것이지 정말로 살인광이라서 그런 건 아니었을 겁니다."

안 그래도 그녀의 돼지 레솔트가 그런 말을 해서 마음이 뒤숭숭했던 차다. 아니거든. 그건 태어날 때부터 잔인무도한 살인마였어. 그것도 미친 살인광, 식육에 흡혈까지 했다구. 들은 척도 않고 그녀가 그리 비꼬자 레솔트는 고뇌하는 표정으로 진지하게 말했다. 모든 이들이 황제 폐하를 오해하고 있는지도 모릅니다. 그분은, 그분은 넓은 포용력을 가지고 계십니다. 니가 뭘 몰라서 그러나 본데, 그놈에게 없는 게 딱 하나 있다면 그게 바로 포용력이야. 그놈의 포용 능력은 딱 쥐톨만 하거든. 레솔트와 잠시 공방을 거듭하긴 했지만 황제가 정말로 변하긴 변했다. 좀 믿기지는 않지만 황제의 행동이 작년과 비하자면 천양지차다.

특히 사람을 대하는 태도가 바뀌었다.

그는 요즘 아주 가끔 인사를 한다. 왕년에—어린 시절에—그는 인사라는 것 자체를 모르는 눈치였다. 왜 인사를 하는지조차 아마 몰랐을 것이다. 뭐, 지금도 알고 하는 것 같진 않았다. 어쨌거나 인사를 하긴 했다. 또 화풀이 살인을 삼가고 있다. 황제는 성질만 나면 사람을 때려죽였다. 찢어 죽이는 일도 있었다. 일단 사람을 아예 사람으로 여기지 않았다. 약한 게 죄거든. 내 거니까 니들은 상관 말라며 살인을 자행했다. 그런데 요즘은 괜찮다. 누구 하나 죽어나갔다는 소린 안 들린다.

뿐이랴. 제전회의에 꼬박꼬박 나간다. 술과 마약도 안 한다. 자기 자식들을 보고 귀엽다는 소리까지 했다. 예뻐하는 것 같기도 하다. 좀 믿기진 않지만.

게다가 가끔 심복들에게 선물을 하사한다. 페자페지 공방에서 며칠 동안 곡소리가 흘러나왔었다. 동전 몇 개로 무구

세트를 강탈했단다. 먹고 놀고 마시고 죽이고 싸우기만 하던 황제가 다양한 행위를 보여주고 있다. 기묘한 기분이 문득 들었다.

'그러고 보니……'

황후는 눈을 가늘게 뜨고 황제를 가만히 바라보았다.

'조금, 아주 쬐금 어른스러워진 것 같기도 하고……'

쬐끔이 아니라 엄청이라고 말해도 될 것 같다. 물론 여자의 눈으로 봐서 그러하다. 남자의 눈으로 봐선 엄청나게 대단해졌다고 레솔트는 물론이고 루네릭까지도 두 눈을 부릅뜨며 외치지 않던가.

"그분은 원래 본색을 숨긴 게 분명합니다. 우리 모두 그분을 오해했어요!"

흥분하고 자책하는 레솔트를 보고 황후는 한마디 해줬다. 지랄. XX짓 말고 입 다물어. 예쁜 얼굴 갖고 그런 소리 하면 내가 속상하잖니? 응? 앞발 내밀고 뒷발도 내밀고 얌전히 이거나 먹어. 황후는 흥분하는 레솔트의 멱살을 잡고 쓰다듬으며 달래주었다.

어쨌든 오해고 자시고 간에 원래 황제는 미친놈이었고, 미친 짓을 하는 얼간이에 XX였다. 지금이야 좀 나아진 것 같긴 하지만 그래 봐야 거기서 거기. 기본만 하면 그녀는 황제에게 아무것도 바라지 않았다. 이런 것에게 바라는 게 바보니까. 모자란 건 내가 하면 된다. 후, 내가 좀 잘난 여자거든.

"날 미워해도 되긴 하는데 한마디만 하자."

황제가 진지하게 말했다.

네가 허락하든 말든 난 미워하고 있으니까 걱정 말라고 충고해 준 황후는 팔짱을 끼고 다시 눈썹을 치켜 올렸다. 해 보든 말든.

"난 니가 안 싫어."

뭔가 어법이 괴이하다. 어쩌라고? 안 싫어? 미워하지 않는다고 하는 거냐?

황후의 눈썹이 쌍곡선을 그리려는 찰나, 황제가 덤덤하게 내뱉었다.

"형제 중에서 정말로 형제 같던 건 너 하나뿐이었어."

다른 건 얼간이에 팔푼이밖에 없어서 짜증만 났지.

그 말에 황후도 공감했다. 그건 그래.

사실 황후도 각오하고 있었다. 음탕하기만 했던 황태자와의 결혼을. 원래 신혈을 강하게 타고난 황녀들의 인생은 다 비슷했다. 황궁을 뛰쳐나가거나 황제와 혼인하거나. 안락한 생활을 버릴 수 없다면 다음 대 황제를 위해 결국은 씨받이가 되는 게 보통이다. 안 그래도 맏이였던 황태자는 음험한 눈으로 만날 그녀의 몸을 훔쳐보곤 했다. 물론 정면으로 보다 걸리면 맞으니까.

'황태자보단 저 미친 게 낫지.'

그런 생각을 안 한 건 아니다. 하지만 대체 어떤 여자가 반쯤 강간당하고 위협당하며 결혼하고 싶겠는가. 여제가 된다 하면 그냥 맞붙어서 황제랑 싸웠을 것이다. 그러나 그녀는 결국 제국 최초의 여제가 되는 건 단념했다. 그녀의 본능이, 감각이 저 미친놈이 너보다 세다고 인정했기 때문이다. 물론 정말 결혼하게 될 줄은 몰랐지만.

"그니까……."

"내가 그나마 형제 같아서 애정이 샘솟았다는 황당무계한 소릴 지껄이려면 아가리 닥치지 그래?"

황후의 말에 황제는 고심했다. 이 계집애가 언제부터 이렇게 입이 거칠어진 거야? 와스 영감이 가르친 것도 아니었잖아?

"어쨌든 뭔 소리인지 알았으니 닭살 돋는 소린 때려치워."

그녀의 차가운 말에 황제는 하는 수 없이 입을 다물었다.

"그나저나 넌 대체 어디서 다쳤기에 면상이 그 모양이냐?"

"응?"

황제가 놀라서 고개를 들자 황후는 혀를 끌끌 찼다.

"이상도 하지. 코도 박살나고, 입가는 다 찢어지고, 눈은 밤탱이가 되었구나. 대체 누구야? 혼자 자다 말고 바닥에 얼굴이라도 박았어?"

황제는 자신의 얼굴을 마구 더듬었다. 이상한 일이다. 아무런 상처도 없는데?

"무슨 소릴 하나? 난 다친 데가 없다."

"너야말로 약 했어? 얼굴이 만신창이다."

황제는 침묵했다.

이, 이상해! 설마 카자르 엔더에게 맞았던 상처가 남에게 보이는 것은 아닐 텐데? 그건 분명히 나았는데. 실제로 거울에 비친 얼굴에는 상처가 보이지 않았다. 황제는 미심쩍은 얼굴로 중얼거렸다. 벌써 노망이냐?

바로 그때였다.

점심때라 그랬는지 무슨 일이 벌어지려 했는지 레솔트 후작이 찾아왔노라고 시종장이 조심스레 알려왔다. 시종장이나 황후, 황제는 신경 쓰지 않았지만 시녀와 시종들은 바짝 얼어붙었다. 순식간에 얼굴이 시퍼렇게 물든 그들은 공포에 사로잡혔다. 황후의 정부와 마주친 황제의 반응이 두려웠던 것이다.

"들어오라 그래."

아무렇지도 않게 두 남매가 응답했다. 시종장은 의미심장한 시선으로 잠시 황제의 기색을 살피고는 조심스레 밖으로 나갔다. 시종과 시녀들이 긴장한 가운데 레솔트 후작이 당당하게 걸어 들어왔다.

묵직한 무인의 얼굴이 무색하게 벌건 낯으로 두 손에는 커다란 꽃바구니를 들고 나타난 후작은 들어서자마자 얼어붙었다.

"폐, 폐, 폐, 폐하."

삽시간에 붉었던 얼굴이 새하얗게 탈색되더니 퍼렇게 변

했다. 색색으로 변해가는 그 얼굴을 보던 황제가 킬킬대자, 황후가 언짢은 얼굴로 탓했다.

"너 때문에 놀랐잖아! 이리 오라, 나의 사랑스런 돼지."

팔다리가 뻣뻣해진 것 같은 기색으로 버벅대며 황후의 앞까지 온 후작은 꽃바구니를 겨우 내려놓고는 황제를 향해 고개를 숙였다.

"위대하신 제국의 지배자께 인사 올립니다."

"뻣뻣하긴."

황제가 킬킬대자, 황후의 뾰족한 신발이 그의 정강이를 걷어찼다. 슬그머니 피하던 황제는 사색이 된 후작의 얼굴을 보고는 입맛을 다셨다. 설마 내가 널 치겠냐, 패겠냐.

수많은 이들이 착각하는 것 중 하나는 내가 이러니까 남도 이럴 것이라는 상상. 후작은 주군의 아내를 탐한 주제도 모르는 잡것이 된 스스로를 탓했다. 예전에는 폭군에게 괴롭힘당하는 아리따운 황후의 모습에 죄책감을 밀어놓았지만 지금은 다르지 않은가! 황제는 대륙의 지배자이자 그의 황제였고, 황후는 그런 그의 하나밖에 없는 정비였다. 지금 그 증거로 점심식사를 〈다정하게〉 하고 있는 것 아니겠는가.

질투하면서 그는 괴로워했다. 아아, 두 분은 사실 어울리는 한 쌍이셨어. 나는 두 분 사이에 낀 더러운 이물질인 게야.

"나의 사랑스런 돼지, 왜 그리 풀이 죽었는가. 그대의 앞발을 내게 내밀어보게나."

황후가 다정히 그의 어깨를 쓰다듬으며 말을 걸자, 황제의 눈이 반짝였다. 그녀의 말투가 몹시도 온화하고 로맨틱하게 들려서 자신도 눈토끼에게 써먹어야겠다는 생각이 들었던 것이다. 그 말이 온화하고 로맨틱하게 들렸다는 것 자체가 이미 황제의 어휘력에 문제가 있다는 증거였지만 그것을 지적할 이는 아무도 없었다.

벌게져서 안절부절못하던 후작은 황제의 눈치를 보았다. 아아, 이럼 안 되는데! 황후께서 황제께 내쳐지면 어떻게 하지? 나의 황후 폐하께서 나 때문에 황제께 미움을 받으면 어떻게 하지? 피해를 입으시면 어떻게 해? 안달복달하는 후작의 마음과 달리 현실은 판타스틱.

황후가 내쳐지면 피바람 몰아치는 괴수대전쟁이 벌어질 것이고, 황제가 황후에게 미움을 받는 일은 있어도 황후가 황제에게 미움을 받는 일은 없다. 일어나지도 못할 일을 미리 걱정하는 레솔트의 마음을 알아챈 황후가 그를 다독이며 옆에 앉게 했다.

"오랫동안 고생했지? 오늘 아침 일찍 오라 했는데 왜 오지 않았느냐?"

황후의 말에 레솔트는 다시 눈치를 보았다.

사실 혹시 황제와 황후가 같이 지낼까 봐 슬그머니 물러선 것이다. 그가 보기에 황후와 황제의 사이는 나쁘지 않았기 때문에 씁쓰레한 슬픔을 억누르며 피했다. 물론 그럴 필요는 전혀 없었던 것이지만.

멍하니 있던 황제는 자신의 눈치를 보는 레솔트를 보고 턱짓했다. 쟤 왜 저래?

황후가 말없이 대꾸했다. 너 때문이잖아! 네가 있어서 그래, 새꺄! 얼른 가!

사나운 황후의 눈초리를 받던 황제는 고개를 갸웃했다. 아, 저 돼지는 그렇게 부끄러움이 많았던가. 의외로 안데르랑 비슷하구나.

"아, 참. 너의 달맞이꽃의 궁을 정했다. 나중에 시종장에게 물어 가봐라."

"달맞이꽃?"

"제2궁비. 진짜 애 가졌다며 대무여관이 기함을 하더라. 어떻게 그 잠깐 사이에 애가 생기는지."

잠시 잊고 있었던 반니레다의 일을 떠올린 황제는 순순히 고개를 끄덕였다. 그 여자를 내버려 두면 또 카자르 엔더가 발광을 하리라.

황제는 먹던 걸 다 먹어치우고 일어섰다. 딱딱하게 굳은 레솔트가 정색하고 고개를 숙이자 황제는 손을 뻗어 그 머리통을 슬슬 쓰다듬었다.

"잘해봐."

레솔트는 굳었다. 잘해? 뭘?

"황후는 소중한 누이니까 잘해줘라. 무슨 일 있으면 내게 알리고."

황제는 관대하게 말했다. 소중한 누이라는 단어가 어쩐지 굉장히 낯간지럽다. 소중하다고 생각해 본 적도 없는데 갑자기 그리 소리 내어 말하니 그런 것 같기도 했다. 아아, 나의 이 온화하고 관대한 이 마음. 세상에 단둘밖에 없는 소중한 내 누이. 황제는 혼자 흐뭇하게 웃었다. 물론 1년 전 다른 형제누이 다 죽여놓고 그런 소릴 해봐야 남은 누이는 짜증 날 뿐이다.

레솔트가 멍하니 입을 벌리고 있는 동안 황후의 발길질이 날아들었다. 급하게 피하면서 황제가 문가로 뛰자 황후가 악을 질렀다.

"너 돌았냐!"

"야, 진짜거든."

말해놓고 보니 진짜인 거 같다. 황제는 갑자기 코끝이 찡해졌다. 문득 목 졸라 죽여 버린 전생의 그녀가 떠올랐다. 황후가 죽자 제국이 그대로 무너졌다. 그는 그때 자기가 잘나서 제국이 잘 굴러가는 줄 알았지만 사실은 그게 아니었다. 황후는 사실상 제국을 지탱하는 기둥과도 같은 존재였었다.

"넌… 유일한 내 형제야."

잊고 있었다.

그는 혈육을 모조리 학살했다. 황후와 그녀의 외가를 빼고는 다 도륙해 폐자폐지 공방의 용광로에 던져 넣다시피 했다. 카자르 엔더의 이름을 받은 정통 황족은 이제 그녀와 그밖에는 없다.

"그러니 미워하지 마라, 마노."

나도 네 돼지 예뻐해 줄게. 그러니까 날 미워하지 마라. 날 증오하지 마라.

황후의 채찍을 피하며 황제는 그렇게 중얼거렸다.

황제가 나가고 나서 황후는 잠시 동안 허공을 바라보고 있었다. 아주 잠깐 그녀의 눈가에 기묘한 광채가 떠올랐다가 사라졌다. 그리고 콰르릉 소리와 함께 황후궁 복도 천장이 무너져 내렸다. 와장창 흙먼지가 비산하며 창문 유리를 깨고 사방에 퍼져 나간다.

"마노시아님!"

놀란 후작이 황후의 몸을 와락 끌어안고 뒤로 물러서자 여기저기서 요란한 비명이 터져 나오기 시작했다. 콩 볶는 소리 같은 소음이 울리고 산발적인 비명이 쩌렁하게 울려 퍼진다. 아악! 이게 웬일입니까! 우아아! 폐, 폐하! 괜찮으십니까? 시끄러. 먼지 뒤집어쓴 걸 보면 모르냐, XX끼야? 대체 어느 놈이 지었기에 천장이 무너져 내려? 이 궁은 개축한 지 이미 80년이 넘었습니다요. 지은 놈들은 다 죽었습니다, 폐하. 너, 지금 말대답하는 거냐? 엉? 죽어볼래? 요즘 들어 한가했지? 모가지가 심심해? 어깨가 무겁냐? 그도 아님 그 주둥이 매달고 다니는 턱이 피곤하대? 바라는 대로 좀 찢어줘? 으아악! 아이고! 살려주세요!

괜찮느냐고 문을 두들기며 방 안으로 튀어 들어오는 시종들과 시녀들 때문에 순식간에 시끄러워졌지만 황후는 깨끗이 무시했다. 그녀는 손을 내저으며 후작만 남기고 모두 물러가 있으라고 명했다.

"저게 사람이 되어가긴 하나 보다."

마노시아는 피식 웃었다. 뒤에서 레솔트의 불안한 시선을 느끼면서도 그녀는 잠시 힘을 집중해 황후궁의 사정을 살폈다.

황제는 황후의 진정한 힘을 잘 몰랐다. 고작해야 성문 하나 깨부술 염동력을 지니고 있을 거라 생각하겠지만 그녀의 힘은 기교를 더해 황궁 복도의 천장 50미터를 줄지어 무너뜨리고도 지붕은 상하지 않게 하고 떨어지는 파편을 오로지 황제의 머리통에만 쏟아지도록 조종할 수도 있었다. 특히나 천장에서 쏟아지는 수천 개의 파편이 지나다니는 시종이나 시녀에게 닿지 않게 할 정도의 컨트롤은 당연지사. 좀 강한 신혈의 소유자라면 성문을 한 번에 깨부수는 것이 어렵지는 않다. 하지만 황후는 성문을 깨뜨리는 것만이 아니라 그 파편으로 주변에 있는 적병을 효과적으로 참살하고 그들 사이에 공포를 흩뿌려 진영을 무너뜨리고 광기에 내던질 수도 있다. 황제가 주먹으로 적을 짓이기고 부순다면 그녀는 수도 없이 많은 방법으로 적병을 학살할 수 있었다. 그것이 바로 그녀가 가진 견고한 정신력의 힘.

그녀의 어미는 강한 정신력을 기원했다. 가녀린 육체를

벗어난 힘.

"아아, 아무리 영리해도 여자라서 제위에 오를 수 없으니. 아름다울수록 슬픈 일이야. 그러니 나의 딸아, 넌 강한 힘을 가져야 해. 누구도 넘볼 수 없는 강인한 힘을."

물론 짙은 신혈을 가진 마노시아가 가진 그 강인한 육체에 대해서 그녀의 친모는 잘 몰랐기에 그저 여자로 태어난 것만 억울하다 여겼다. 사실 한 손으로 쇳덩이를 우그러뜨리는 그녀의 힘을 가녀린 여성의 힘이라 말하기엔 어폐가 있다. 모든 남자들에게 몰매 맞을 소리였다. 하지만 실제로 마노는 지극히 여성적인 늘씬한 체구의 소유자였다. 물론 키는 좀 크지만. 어쨌거나 그녀의 모친은 순진한 귀족가의 영양으로 살아온 터라 죽기 직전까지도 마노시아가 눈에 보이는 것처럼 가녀린 소녀라 굳게 믿고 있었다. 그렇기에 어린 마노는 오랫동안 자신의 힘을 숨겼다. 아마 친모였던 다정하고 섬세한 3궁비는 어린 마노시아가 맨손으로 뼈를 으스러뜨리고 발길질 한 방으로 건장한 남자의 내장을 터뜨릴 수 있을 거란 상상만으로도 졸도했으리라. 그럼에도 불구하고 3궁비는 자신의 딸을 사랑했다. 속을 알 수 없고 성숙하기만 한 딸이라 남이 보면 친구나 자매처럼 보일 정도였지만 그래도 권력 다툼에 관심이 없었던 3궁비는 사랑을 퍼부었다. 그녀의 외가도 이 신혈의 황녀에게 안 좋은 일이 생길까 봐 칭칭 감싸고돌았다. 덕분에 마노시아는 다른 황족들보다 감정적으로 풍성한 어린 시절을 보냈다. 열 살까지는.

강한 신혈을 출산한 여자들은 일찍 죽는 경우가 많다. 신혈을 출산하는 것만으로도 몸에 부담이 가기 때문이리라. 마노시아의 친모도 가여운 운명의 황녀를 낳은 것을 한탄하면서 그녀가 여섯 살이 되었을 즈음 사망했다. 그리하여 그녀는 세상을 정면으로 대면하고 자신의 힘을 드러냈다. 다른 신혈들을 짓누르고 황제가 낳은 자식들 중 가장 강하다는 걸 드러낼 뻔했다. 유그 펠리오르를 만나지 않았더라면.

저 자식, 뭐야? 강하잖아?

네년, 뭐야? 왜 이리 강해?

둘은 만나자마자 불꽃이 튀고 번개가 내리꽂혔다. 눈 맞아 애정이 생겼다는 게 아니다. 눈 맞아 투쟁심이 발발했다. 오기가 꽃을 피우고 치기가 불을 뿜었다. 둘은 보자마자 머리채 부여잡고 싸웠다. 덩치는 커도 유아인 그들은 남녀 불문, 장소 불문, 수단 불문, 그저 싸웠다. 각자가 가진 강함과 비뚤어진 개성이 부딪쳐 서로에게 의미가 되었다. 머리가 나쁘다기보다는 지극히 자기중심적인 황제가 무려 그녀의 이름을 기억한다는 것 자체가 특별한 의미. 참고로 말하자면 황제는 자기가 죽인 형제들의 이름은 하나도 기억하지 못했다. 그냥 황태자, 2황자, 3황자, 기타 등등으로 기억했다.

네년이 나의 이름을 불러주기 전에는 네년은 다만 비리비리 황녀에 지나지 않았다. 네년이 거기 서서 나의 이름을 부르는 순간, 나는 네가 이 중에서 제일 센 년이란 걸 알아차렸다. 빌어먹을! 왜 이리 강한 년이 있는 게냐아!

 네놈이 나의 이름을 불러주기 전에는 네놈은 다만 여기저기 널린 황자에 지나지 않았다. 네놈이 거기 서서 나의 이름을 부르는 순간, 나는 네가 이 중에서 제일 지랄 맞은 놈이란 걸 알아차렸다. 아아악! 왜 이리 지랄 맞은 놈이 있는 게냐!

 그녀가 절망하지 않고, 실망하지 않고, 체념하지 않는 한 얼마나 강력한 힘을 가지고 있는지 아는 이는 아무도 없었다. 황제가 본능으로 그녀가 강하다는 것을 눈치챘듯이 신혈들끼리는 힘을 가늠할 수 있었지만 그 힘의 종류나 기술까지 알아차릴 수 있는 것은 아니다.

 그녀는 비밀로 몸을 감고 이성으로 치장한 어둠 속의 지배자였다. 고독한 황제의 자리는 그녀에게 더 어울렸다. 짐승 같은 본능으로 움직이는 황제는 자신을 감추지 않는다. 하지만 그녀는 다르다. 몸을 사리던 그녀가 난생처음 육체적 힘만으로 싸웠던 상대가 황제였다. 어린 유그 펠리오르였다. 라이벌이자 진짜 피가 섞인 형제다.

"나의 폐하."

 레솔트가 그녀의 앞으로 다가와 무릎을 꿇었다. 그의 손이 정중하게 황후의 손을 잡아 키스한다. 애절할 정도로 정중한 그의 태도에 잠시 침잠했던 황후의 감정은 순식간에 부상(浮上)했다.

"오오, 나의 사랑스런 돼지."

레솔트와 눈이 마주치자마자 절로 미소가 떠오른다. 사각의 각진 턱과 뭉툭한 코, 그다지 크지도 않은 평범한 중년 사내의 얼굴. 그러나 눈빛은 맑고 온순했다. 따끈따끈하게 빛나는 초롱초롱한 눈빛을 마주하며 그녀는 전율했다. 어떻게 이렇게 귀여울 수가 있어? 응? 이게 사람이야? 이게 사람이면 이렇게 예쁘고 귀여울 수는 없는 거야! 우울했던 감정이 모조리 증발하고 순식간에 사방이 분홍빛 오묘한 사랑의 빛깔로 물든다. 아아, 진정 그대는 나의 사랑의 요정!

"안아줘. 응?"

"폐, 폐하!"

그대의 두툼한 팔로 안아달란 말이다. 그대는 느려 터졌어! 그녀는 안달하며 두툼한 후작의 손을 잡고 쪽쪽 키스했다. 뭉툭한 무인의 손은 부끄러움으로 금세 붉게 물들었지만 황후의 보드라운 입술은 거침없었다. 열 손가락 끝과 손등에 연달아 키스의 비를 내린 황후는 은근히 피하려는 그의 손목을 잡아끌어 자신의 허리에 감게 했다.

"왜 그리 슬픈 표정인가? 응? 그대의 사랑스런 눈동자에는 항상 기쁨만이 있어야 하는데."

누가 그대를 슬프게 했나? 그놈을 잡아다가 족쳐 줄까? 응? 너무 예뻐서 콱 깨물었음 좋겠네. 나의 사랑스런 사람, 내가 한번 콱 깨물어도 돼? 응? 으응? 안 아프게 물게.

교태를 가득 담은 시선으로 황후가 그의 턱을 잡아끌자,

후작은 참지 못하고 그녀를 와락 끌어안고 키스를 퍼부었다.

순박할 정도로 곧장 부딪쳐 오는 그의 몸짓에 황후는 미소 지었다. 이 얼마나 사랑스러운 생물일까. 온전히 자신을 내맡기고 올곧게 다가오는 이 사랑스러운 감정.

황후는 비비 꼬인 자신을 순순히 인정했다. 나도 좀 미치긴 했어. 그래, 원래 황족 놈들은 다 미쳤거든. 그중 나는 좀 이성적으로 미쳤지. 잘났으니까.

꼬인 놈은 순진한 이가 사랑스러운 법이다. 아씨, 이건 왜 이리 귀여워? 대체 너의 어미는 뭘 먹고 널 낳았니? 왜 넌 볼 때마다 이리 예쁘니? 눈도 코도 귀도 앞발도 다 예뻐!

황후의 벅찬 감정과 달리 저도 모르게 죄책감을 느낀 레솔트는 더듬으며 입을 열었다. 살아 있는 여신이자 이렇게 아름답고 어여쁜 황후 폐하를 나 같은 놈이 독점하다니. 이건 아무래도 잘못된 거 같아. 황제 폐하에 비한다면 나는 정말 추물이야.

"폐하, 아무래도 저 같은 것은······."

"쉿, 나의 사랑스런 돼지, 그런 말은 그대의 어여쁜 주둥이에서는 결코 나오면 안 돼. 난 황제를 미워하지만 증오는 하지 않거든. 하지만 그대가 저 얼간이 때문에 내게서 멀어진다면 난 그 XX을 증오하고 저주할 거야."

그의 입을 두 손가락으로 막으며 그녀가 속삭였다.

황후의 눈가에 잔혹한 빛깔이 깃들었다. 신혈로 비롯된

잔혹한 광기는 핏빛을 띤다. 널 위해서라면 난 수백만도, 수천만도 죽일 수 있어. 너 때문에 이 나라를 완전히 들어엎을 수도 있지. 이따위 제국, 무너뜨리고 어디 숲 속에 가서 단 둘만 살까? 응? 네가 전쟁터 나가는 것도 나는 사실 짜증나거든. 너는 내 옆에 있어야 하는데 네가 유능하다는 이유로 자꾸 나가니 점점 울화가 쌓여. 제국의 관료들을 깡그리 죽여 버리면 어떨까? 응? 널 보내는 재상XX나 대신들 다 죽여 버릴까? 나는 그럴 만한 힘이 있거든. 만약 그대가 내 곁에서 떠나가 버린다면, 그대의 이 사랑스런 미소가 사라진다면 난 이 나라를 멸망시킬 거야.

그녀는 이 무시무시한 협박을 듣고도 온화한 미소를 짓고 있는 레솔트를 바라보며 속삭였다.

"그대는 충성스런 신하지? 그렇지?"

"저는 당신을 위해서 살고 있습니다, 폐하."

"거짓말. 그대는 날 너무 쉽게 떠나려고 해. 그래서 난 그 말 못 믿어."

알지? 황족들은 다들 좀 미쳤다는 거. 뭔가에 빠지고 뭔가에 미치고. 아무리 발버둥 쳐도 나도 그 미친 족속의 일원이야.

그녀는 키득키득 웃으며 그의 뺨에 입 맞추었다.

"충실한 그대는 아마도 제국을 위해서라도 결코 나를 버리지 못할 게야. 그렇지? 응?"

후작은 애잔한 눈빛으로 그녀를 바라보았다. 광기가 어린 눈빛이 더더욱 애처롭다고 생각하는 것은 아마도 그가 그녀에게 푹 빠져서 뵈는 게 없기 때문일지도 모른다.

"그대는 그대로 있는 것만으로도 충분해. 그대는 이 나라를, 이 대륙을 구하고 있는 거야."

황후가 작게 속삭이며 그의 목을 끌어안자, 후작은 그녀의 허리를 끌어안으면서 속삭였다. 사랑하고 있습니다. 경애하는, 세상에서 가장 사랑스러운 분.

"다른 놈들은 상관없어. 그대만 건드리지 않는다면 나는 얌전한 괴물, 그대만 내 곁에 있어준다면 나는 불을 뿜지 않는 용이야."

황후의 말에 후작이 작게 속삭였다. 얌전하지 않으셔도 괜찮습니다. 불을 뿜어도 괜찮습니다. 어찌하셔도 당신은 너무나 훌륭하고 아름다우신 분.

그 말에 황후는 소리 높여 웃었다. 더 칭찬해 줘. 더 사랑해 줘. 어쩌면 그리도 예쁜 말만 하는 거야? 응? 그녀는 자꾸만 웃었다.

펠리오르 이 얼간이 황제여, 너는 현명했어. 너와 나, 조금만 잘못했다면 영원히 갈릴 길을 걷고 있었지. 돼지가 없었다면 난 널 증오하여 제국을 무너뜨렸을 거야. 첫날밤, 네가 나에게 결투를 신청하지 않고 야비한 위협을 가했다면 난 널 죽이기 위해 일생을 바쳤겠지. 네가 이 사랑스런 사람을 해치려 했다면 너와 나는 영원한 전쟁을 벌였을 거야.

그러나 포악한 황제는 그리하지 않았다. 협잡과 위협으로 시작된 결혼이었지만 첫날밤과 동침은 뜻밖에 공정한 결투로 행해졌고, 그녀가 아이를 가지자 황제는 재수없는 빈정거림 이외엔 별다른 간섭을 하지 않았다. 공식적으로 레솔트를 애인으로 삼았을 때도 황제는 웃어 넘겼다. 마치 황제가 후궁을 거느리듯 황후가 정부를 거느리는 건 당연하다는 듯이.

"저거 의외로 영리한 건가."

그도 아니면 짐승적인 본능일지도 모르지. 그녀는 넓고 단단한 후작의 가슴에 얼굴을 묻고 다시 웃음을 터뜨렸다.

그녀의 눈가에 핏빛 광기가 스쳐 지나갔다. 그래, 황제여. 이 어리석은 놈아. 그렇게만 해. 도만 넘지 않도록 주의해. 나를 미치게 만들지 마라. 날 깨우지 마라. 그러면 나는 영원히 잠자는 괴물이 될 테니. 욕심이 없는 나를 흔들지 마라. 나의 소소한 기쁨을 해치지 마라.

그녀는 자신을 안고 있는 레솔트의 옷깃을 움켜쥔 채 그저 웃었다.

"뭔가 이상해."

자신이 잠자는 괴물을 깨울 뻔했다는 것도 모르는 황제는 새 옷을 준비하고 있는 가디언들의 손길에 따라 홀라당 나체가 되었다가 다시 의상을 갖추고 있었다. 굳이 보지 않아도 뒤통수에 잔뜩 달라붙은 돌먼지와 대리석 파편은 방금 생긴 일을 충분히 증명하고 있었다. 그것들을 탈탈 털면서 그는 미심쩍은 기분으로 중얼거렸다.

"뭐가요?"

있는 대로 눈을 부릅뜬 메리테인은 그의 옷자락에 돌 부스러기가 끼어들어 갔을까 봐 노심초사하고 있었다. 원래 돌 부스러기란 옷깃에 낀 작은 알갱이 하나만으로도 충분히 껄끄러운 법이다. 두 눈을 벌겋게 하고 가디언 셋이 달라붙어서 황제의 옷깃을 일일이 확인하는 모습은 그 자체로도 충분히 괴기스러웠다.

"마노가 가진 힘은 염동력이 맞긴 한데… 이상한데. 보통 염동력은 눈에 보여야 발휘할 수 있는 능력 아니었나?"

뜻밖에 지적인 단어를 근사하게 활용해 낸 황제는 복도에 서부터 쫘악 금이 간 천장을 바라보며 중얼거렸다.

시중을 드는 가디언들의 얼굴은 퍼렇게 굳어 있었지만 그는 무시했다. 가디언들의 입장에서는 하마터면 황제의 옥체에 상처가 날 뻔한 상황이었던지라 잔뜩 신경이 곤두서 있었다. 그렇다. 상처가 날 뻔한 것이지 진짜 상처가 난 것도 아니다. 단단한 황제의 옥체는 그것만으로 다치지 않는다. 두 개의 혹이 아주 쪼그맣게 생겼을 뿐이다. 물론 그 혹도 한 시간만 지나면 사라지겠지만. 그래도 그들의 기분은 끔찍했다. 수백 개의 돌조각이 황제의 뒤통수를 노리고 맹렬하게 비처럼 돌진해 오던 광경. 암기도 아니고 무슨 돌조각들이 비처럼 한 줄기로 황제의 뒤통수만 노릴 수 있단 말인가.

이상하지 말입니다. 어째서 이유없이 튼튼한 천장이 무너져 내릴 수 있단 말입니까? 13번 몸무게가 늘어났나? 그게 말이 됩니까? 저 천장에 은신한 게 어디 한두 번도 아니고, 우리만 있었나? 황후 폐하의 가디언들도 셋이나 거기 매달려 있었는데. 혹시나 황후께서 가진 힘이 우리가 아는 단순한 염동력이 아닌 건가? 황후께서는 방 안에 있어 우리 폐하를 공격할 수 없었을 텐데. 그럼 혹여 우리가 모르는 이능력을 가진 암살자가 있나? 그런 건가? 헉! 그런 거야? 그런 고야? 시끄러!

교육을 받아온 가디언들의 얼굴이 심각해지는 동안 황제는 이를 벅벅 갈고 있었다. 긴 머리카락 사이에서 돌가루가 돌돌 굴러올 때마다 절로 화가 치민다. 아씨, 성질 더러운 년! 확 죽여 버릴걸! 아, 착한 척하기도 되게 힘들어! 힘들어 죽겠네. 그냥 콰악 밟을 걸 그랬나? 그가 기둥에 발길질을 하자 콰앙 소리를 내며 또다시 천장이 흔들렸다. 이차전이 벌어지는가 싶어 가디언들이 숨죽일 때 황제의 내실을 겁도 없이 와락 열고 들어선 이가 있었다.

"시끄럽습니다."

무뚝뚝한 얼굴을 한 황태자 제흐나므였다.

황제는 막 성질을 내다 말고 제흐나므의 얼굴을 유심히 살펴보았다. 기분 탓인지는 몰라도 다흐마르에 비해 별로 표정이 없던 황태자의 얼굴이 좀 묘하다. 다시 말하면 불퉁하고 쉽게 말하면 삐친 표정이다.

"야."

가까이 온 황태자의 얼굴을 괜히 툭 치던 황제가 물었다.

"왜 그래?"

"…축하드립니다. 드디어 하얀 오리 궁비 마마와 합궁하셨다면서요?"

"하얀 오리가 누구야?"

"1궁비 말입니다."

황제의 눈썹이 구겨졌다. 그 애는 눈토끼거든! 누가 오리래?

"모후께서는 하얀 오리라 명명하셨습니다."

제흐나므가 빈정거리며 한마디 하자 황제의 눈에서 불꽃이 튀겼다. 아니! 내 예쁜 눈토끼한테 지가 뭐라고 별명을 붙여! 그건 내 건데!

그가 와락 살기를 피우며 뛰쳐나가려는 자세를 취하자 황태자가 한마디 했다.

"그런데 레솔트 후작을 폐하께서도 돼지라 부르신다면서요?"

돼지와 오리, 토끼가 다 뭡니까? 좀 있으면 사슴이나 송아지, 강아지도 나오겠군요. 허! 하여간 모후나 부황이나 취향이 똑같습니다그려.

네 살 유아답지 않은 빈정거림에 황제의 입가가 일그러졌다. 이게 진짜! 누굴 닮아 이래!

옆에서 메리테인이 중얼거렸다. 우와, 똑같아.

"뭐야!"

황제가 버럭 소리를 지르자 메리테인이 동그란 눈을 동그랗게 뜨며 대꾸했다.

"전하의 모습이 우리 폐하의 어릴 적과 너무도 똑같아서 그렇지요."

"어디가 같냐!"

황제는 항의했지만 가디언들이 일제히 동의했다. 2번부터 8번까지 동의하자 황제도 침묵했다. 그건 황태자도 그랬는지 눈썹을 마구 구기면서 주먹을 불끈 쥔다. 두 부자의 똑같은 자세에 가디언들은 감탄했다. 우와! 똑같아! 똑같아!

황제는 자신을 뚫어져라 바라보는 황태자의 얼굴을 똑바로 내려다보다 문득 결론을 내렸다. 그렇군. 이건 애정을 달라 하는 태도가 분명해. 살기도 없이 이렇게 쳐다보는 건 뽀뽀를 원한다는 의미였지. 나는 학습하는 황제야.

황제는 자신을 올려다보는 황태자의 뺨을 두 손으로 잡고 우악스럽게 끌어당기고는 이마에서부터 턱까지 일직선으로 뽀뽀의 비, 아니, 화살을 날렸다. 놀란 황태자가 버둥거렸으나 황제의 말 한마디에 침몰했다.

"어허, 앙탈은! 그래, 나의 뽀뽀가 필요했느냐, 나의 강아지."

헉! 강아지! 여기저기 은신해 있던 가디언들이 앞으로 고꾸라질 정도의 충격적인 발언이 던져졌다. 부황의 솥뚜껑만 한 손바닥에 얼굴을 잡힌 채 강제로 뽀뽀를 당하고 있던 네 살의 유아는 벌건 얼굴로 눈물을 글썽였다.

"아빠, 미워!"

앙 소리를 내며 달려나가던 황태자는 문 앞에 서 있는 황동 항아리를 황제의 머리통을 향해 집어 던졌다. 물론 황제는 고개만 살짝 틀어 피해냈기에 그 우악스런 공격의 피해는 황실 집기들이 입었다.

땡그랑! 우당탕! 쿵쾅! 와장창! 자기 몸뚱이만 한 황동 항아리를 한 손으로 집어 던지는 황태자의 괴력은 그렇다 치고, 왠지 화를 내며 뛰쳐나가는 뒷모습이 무척이나 낯익어서 메리테인은 추억에 잠겼다. 2번, 3번, 4번, 5번도 추억에 잠겼다. 와아, 똑같아.

"저놈의 자식이!"

물론 발끈해서 같이 항아리를 내던지는 황제의 모습은 좀 낯설었지만.

하얀 나비가 팔랑거리며 눈꽃처럼 펼쳐진 꽃밭 위를 날아다닌다. 하얀 꽃으로 온통 장식된 제1후궁의 후원에는 지금 막 지기 시작하는 아론나 꽃잎이 눈발처럼 나부꼈다.

백금과 하얀 대리석으로 장식된 야외 테이블에는 황제 부부와 장자이자 황태자가 앉아 다정한 티타임을 갖고 있었다. 그런데 장소는 후궁이다. 뿐만 아니라 뒤에는 유력 후궁이라 불리며 황손을 생산했던 후궁들도 줄줄이 앉아 티타임을 갖고 있었다. 워낙 인원이 많아 제법 넓은 제1후궁의 후원도 가득 찼지만 감히 불평을 토하는 이는 아무도 없었다. 각자 화려하게 가꾼 후궁들은 황제 부부의 테이블을 부러운 시선으로 바라보고 있었다. 참으로 화기애애한 풍경이었다.

향기로운 차와 달콤한 과자와 케이크, 잘 가꿔진 정원과 아름답게 만개한 꽃들.

제1후궁에 속한 시녀들이 줄줄이 나와 음식들을 날랐다.

황후가 좋아하는 차와 안데르가 즐기는 쿠키가 과일과 함께 놓여 있고, 황태자가 좋아하는 호두 파이도 놓여 있다. 만면에 미소를 짓고 있는 메리테인이 2번과 함께 황제의 찻잔에 차를 따랐다. 그리고 수고했다며 던져 주는 쿠키를 넙죽넙죽 받아먹었다.

뭔가를 열심히 적고 있는 황후의 옆에는 황후궁의 시녀장과 가디언의 수장 그리엔이 시중을 들었다. 안데르의 시녀장인 루키아는 황태자의 시중을 대신 들었다. 이제 그녀는 능숙하게 시녀들을 다루며 시녀장다운 위엄을 드러낼 수 있었다.

책을 들고 점잖게 앉아 있는 황태자의 곁에는 얼마 전 새로 결정된 황태자의 가디언이 서 있었다. 아직 어린 황태자에게 맞춘 어린 가디언은 다섯 살로, 신혈이 섞여 어지간한 열 살은 되어 보이는 소년이었다. 그래 봐야 가디언이라기보다는 시종이라 부를 법한 어린 나이인지라 본격적인 가디언 노릇은 하지 못하고 얌전히 서 있기만 했다. 로리랜드의 머나먼 친척으로 데지언이라고 하는 이 소년의 교육은 불행히도 와스발딘이 맡게 되었다. 꿩 대신 닭이라고, 황태자의 교육을 맡고 싶어서 침을 줄줄 흘리던 와스발딘이 황태자에게 거절당했기 때문이다.

"난 정도를 아는 레솔트 후작에게 훈련받을 거야."

레솔트 후작의 얼굴은 활짝 폈고, 순식간에 버려진 와스발딘은 절망과 슬픔에 쓰러져 흐느꼈다. 아아, 이럴 수가! 황제 폐하의 유일한(살아남은) 스승이자 돈독한 우정을 가꿔 온 저에게 너무 가혹하십니다! 저 보기가 역겨워 가실 적에는 말없이 고이 보내 드리오리다. 이 몸의 들끓는 눈물, 아름 따다 가실 길에 뿌리오리다. 가시는 걸음걸음 놓인 제 충성의 눈물을 사뿐히 즈려밟고 가시옵소서. 크흐흑.

알았어. 그러지. 흐느끼며 시를 쓰는 와스발딘의 머리통을 밟으며 황태자는 그 자리를 떠났다. 스승이란 건 실력보다 인품이거든.

아아! 멋지셔! 악마보다 무서운 그의 머리통을 가차없이 밟고 떠나는 황태자의 뒷모습은 늠름하셨다고 모든 가디언과 모든 근위기사들이 증언했다. 이것은! 이것은 소리없는 아우성! 저 늠름하신 황태자 전하를 향하여 흔드는 불타는 애모의 손수건. 충성은 불길처럼 바람에 일어나고 오로지 맑고 곧은 신념의 푯대 끝에 의지는 독수리처럼 날개를 펴다. 아아, 누구던가, 이렇게 영롱하고 늠름하신 자태를 독점하려 한 간악한 놈은!

와스발딘이지! 저 XX하고 고약한 양반! 교관, 교사, 교육이란 미명하에 끔찍하고 잔인한 추억을 기사와 가디언들의 가슴에 주렁주렁 매달고 암흑의 기억으로 족쇄를 채운 악마. 그 악마를 즈려밟고 유유히 사라지신 분. 아아, 멋지십니다! 네 살의 나이에 발길 한 번으로 모두의 충성을 받아낸 우리 전하 만세!

절로 충성심이 생겨나는 위대하신 모습에 감격의 눈물이 흘렀다며 기사들은 시를 썼다. 우리 전하, 좀 멋지신 듯. 우리 전하는 아마 폐하보다 더 멋지실지도. 충성도가 절로 올라갈 정도로 와스발딘을 향한 원한은 깊고도 깊었다.

나, 인품 훌륭한데. 실력보다 사실 인품이 훌륭한 편인데. 역시 내 진심을 알아주는 건 우리 폐하뿐인가 봐. 불만이 뚝뚝 떨어지는 와스발딘은 눈물도 뚝뚝 흘렸지만 모두가 무시했다. 그리하여 도사린 악마가 두려워 본심을 밝힐 수 없었던 근위대와 가디언들 사이에서는 한동안 은유적인 시 짓기가 유행했다.

어쨌든 감정이 뚝뚝 떨어지는 건 근위기사들이나 와스발딘만이 아니었다.

요즘 들어 황제에게도 사랑이 뚝뚝 떨어졌다. 너무 예뻐서 미치겠다, 눈에 넣어도 안 아프겠다, 주머니에 넣고 다니고 싶다는 표현에 대해서 온몸으로 실감하고 있었다.

"저 애는 왜 저리 예쁜 걸까?"

황홀한 표정으로 턱을 괸 채 황제가 중얼거렸다. 바로 앞 울타리 너머로 백마를 탄 안데르가 천천히 거닐고 있었다. 초보치고는 제법 유려한 자세에 승마 교사인 레솔트도 칭찬하고 있었다.

"원래 예쁜 거야."

황후는 무뚝뚝하게 말하면서도 흐뭇한 표정을 짓고 있었다. 잘 먹이니 좀 좋아? 가슴 사이즈가 늘었다구. 그녀는 수치 계산 중이었다. 그녀의 하얀 오리이자 황제의 눈토끼는 요즘 들어 살집이 불어나 그럭저럭 사람다운 몰골에 이르고 있는 중이었다. 가슴둘레, 엉덩이둘레가 늘어나 굴곡이 생겼고, 키는 별로 크지 않았지만 어쨌거나 섹시한 토끼가 되어가고 있었다. 황제의 눈토끼이자 황후의 하얀 오리는 순한 백마를 타고 황궁 정원을 한 바퀴 돌고 있는 중이었다. 말고삐를 쥐고 있는 이는 무려 황후의 예쁜 돼지 레솔트다.

"나의 돼지는 왜 해가 갈수록 예뻐지는 걸까."

문득 레솔트의 뒷덜미를 보고 있던 황후가 감탄하듯 중얼거렸다. 앞발도 귀도 예쁘잖아.

"늙었네."

황제의 한마디에 황후의 손에 있던 수첩이 날아갔다. 슬그머니 피한 황제는 레솔트의 몸을 이리저리 살피며 한마디 했다.

"솔직히 눈만 빼면 어디가 좋은지 모르겠다. 보약은 먹이고 있냐?"

저게 오래 살아야 내가 편한데. 오래오래 살도록 영약 좀 모으라고 할까.

"물론."

넌 알면 안 되지. 그러나 내 돼지의 아름다움을 눈먼 너도 인정하는구나. 황후는 흐뭇한 시선으로 고개를 끄덕였다.

그 모습에 옆에서 차를 마시던 황태자가 한숨을 내쉬었다. 원래 평범한 부부와는 거리가 멀었지만 점점 더 멀어지는 것 같은 분위기다. 부부가 각자의 첩을 두고 그 사이에 아들을 놔두고 티타임을 가지고 있다. 내용상 별건 없는 상황이긴 한데 아내의 정부에게 먹일 보약을 생각하는 남편과 남편의 첩이 살쪄서 좋다고 영양식을 준비하는 아내의 상황은 참으로 범상치 않다.

'그나저나.'

황태자는 이를 갈았다. 얼마 전 남부 국경지대에서 악명 높은 산적을 토벌한 금발의 귀공자에 대한 보고서가 날아들어 왔다. 용자 전설, 용사의 전설이 판을 치며 제국 전체를 떨어 울린다. 동상을 세우고 신의 사자라고 모시는 평민들도 있다 한다. 다흐마르만이 아니다. 그가 항상 귀찮아하던 다른 배다른 황자들도 신나게 나돌아 다니고 있다. 덕분에 항상 침울하고 날카롭기만 하던 후궁들도 화기애애해졌다. 제국 여기저기서 아들 칭찬이 물밀듯 밀려오는데 기분 나쁠 어미는 없는 법이다.

오호호! 우리 애가 요즘 동부 신민들 사이에서 뇌전의 용자라 불린다네요. 어마마, 우리 애는 요즘 해안가 해적들을 소탕하고 섬 하나를 점령했대요. 바다의 용사라 불린답니다. 어차피 제위는 물 건너갔으니 황제의 관대함에 기대어 즐겁게 살아보자는 분위기가 후궁 전체를 덮고 있었다. 예전처럼 황궁은 살벌한 곳이 아니었다. 신혈을 가진 강한 황자들은 다 황궁을 나가 용사놀이 중이고, 살인광이었던 황제는 많이 관대해져서 자다 말고 후궁을 걷어차 죽이는 일은 없어졌다. 게다가 놀랍게도 가끔 눈 맞추고 인사도 해준다. 별명을 가진 후궁도 좀 생겼다. 파랑새라든가, 목이 긴 꽃사슴이라든가. 어휘가 빈약한 황제다운 애칭이 넘쳐 났지만 후궁들은 모두 좋아했다. 얼마 전까지만 해도 목숨을 걱정했던 그녀들은 이제 겨우 안심하고 즐거움을 맛보고 있었다. 하룻밤 사이에 여자 대여섯은 안는 황제다. 어차피 황제의 정력은 끝이 없어 혼자 감당하려면 목숨 걸어야 한다. 그렇다 보니 질투할 것도 별로 없긴 했다. 애를 마구 낳겠다는 결심 아래 황제가 후궁에 모여 있는 여자들을 열심히 품고 다닌 결과다.

그렇다. 살벌하고 피가 좔좔 흐르고 음모가 판치던 황궁은 초인적인(?) 황제의 활약 탓에 행복하고 즐거운 공간으로 화하고 있었다.

하지만 별로 안 즐거운 이도 있었다.

이놈의 자식들! 뭐? 남부? 서부? 동부? 섬까지 정벌해? 벌써 제국 횡단, 종단을 했더란 말이냐! 그것도 나만 빼고? 나는 여기서 업무 보고 있는데!

홀로 남아 황제의 업무를 대신하고 있는 황태자는 억울했다. 나는 아직 네 살이다! 왜 내가 벌써부터 업무를 봐야 하는 거야?

황태자의 그늘진 얼굴도 모른 체하고 황제는 남들이 보면 주색잡기, 그러나 실상은 신탁을 이행하느라 밤마다 바빴다. 그리고 밤마다 아팠다. 끌끌.

'또다!'

대무여관은 기겁했다. 내색은 안 했지만 나날이 기겁하고 있었다. 그녀만이 아니었다. 예전에는 황제의 상처로 얼룩진 옥안을 볼 수 있는 것은 오로지 그녀뿐이었지만 요즘 들어서 무녀들도 신관들도 표정이 기묘해지고 있었다. 황후도 안다. 황태자는 모르지만.

신성한 황제의 옥안에 끔찍한 상처가 나 있다. 눈이 탱탱 부어 밤탱이가 되어 있거나, 입술이 터져 접시처럼 부풀어 있거나, 코피가 덩어리 진 채 코 밑에서 대롱거린다거나, 앞니가 몇 개 부러져 있는 그런 흉측한 모습이다. 언제나 완벽하게 아름다웠던 황제의 옥안이 그처럼 무참하게 무너진 모습은 신관들에게 민망하다의 경지를 넘어서서 안쓰러운 감정에 예술품에 상처가 났다는 슬픔까지 느끼게 만들었다.

그러나 슬픔도 잠시, 황제의 상처를 볼 수 있는 것은 신력이 높고 신앙심이 강한 자만이 가능하다는 이야기가 돌기 시작했다. 그리하여 신관들과 무녀들은 황제의 상처를 보는 것을 신력의 경지를 알아볼 수 있는 지침으로 삼게 되었다.

오늘 폐하께서는 앞니가 두 개 빠지셨더군. 허허. 그것밖에 못 알아봤는가? 나는 아랫니 세 개가 흔들거리는 것도 알아봤다네. 어허! 그대들은 폐하의 뒤통수에 머리카락 한 줌

이 빠져 있다는 것도 눈치채지 못했나? 폐하께서는 현재 땜빵이 있으서! 땜빵! 오호호! 당신들은 폐하의 걸음걸이가 이상하다는 것도 모르셨군요. 분명 둔부에 상처를 입으신 게 분명해요.

신관들과 무녀들은 모두 황제의 옥안을 보며 자신의 신력을 가늠했다. 아아, 난 폐하의 땜빵을 보지 못했어! 나의 신력은 부족해! 나의 신앙은 모자라! 정진해야 해. 수련해야 해! 우리 모두 기도합시다! 폐하의 모든 상처를 샅샅이 볼 수 있도록!

때 아닌 수련 열풍이 부는 동안 대무여관은 황제의 옥안에 난 상처에 대해 은밀히 조사했다. 공격받는 걸 본 이가 아무도 없다. 무엇보다 항상 같이 있는 가디언들이 모르는 상처가 있을 리가 없다. 그런고로 그녀는 결론 내렸다. 멀쩡히 잘 돌아다니시는 걸 보니 신벌은 아닌 거 같다. 아마 전쟁신께서 너무 총애하신 나머지 밤마다 단련을 시키시는 게 틀림없어. 우리 폐하를 카자르 엔더의 아들이라 부르는 이유를 알겠구먼.

그 소문은 꼬리에 꼬리를 물고 줄줄이 흘러나갔다. 무녀들과 신관들은 자신들만 아는 단어로 소곤거렸다. 어차피 보통 인간들은 못 본다. 그들은 백옥처럼 미끈한 황제의 옥안을 바라보며 황홀해할 뿐. 황제의 얼굴에 난 험악한 상처를 볼 수 있는 것은 전쟁신을 모시는 자들뿐이다. 우와! 우리의 특권! 그나저나 그런 심각한 상처를 입으시고도 멀쩡하신 걸 보니 폐하께선 정말 강골이셔. 소문에 의하면 황후 폐하께서 밤마다 폐하의 잠자리에 숨어들어 가 그 섬섬옥수로 폭력을 가하신다 하던데 그게 참말인가? 어허! 그게 아니야. 가디언들이 그럼 가만있겠는가? 소문에 의하면 카자르 엔더께서 단련을 손수 시키고 계신다는군. 우리 폐하를 너무나 총애하신 나머지 전쟁신께서 손수 폐하를 밤마다 신계로 불러들여 마계나 신계의 전사들과 대결을 벌이게 하신다는 거야. 우와아! 우리 폐하는 역시 멋지셔! 그럼 저 상처가 바로 마계나 신계의 전사들과 싸워 이긴 영광의 상처인가! 그렇겠지. 보통 인간의 힘으로 폐하의 옥체에 생채기나 낼 수 있겠는가? 나는 왕년에 페자페지 무구가 폐하의 손아귀에서 으스러진 걸 본 사람이야.

황궁에서 은근히 퍼져 나간 소문은 또 다른 신앙 간증의 여파를 낳았다. 그리하여 황제를 손수 패시는 전쟁신의 신력에 지대한 보탬이 되었다.

그래서 신계의 카자르 엔더께서는 심각하게 체벌 연장을 고려했다. 원래 딱 일 년만 패려던 거였는데 한 삼 년쯤 더 늘릴까. 의외로 보탬이 되는데. 앞으로 깝죽대는 태양신 놈을 밟으려면 신력을 좀 늘려두는 게 유리한데.

　　죄를 지고 걷는 이가 있다. 그의 죄는 눈덩이처럼 불어날 뿐 줄지 않는다. 죄업의 무게로 허리가 부러질지언정 통곡하지 마라. 죄를 지은 순간 뒤돌아볼 수 없다. 앞으로 나아가 속죄하라. 울거나 한탄하지 말라. 죄를 지은 것은 자기 자신. 죄를 씻는 길은 단 하나, 수없이 많은 선행뿐이다.

　　　　　　　　　　　　　　—〈악인의 최후〉中에서
　　　　　　　　　　　　　　　　　(작자 미상)

CHAPTER 19
終焉

RELOAD

긴 말 필요없다. 이걸로 충분해. 쌍!

❦

데이페론 제국에는 신의 화신, 신의 아들이라 불리는 남자가 있다. 제국의 황제다. 그냥 말로만 하는 말이 아니라 진짜 신의 아들인 신혈의 소유자로서, 그 기이한 신력(神力)은 모든 이를 감탄케 하고 모든 사람들에게 경이를 안겨준다. 제국 외의 학자들은 진위를 의심하지만 최소한 제국 내에서 그를 의심하는 이는 없다. 포악하고 잔혹한 황제의 성품에는 전쟁신의 신혈을 타고났기 때문이라는 이해와 인식이 박혀 있기 때문인지 제국민들은 황제의 잔혹함과 포악함에 놀라지 않는다. 또한 신과 같은 구름 위의 존재인 황제의 포악한 정치는 사실상 제국의 대다수 군중들은 체감할 수 없다. 황제가 사람을 잡아먹었다 해도, 수백 명 여자를 범하고 잔혹하게 죽였다 할지라도 군중들은 황제를 미워하지도 무서워하지도 않는다. 왜냐? 그것은 보통 제국민들의 일이 아니라 소위 비단을 밟고 살아가는 권력층, 즉 귀족만이 겪는 일이니까.

그래서 황제나 황족에 의해 겪는 재앙과 고통에 대한 보통 사람들의 반응은 이러했다.

"천재(天災)인 거지."

빵집 주인 아다마스는 한숨을 내쉬었다.

그의 가게는 반파되었다. 갓 구운 빵들은 바닥을 구르고 화사하게 칠했던 벽은 처참하게 부서졌다. 그의 부친이 좋아했던 화끈한 화덕의 주둥이는 깨졌고 부지깽이조차 꾸부정하게 휘어 자빠졌다. 입고 있던 앞치마까지 시커멓게 더러워진 마당에 쌓아놓았던 밀가루와 설탕에 처덕처덕 물기가 번져 나가는데 빵집 주인이 뭘 더 할 수 있으랴.

그는 그저 바닥에 주저앉아 하늘만 올려다보았다. 날씨는 꽤나 흐리다. 겨울의 뿌연 하늘은 우울하다 못해 스산할 지경이라 빵집 주인은 생각했다.

그리고 바로 옆 노점상 노부부도 그 생각과 같았다. 우울하고 스산한 거리에서 그들은 그저 묵묵히 쓰레기가 되어버린 꼬치구이를 쓸어 담고 있었다. 하루치 장사를 완전히 망쳐 버렸는데 눈물도 안 나오는지 무표정할 따름이다. 그 앞 사거리에선 다리가 부러진 소년이 끙끙대며 눈물콧물을 흘리며 모친에게 매달려 운다. 머리도 좀 깨지고 다리도 부러졌지만, 죽는 것보다는 낫다며 모친이 위로하지만, 열대여섯쯤 되어 보이는 소년의 눈물은 가실 줄을 모른다. 그런 위로보다는 당장의 고통이 더 중요하니까. 그들 모자 옆에는 거지노인이 묵묵히 흩어진 아침밥을 깨진 그릇에 주워 담고 있었다. 노인에게는 이틀 만에 처음 먹어보는 음식이었지만 별수 없었다.

길거리 한가운데로 흙먼지가 뿌옇게 일어났다 가라앉았다. 아직 눈은 내리지 않았지만 겨울의 바람은 차갑고도 매섭다. 곧 북방의 제국답게 눈이 내리고 눈보라가 몰아칠 것이다. 그러면 사람들은 또 가가호호 집 안에 틀어박혀서 신과도 같은 황족들의 이야기를 옛날이야기 삼아 떠들 것이 분명했다.

방금 지나가신 분들, 황가분들 맞지? 와, 진짜 엄청났어. 그렇게 빛나는 머리칼은 처음 봤어. 앞에 가시던 분은 우리 위대하신 황제 폐하를 꼭 닮았더라. 에이, 설마 진짜 우리 폐하이실 리 있어? 아마 그분 아드님들 중 한 분이실걸. 안겨 있던 작은 아가씨는 누굴까? 그나저나 옆에서 달리던 이들이 호르데마누 근위기사들 맞지? 우와, 진짜 멋지더군. 겨우 열 명이 지나가는데 폭풍이 지나가는 거 같았어. 이봐, 열 명이 아니라 열세 명이었어. 웃기시네. 열여섯 명은 되는 것 같던데? 너희들, 눈이 삐었냐? 모두 스무 명은 되더라. 아무려면 황가의 행차에 호위가 그것밖에 안 붙겠어? 보통 귀족 집안에서도 스무 명은 따라붙더라. 그나저나 빵집 가게가 완전히 박살났는데 어쩌지? 우린 가판대가 박살났어. 아아, 어쩌면 좋지? 한 달치 장사가 아예 끝장이야. 황족의 행차에 대해 뭐라 할 수도 없고.

사람들은 한숨을 내쉬며 손해를 계산하고 있었다.

먼지가 가라앉자 여기저기서 사람들이 흘끗대며 대로로 걸어나왔다. 방금 전 거리를 난폭하게 횡단하며 점심시간에 마차를 몬 자들에게 욕이라도 할 법 하건만 실제로 욕을 하는 이들은 없다. 다쳤다 해도 기기묘묘한 마술(馬術) 탓인지 죽은 이들도 없다.

"궁내부에서 나왔노라."

그때, 유려한 잿빛 신관복을 걸친 무녀들이 나타났다. 무표정한 무녀들은 넋 놓고 있는 피해자들에게 다가가 피해 정도를 물었고, 뒤이어 관리처럼 보이는 자들이 돌아다니며 장부에 적는다. 이들은 궁내부 관리들, 황후 직하에 있는 관리들로 천재지변인 황족들이 벌이는 피해를 기록해 적절한 보상을 했다. 즉, 사고처리반이다. 궁내부에선 황족들 앞으로 나와 있는 예산으로 이런 일을 해결한다.

"밀가루 여섯 포대, 단가는 시가 처리. 부서진 집기에 대해선 일괄 황도 관리국에서 집계한다. 찰과상 이외에 별거 없어 보이니 보상액은 12콜론. 현지 지불."

관리는 장부에 좌악 적으며 멀뚱거리고 있는 빵집 주인에게 돈주머니를 건넸다.

"이름은 뭔가?"

"아, 아다마스입니다요, 나리."

"중앙 13구역 빵집 주인 아다마스, 7일 이내 관리국에서 보상비 안 내놓으면 가까운 신전을 찾아가 건의하도록."

관리의 말에 빵집 주인은 연신 고개를 숙이며 감사를 표했다.

빵집 주인만이 아니라 다른 이들에게도 각각 보상과 치료를 보장한 관리들은 각자 궁으로 돌아갔고, 신전의 무녀와 신관들은 치료가 필요한 이들을 데리고 갔다.

소란스러웠던 거리는 금세 정돈되어 평소의 모습을 되찾았다.

이런 소소한 일(?)로 평민에게 보상해 주는 이들은 황족들뿐이다.

황가는 곧 신전의 얼굴. 신전에서도 적극적으로 보상을 해준다. 어차피 황족이 궁을 나서는 일은 별로 없기에 황족들이 벌이는 사건사고는 신전이 뒤따라 다니며 해결했다. 부상자는 치료해 주고 죽은 자에게는 위로금을 내린다. 그러면서 몇 번이고 말해준다. 황가는 신족이기에 난폭한 분들이며 제국의 수호신이시니 별수 없다. 벼락 맞았다 생각해라. 그래도 우리나라가 전쟁에서 연전연승하는 걸 보면 알 수 있지 않느냐. 위험한 일이 벌어지면 도와주시는 분들이 아니냐 운운.

제국민들도 바보는 아니다. 다른 곳에서 벌어지는 귀족들의 횡포를 소문으로 들어 잘 알고 있기 때문에 이 정도 보상만으로도 감격해한다. 물론 황족들이 외부에서 사고 치는 건 흔한 일이 아니니까 가능한 일이다. 게다가 이미 사방팔방에 황자들이 벌이는 정의의 용사 전설이 범람하고 있다. 요즘 들어 신관만이 아니라 음유시인, 배우들도 황가 찬양과 전쟁신 카자르 엔더의 영광을 노래할 지경이다. 전쟁신 카자르 엔더의 신력은 무한 질주 중이었다.

"저어, 예산은 어느 정도?"

지불된 금액을 계산하면서 궁내부 관리가 조심스럽게 장부를 뒤적이며 묻자 옆에서 걷던 무녀가 미소 지었다.

"이번 작전으로 소요된 금액이 만만치 않긴 합니다만 예산은 넉넉합니다."

대무녀관 직하의 무녀는 자신만만하게 대답했다.

황족들은 후궁을 줄줄이 두지 않는 한 예산이 풍족하다 못해 남아돈다. 신혈이 짙은 황족들은 자신은 강하고 아름답기에 지나친 치장은 수치라고 여긴다. 아아, 나는 보석보다 아름다워. 홋, 나의 이 미모를 화장품 따위로 가릴 순 없는 법. 나는 그 자체로도 빛나는 존재. 나의 위장은 강인하기에 어떤 걸 먹어도 소화시킬 수 있다. 먹는 걸 가리는 건 내장이 연약한 얼간이들이나 하는 법. 독약도 소화시킬 수 있는 나는 위대한 나! 조금 미치긴 했지만 소소한 품위유지비는 하급 귀족만큼도 안 드는 게 황족이다.

당연히 약값이나 화장품은 물론이요 식비도 별로 안 든다. 궁내에서 몸을 가꾸는 데 보석이나 값비싼 의상비, 화장품 등 사치품을 소요하는 건 후궁들뿐이다. 주로 황족들의 예산은 사망 보상비와 집기 수리, 인건비로 나간다. 그러니까 폭력을 자제할 줄 아는 온화한 황족이야말로 제국민 전체의 꿈이다. 특히 궁내부 재정 관리들의 이상형인 것이다.

각설하고,

거리를 가로지르며 궁내부 관리들의 가슴을 아리게 만든 장본인은 누구였던가. 황제다.

신의 아들이라 불리면서도 신에게 계속 구타 및 고문을 당하고 있는 남자. 그럼에도 불구하고 미치지도 않고 여전히 잘 먹고, 잘살고, 잘 자고 있는 굵직한 신경줄의 소유자. 온 황궁 내 신관들의 신앙의 척도가 된 황제였다.

자신이 짊어지고 있는 죄를 자각한 이후로 황제는 카자르엔더에게 맞는 것을 별로 두려워하지 않게 되었다. 풋, 그래, 나는 극악한 악당, 살인마에 제국의 죄인. 맞아도 싸. 그러니까 패쇼. 아파도 참을 거니까.

형벌을 인정한 그는 밤마다 산 채로 찢기고 목이 잘리고, 산 채로 튀겨지고 짓이겨졌다. 제국 법령하에서 행해졌던 극형은 전부 다 몸으로 체험했다. 게다가 그것이 무한히 계속된다는 점에서 더 참혹했다. 보통 인간이라면 죽으면 고통도 끝난다. 하지만 꿈속에서 황제는 죽지 않는다. 잔혹한 전쟁신은 그를 몇 번이고 되살린다.

―튼튼하구나.

황제는 신의 말에 쓴웃음을 지었다. 모후 기원대로 그는 강인하고 튼튼했다.

강인하기에, 튼튼하기에 괴로움은 더 길다. 그럼에도 그는 순순히 인정했다. 죽인 자들도, 괴롭힌 자들도 너무 많기에 그는 그 고통을 순순히 감내했다. 빌어도 될 일이 아니니 그냥 당하는 게 순리. 살인마 악당은 당해야 하는 법. 보통 인간이라면 미쳐 버릴 그 상황에서도 그는 신경마저 튼튼했다.

―좋아.

황제의 이러한 태도는 카자르 엔더의 구타 패턴에 지대한 영향을 미쳤다. 좋아, 네 뜻이 그러하다면 어차피 맞을 것, 빨리 맞고 끝내도록 하자. 슬금슬금 괴롭히는 방법을 즐겼던 전쟁신은 이제 굵고 세게 패는 쪽을 택했다. 퍽, 팍, 툭, 쾅.

그게 벌써 삼 년째에 접어들었다.

"왜 그러세요?"

안데르가 품 안에서 물었다.

황제는 그녀의 가느다란 목에 얼굴을 묻고 피식 웃었다.

"아무것도 아니다."

황제와 안데르는 함께 산길을 달리고 있었다. 황실 사냥터인 베리알르 산으로 향하는 중이었다. 가장 앞서 달리고 있는 황제의 애마를 몰고 있는 것은 안데르로, 실제로 황제는 그녀의 작은 몸을 감싸 안은 채 말고삐는 그녀에게 맡기고 있었다.

안데르는 이제 완전히 성숙한 여인의 모습을 하고 있었다. 물론 아직 나이는 17세. 하지만 풋풋한 소녀의 모습과 관능적인 여인의 모습을 동시에 드러내고 있는 모호한 매력을 발산하고 있어 누가 봐도 요염한 미녀라고 할 만했다.

'달라졌어.'

황제는 가끔 그녀의 모습을 보고 실감했다.

그의 기억 속에 있는 안데르는 앙상하지만 나른하고 퇴폐적인 미모의 소유자였다. 파리한 안색과 윤기가 없는 백발, 루비처럼 빛나는 붉은 눈은 피를 연상시켰다. 하지만 지금 모습은 어떠한가. 상아빛으로 보기 좋게 변한 부드러운 살결과 황후의 영양 식단과 보약으로 부쩍 자란 몸과 윤기가 좔좔 흐르는 머리칼은 이제 노인의 백발이 아니라 한겨울의 백설을 연상케 하는 고운 빛깔을 띤다. 처연하기만 했던 붉은 눈은 기분에 따라 오묘한 빛깔로 빛나는 생기로 가득해 사랑스러웠다.

'나는 유그 펠리오르가 아니라 이제 유그 펠리오르 테이

아다.'

 황제는 느긋하게 그녀의 몸을 지분거리며 중얼거렸다. 허전하고 슬프고 자시고 하는 섬세한 감성은 없었지만 가슴의 뼈근한 고통은 있다. 끔찍한 고통을 밤마다 당하면서도 황제는 튼튼한 몸만큼 튼튼한 정신력으로 미소 지었다. 악당이라면 당연히 웃을 수 있어야 하는 법. 악당의 애원과 눈물만큼 꼴불견은 없다. 그래, 나 악당 맞아.
 "그런데 진짜 눈토끼를 볼 수 있는 건가요?"
 "물론이다, 나의 사랑스런 겨울의 눈토끼."
 이제 그는 주저 않고 길고도 긴 수식어를 붙일 수 있었다. 사실 삼 년 새 글자도 떼서 글을 읽을 수도 있다. 물론 쓰는 건 안 한다. 품위 유지를 위해서. 황제쯤이나 되어 괴발개발 쓴 글씨를 내보일 수는 없는 법. 대신 사인만은 그럴듯하다.
 그가 찬사를 쏟아낼 때마다 안데르는 얼굴을 붉히며 그의 손가락을 깨물었다. 아이, 부끄러워요. 그렇게 제가 예뻐요? 물론이다. 너의 아름다움은 하늘에 닿고 땅을 가른다. 그래서 하늘에서 비가 내리고 땅에는 강물이 흐르는 것이지. 만약 네가 없다면 이 대륙에는 가뭄이 들 것이 분명하다. 그러니 너는 내내 웃으며 아름다워야 할 것이야. 아이, 너무하세요. 부끄러워 죽겠어요. 어허, 네가 죽으면 나라가 망한다니까!
 이제 황제의 찬사는 어록을 만들어도 될 정도에 이르고 있었다.

황제의 주변으로는 호르데마누 기사들과 당연하지만 가디언들이 따르고 있었다. 근위기사들은 보통 3인 1조로 움직이지만 황제의 거동에는 사실 전원 따르는 게 전통이다. 하나, 가련하게도 이번에는 다섯 명만이 겨우 따라왔다. 눈물을 머금고 달리고 있는 것은 금빛 바람의 기사란 별칭을 가진 수석기사 앙데라그 외 네 명. 루네릭 백작은 이번에 다섯 번째 아들을 낳은 기념으로 휴가 중이다. 그렇다. 그는 드디어 5남 3녀를 둔 대가족의 가장이 되었다. 손이 귀한 루네릭 가문에 있어서 놀라운 이정표를 남긴 것이다.

왜 폐하는 단장이 애 낳았다니까 그렇게 좋아하시는 걸까? 분명 단장님이 남자 구실을 못한다고 의심하신 거야. 끌끌, 오죽하면 일 년마다 섹시한 미녀를 두 명씩 내리시겠어? 그나저나, 단장님도 큰일이야. 벌써 첩만 열 명이 넘어간다지? 밤마다 부인의 침실에 숨어 계신대. 첩들에게 잡힐까 봐. 쯧쯧, 저분은 첩 얻고 부부 금실 좋아진 드문 케이스야.

"야, 시끄러! 기사 놈들이 웬 수다야?"

요즘 타깃이 된 기사 앙데라그는 심사가 편치 않다. 요즘 들어 자신을 향하는 황제의 눈빛이 범상치 않기 때문이다. 아는 사람은 아는 황제의 은밀한 시선.

그는 부단장 레비스의 비극을 알고 있었다. 상처(喪妻)한 뒤 독신이었던 레비스는 독야청청 독신생활을 즐기고 있었지만 슬하에 자손이 없다는 말을 들은 황제께 난데없이 세 명의 미녀를 하사받았다.

"너같이 훌륭한 기사는 자손을 많이 낳으라. 난 네 자손을 보고 싶다."

이 감격스런 옥음에 눈물까지 흘린 레비스는 불철주야 노력했다.

여기까진 사실 괜찮았다. 황후가 그 세 명의 미녀들에게 보약을 하사하고 가디언 메리테인이 은밀하게 레비스에게 정력에 좋다는 온갖 약들을 퍼부어대더니 어느새 2남 2녀의 아이를 낳았다. 그러자 황제는 자질이 있다며 다섯 명의 미녀를 더 하사했다. 결혼 안 해도 좋으니 애는 많이 낳으라는 황명이었다.

이제 레비스 자작의 자택은 애들로 들끓는다. 삼 년 사이에 열 명도 넘는 아이를 가진 전설을 가지게 된 무늬만 독신남 레비스는 이제 양육으로 허리가 휜다. 우아한 밤생활은 물 건너갔다. 그리하여 대담한 앙데라그도 겁에 질렸다. 기저귀가 휘날리는 집안은 상상하고 싶지도 않다. 황금 새의 깃털을 항상 옷깃에 꽂고 다니며 금빛 바람의 기사라는 별칭을 가진 30대의 그는 수많은 귀부인들을 유혹하는 바람둥이였지만 사실 아직 미혼이다. 그의 앞으로 쏟아지는 무수한 중매의 손길을 그동안 다 무시해 왔으나 황제의 명령만은 무시할 수 없다. 안 들으면 들을 때까지 팰 것이 분명하므로.

요즘 근위기사들, 군기 빠졌지 말입니다. 맞아, 맞아. 저것들이 주인님께서 온화하고 관대해지셨다고 빠졌어. 아무리 갑자기 나오셨다고는 해도 벌건 대낮에 말까지 타고 거리로 나오셨는데 따라올 수 있는 작자가 다섯밖에 안 되는지. 부단장하고 단장이 빠지니까 군기가 빠진 게 분명하지 말입니다. 맞아, 맞아. 간이 부었어.

앙데라그가 고민하고 있는 동안 가디언들은 혀를 찼다. 황제의 바로 뒤에 바짝 붙어 달리고 있는 그들은 느긋했다. 그뿐만이 아니라 숨어서 따르고 있는 가디언들의 얼굴도 다들 느긋했다. 황제의 뒤에 따라붙어 가는 가디언의 수는 총 열다섯 명이다. 대놓고 가는 이가 다섯 명이고 앞서거니 뒤서거니 은밀히 망을 보며 가는 이들이 열 명. 보고 있던 행인들이 헷갈리는 것도 무리는 아니다. 가디언들은 이제 살도 좀 붙고 마음에도 좀 여유가 있었다. 덜 패시는 주인님 덕분에 덜 굴러서 그렇다. 하지만 시시때때로 자신들을 훔쳐보는(?) 사악한 와스발딘과 자신들의 자리를 호시탐탐 노리는 예비 가디언들 때문에라도 그다지 편하지는 않다. 그러나 이제 그들은 자신들의 주인님이 자신들을 아껴주신다는 것을 믿는다. 그들의 주인님은 이제 그들을 죽이지도, 버리지도, 자르지도, 찢지도 않으니까. 가끔 까까 사 먹으라고 돈도 주신다. 다치지 말라고 방어구도 주셨다. 잠재적 고자이기에 그들의 모든 애정은 주인을 중심으로 돈다. 주인이 자신들을 아낀다는 건 본능으로 느낀다. 메리테인과 가디언들은 그래서 행복했다. 가디언으로 태어나서 행복해요.

"저거다."

숲을 달리던 황제가 한마디 던졌다.

그 순간 안데르가 핫 하고 숨을 삼켰다.

황실 사냥터로 지정된 터라 꽤나 풍부한 사냥감을 보유하고 있는 베리알르 산에는 이 년 전부터 토끼가 늘었다. 누군가의 지시로 토끼를 풀어놓은 것이지만 그에 따라 표범도 늘었다. 자연의 먹이사슬은 엄한 것. 어쨌거나 눈 쌓인 누런 풀숲 사이로 툭 튀어나온 하얀 털의 토끼 한 마리가 보이자 안데르는 넋을 잃었다.

새하얀 토끼는 우아했다. 귀를 반쯤 세운 흰 토끼는 분홍빛 코를 찡그리면서 붉은 눈으로 잠시 주변을 살피더니 뒷다리를 쭈욱 펴서 수풀 사이로 사라졌다.

"아, 아!"

안데르는 두 손으로 입을 가리고 감격해했다.

"예, 예뻐요!"

"귀엽지? 저것이 눈토끼다. 나는 널 처음 보고 눈 쌓인 숲속에서 홀로 선 저 눈토끼를 연상한 것이지."

"너무너무 예뻐요! 전 눈토끼가 저렇게 예쁜 것인지 몰랐어요!"

눈물을 흘리면서 몸을 부르르 떠는 안데르는 미모(?)의 짐승에 감탄을 거듭하며 감격했다. 모두 다 밉다 할 그 시절, 예쁘다 해준 유일한 사람이었지만 진짜 자신이 예뻐서 그런 것인지 그냥 빈말인지 조금은 의심했었다. 그런데 정말로 예쁘다!

제국으로 시집온 지 삼 년 만에 눈토끼를 눈으로 확인한 안데르는 감격에 몸을 떨었다. 저렇게 귀여운 동물은 난생처음이었다. 꽉 안고 깨물고 싶을 정도로 예뻤다. 눈처럼 흰 털과 우아하게 뻗은 귀와 상상을 초월하는 분홍빛 코와 붉은 눈. 어디에도 음침하고 저주받은 기색은 조금도 없다.

"어허, 예쁘다면 예쁜 줄 알아야지."

황제는 안데르를 얼싸안고 둥기둥기 달래주었다.

그것을 흐뭇한 시선으로 바라보던 메리테인이 눈토끼가 사라진 둔덕을 향해 말없는 신호를 보냈다.

눈을 뒤집어쓰고 잠복하고 있던 가디언들은 슬금슬금 뒤로 물러났다. 그들의 품 안에는 다섯 마리의 하얀 토끼가 안겨 있었다. 그렇다. 이 토끼들은 겨울의 눈토끼 작전이라고 명명된 이 일을 해내기 위해 삼 년 동안 키운 이백여 마리의 토끼 중에서 외모순으로 선발된 토끼들이었다.

10번 가디언이 하얗게 위장한 모습으로 토끼 한 마리를 들어 수풀 속에 슬그머니 두고 엎드렸다. 토끼는 자신의 다리를 잡고 있는 가디언 때문에 움직이지도 못하고 코를 씰룩이며 바로 앞에 놓인 열매를 씹기 시작했다.

바로 그때, 안데르가 토끼를 발견했다.

"아, 저기도 있어요!"

마른 열매를 오독오독 씹으며 앞다리로 귓가를 더듬던 토끼는 그녀의 음성에 놀라 고개를 들었다. 그리고는 긴 귀를 번쩍 들더니 분홍빛 코를 씰룩이며 쏜살같이 수풀 속으로 달아났다. 뒤에서 대기하고 있던 11번 가디언은 눈 속을 헤치며 달아나는 토끼를 포획했다. 다음번에 또 써먹기 위해서다.

"아, 사라졌어요."

실망한 안데르가 속삭이자 황제의 솥뚜껑이 내려와 작은 머리통을 쓰다듬었다.

"큰 소리를 내면 그렇게 되지. 제법 빠른 동물이거든."

황제가 자상하게 설명했다.

"흔하지만 쉽게 볼 수 없단다. 어떠냐? 잡아줄까?"

흥분한 안데르는 그의 말에 고개를 저었다.

"아니에요! 저 애들도 저랑 폐하처럼 사랑하는 연인이 있을 텐데 그건 너무 가혹해요!"

그녀는 몰랐지만 제도에는 이미 산토끼 사냥 금지령이 내려져 있었다. 대륙 단위로 나가지 않은 것은 황후의 채찍 덕분이다.

"나의 눈토끼는 얼굴만큼 마음씨도 곱구나."

칭찬하며 그녀를 끌어안자, 안데르는 깔깔 명랑하게 웃었다. 제 나이의 소녀다운 그늘 없는 웃음이었다.

안데르의 웃음소리.

황제는 묘한 기분으로 그녀를 안은 채 귓가에서 들리는 그 소리를 들었다. 과거, 그는 소리 내어 웃는 그녀를 한 번도 본 적이 없었다. 이렇게 명랑한 웃음소리는 난생처음이다.

'가슴 한구석이 따끔거려.'

황제는 중얼거렸다.

그 웃음소리를 들으며 근위기사들도 만족했다. 처음 그녀를 보았을 때 느꼈던 처연하고 불쌍해 보이는 영양실조 직전의 소녀는 이제 없다. 사랑받고 사랑하며 기뻐하는 미소녀가 있을 뿐. 앙상한 어린애에서 미소녀로 발전한 그녀의 모습에 작전에 참가한 모든 이들이 보람을 느꼈다. 아이들을 키우고 있는 루네릭이라면 좋은 일이라고 흐뭇한 미소를 지었겠지만 이 자리에 있는 것은 독신남과 잠재적 고자, 그리고 부성애 대신 애욕으로 타오르는 황제뿐이다.

"잠깐 눈 구경을 할까?"

가슴의 따끔거림과 그녀의 미소가 신호라고 판단한 황제는 주저하지 않았다. 원래 그는 주저란 두 단어를 모른다. 음흉한 미소를 지은 황제가 수줍어하는 총희의 손을 잡고 수풀 속으로 사라지자 근위기사들은 느긋하게 원을 그리며 황제의 주변을 감쌌다. 보이는 곳에서 감싸는 그들과 달리 가디언들은 안 보이는 곳곳에 포진했다. 다행히 무술에 대한 소양이 전혀 없는데다가 눈에 황제만 보이는 안데르는 슬그머니 은신한 가디언들을 전혀 눈치채지 못했다.

"부르셨습니까?"

자정을 지난 심야에 막 목욕을 마친 황제는 기다리고 있던 재상을 향해 시선을 던졌다.

바짝 마른 체구를 한 재상 로리랜드는 결혼을 앞둔 상태였다. 겨울이 지나 봄이 오면 곧 그의 일생일대의 소원인 레노시아와의 결혼식이 거행된다. 길길이 날뛰던 황후는 레노시아가 아이에 집착하지 않는다는 것을 조건으로 그와의 결혼을 허락했던 것이다. 그래서 레노시아는 얼마 전 신전에서 카자르 엔더에게 아이를 바라지 않겠노라고 약속했다. 억지스럽긴 했지만 황후를 무척 총애하는 전쟁신께서는 그 약속을 어기는 것을 허락하지 않을 터였다.

"야."

"네, 위대하신 폐하."

"좋냐?"

그 말에 로리랜드의 얼굴이 화악 빛이 났다.

"좋죠. 좋습니다. 아주 좋죠. 으흐흐흐흐."

"이 XXX하고 XX할 XX가."

웃음을 참을 수 없다는 듯 히죽거리는 그의 얼굴을 보던 황제는 발을 들어 그의 배를 꾹꾹 눌렀다. 그 빙글거리는 면상을 보자 확 걷어차고 싶었지만 근육은 물론이고 지방도 없는 놈이라 차면 내장이 터질 게 분명해 참았다.

'이 놀라운 나의 인내심. 크흐.'

스스로 감탄한 황제는 긴장하고 있는 로리랜드를 무시하고 술이 차려져 있는 테이블 앞에 앉았다. 방금 전 그는 안데르가 잘 때까지 토닥거리다가 후궁 세 명하고 동침하고 나온 참이었다. 앞으로 그의 소생이 분명한 아이들 여섯이 태어날 예정이었다. 그중 세 명은 분명히 카자르 엔더의 마음에 들 강한 신혈을 가진 아이들이다. 불행인지 다행인지 황태자를 뺀 나머지 황자들은 각각 제국의 구석을 도느라 아직도 환궁하지 않고 있었다. 다흐마르만은 황태자가 추적하고 있기 때문에 행방을 알고 있었지만 나머지는 휘하 가디언 몇 명만 거느리고 돌아다니며 모친들의 속을 썩이고 있었다. 부성애가 희박한 황제는 그런 건 별로 관심없었다. 일단 팔팔하게 살아서 돌아다니면 그것으로 족했다. 신혈을 마구 늘리라는 신의 명령만 잘 이행한다면 애들이 어디 가서 뭔 짓을 하던 알 바 아니다. 게다가 어디 가서 쉽게 죽을 놈들도 아니다.

"백 명만 채우자."

삼 년 새 황제의 소생은 열두 명으로 늘어났다. 후궁의 수가 삼백이 넘고 매일 밤마다 서너 명의 후궁과 동침하는 것을 계산한다면 그다지 아이의 수가 많은 것은 아니다. 그러나 손이 귀한 신혈로만 열두 명이 새로 태어났다면 평범한 상황도 아니었다. 이것이 다 그가 불철주야 노력한 결과였다.

내가 백 명 만들면 그 백 명이 아마 저마다 애를 낳아 최소 오백 정도는 불어날 거야. 저번에 토끼 농장 보니 참 잘만 늘어나더구먼. 내가 신혈이 좀 세서 시간이 걸리는 거니까 다른 놈들이라면 더 빨리 좍좍 늘어날 거야.

자기 자식들을 토끼 새끼 취급하면서 황제는 신탁의 이행에 대한 고찰을 끝냈다. 어휘력이 달려서 그렇지 그다지 지능이 모자라는 것은 아니라 자부하고 있는 황제는 자신이 신의 명령을 잘 따르고 있다고 자부했다. 애 많이 낳고, 매 많이 맞고. 또 자손도 못 남기고 죽어버렸던 놈들의 짝을 지어 애도 많이 낳게 했다. 돈도 많이 주고 휴가도 주었다. 가디언들에게 죽지 말라 방어구도 주었다. 돼지에게 잘해주었더니 황후와도 사이가 좋다. 좀 웃어주었더니 후궁들도 좋아 죽으려고 한다. 여자들은 그를 너무 좋아해서 피곤하다. 가끔 신전도 가서 기도도 좀 하고 신관들이나 무녀들에게도 잘해준다. 결혼에 찬성해 주었더니 재상은 일도 잘한다.

"모든 것이 완벽하게 돌아가고 있어."

황제의 혼잣말에 재상은 혼자 감격했다. 아아, 우리 폐하께서는 정말 어휘력이 느셨어. 요즘 책도 읽으신다지. 주로 도색 소설이긴 하지만 그래도 책은 책이잖아?

"북방에서 새로운 왕국이 태어날 조짐이 보이는 것 이외엔 큰 문제는 없지."

황제의 말에 재상은 눈물을 글썽였다. 우와, 진짜 황제다운 발언이셔. 독서의 효과는 놀라운 것이여. 신이여, 감사합니다! 카자르 엔더시여, 기적에 감사드립니다. 위대한 신께 이 기쁨을 돌립니다아! 두 손으로 앙상한 가슴을 부여잡은 채 눈물 글썽한 눈동자로 황제를 바라보는 재상의 모습에 황제는 쥐고 있던 술잔을 냅다 집어 던졌다.

이마가 깨지기 직전에 겨우 옷자락으로 면상을 방어한 로리랜드는 술잔의 파워를 이기지 못하고 억 소리를 내며 뒤로 벌러덩 넘어졌다.

보고 있던 시종이 놀라 숨을 삼켰지만 정작 본인은 태연히 일어섰다. 카자르 엔더께 영광을! 전쟁신에게 신력을 보태며 재상은 여유있게 유리 조각에 다친 손바닥을 털었다. 그는 다시 흐뭇한 시선을 황제에게로 던졌다. 와, 예전이었으면 뒤이어 발차기가 날아와 갈비뼈를 으스러뜨렸을 텐데 술잔 하나로 끝났어. 오오, 관대해지셨어!

"그 면상 늘리면 죽는다."

음산한 살기가 물씬 풍기는 어조였지만 정작 피 냄새는 나지 않는다. 재상은 얌전히 고개를 숙였다. 아무리 점잖아졌어도 성질은 여전히 더럽다. 수틀리면 결혼은 물 건너간다.

"야."

황제는 독주를 물처럼 들이켜면서 다시 입을 열었다.

"네, 폐하."

재상은 옆에서 메리테인이 얌전히 황제의 잔에 술을 따르는 것을 보면서 황제가 왜 불렀을까 하고 고심했다. 설마 결혼선물을 해주시려고?

"내가 왕년에 해야 하는데 안 한 게 하나 있더라."

황제의 시선이 느긋하게 창문가로 향했다.

재상은 뜻밖에도 황제의 눈빛이 매우 깊다는 것을 알아차렸다. 언제나 그가 다루기 어려운 야수라 생각했던 황제는 분명 본능적인 영민함을 갖추고 있다.

'나의 판단은 옳았어.'

그의 주인은 너무도 강해서 질투를 모른다. 군주의 무덤이라 불리는 질시와 의심, 그것을 모른다. 그것을 제일 먼저 알아차린 사람이 현자 빌리바드였다. 그 노인네 역시 지나친 혜지와 명성으로 주변인들의 질시를 한 몸에 받고 결국은 지배자들의 버림을 받지 않았던가. 뛰어난 능력을 가진 관리들에게 강한 군주는 염원이자 이상향이다. 영민하지만 속이 좁은 주인 아래서는 자신의 목숨을 간수하는 것만으로도 바쁘다. 하지만,

'이분은 달라.'

현자에 의해 콩깍지가 씌인 로리랜드는 오로지 그 한 가지만 믿고 머리는 없지만 힘은 강한 7황자 유그 펠리오르를 주인으로 선택했다. 그 도박은 성공했다. 질시라는 걸 모르는 유그 펠리오르는 천재라 불리며 재능을 과시하고 능력을 자랑하는 자들을 보고도 시큰둥했다.

"한 대 치면 죽을 것들이, 뭐."

죽으면 다 끝이거든. 능력이 있는 놈들은 써먹으면 되는 거지 견제는 무슨 견제. 한 대 치면 다 죽어. 아랫것이 유능하면 나야 좋지. 너무도 강한 십대 소년은 무심했다.

그 옛날 유그 펠리오르는 무지막지하게 잔혹하고 난폭했지만 허약한 자에게 손을 대진 않았다. 로리랜드가 그의 손에서 살아남아 심복이 된 것은 오로지 로리랜드가 유별나게 허약했기 때문이다. 한 대 치면 죽을까 봐 안 건드린 것이다.

재상이 자신의 선견지명과 주인의 발전에 감격하고 감사하고 있는 동안 황제는 창문에 비친 작대기 형상의 로리랜드를 새삼 관찰하고 있었다.

그가 있는 곳은 사실(私室)이었다.

황제의 사실은 말이 사실이지, 방 다섯 개에 대형 침실 세 개, 서재 둘, 응접실 셋과 식당 셋이 포함된 공간이다. 궁 안의 별채에 해당한다. 원래는 역대 황제들이 총애하는 여자들을 끌어들여 쾌락을 즐기기 위한 방이었지만 현 황제인 유그 펠리오르는 주로 집무실로 썼고, 가디언들과 심복인 근위기사단만이 오갈 수 있는 은밀한 공간으로 명했다. 그리고 진짜 본궁의 집무실은 황태자에게 일하라고 내주었다.

재상 로리랜드는 정말로 가디언들로 꽉 찬 이 별채에는 처음 와보았다. 그는 황제가 이 은밀한 별채에 과거에 황제를 위해 죽었던 자들만 허락했다는 것을 모른다. 그리고 바로 이 별채에서 그 자신이 반역을 일으켜 황제를 난도질해 죽였다는 것도 모른다.

술이 다 떨어지자 문가에 서 있던 중년의 시종이 조심스레 술병을 가디언에게 건넸다. 3번 가디언은 메리테인에게 술병을 건넸고, 시음을 끝낸 메리테인은 그 술을 황제의 잔에 따랐다.

황제의 시선이 문득 문가에 서 있는 시종에게 닿았다.

그는 얼마 전 황제의 칙명으로 은밀히 황제의 별채로 불러들인 시종이었다. 작위도 없고 직위도 없는 평범한 시종으로 평민이었다. 열다섯 살에 황궁에 들어와 시종이 된 지 20년. 특별히 잘난 곳이라곤 없는 남자였다. 중키에 중간 체격. 무술의 소양은 조금도 없다. 그러나 이 평범한 얼굴을 한 소심한 시종은 그 옛날 황제를 위해 목숨을 바친 자였다.

그때는 감흥이 전혀 없었지만 지금의 황제에겐 선명한 기억으로 되살아났다.

피비린내 나는 난장판 속에서 늙은 시종이 부들부들 떨며 칼을 든 병사들을 가로막았다. 그를 향해 시퍼런 칼날이 날아들었다. 그저 몸으로 황제의 몸을 막아서던 시종이 흘리던 붉은 피. 충성을 맹세했던 젊은 근위기사들이 다 달아날 때 약해 빠진 늙은 시종은 포악한 악당인 황제를 위해 죽었다. 말 그대로 받은 것도 없을 텐데 목숨 바쳐 충성한 것이다.

지금 복도 밖에서 대기하고 있는 소년 시종 역시 그 당시 황제를 비호하다가 죽은 시종이다. 그리고 지금 별채의 정원을 가꾸는 젊은 정원사 역시 그 옛날 황제를 탈출시키려다가 맞아 죽은 정원사였다. 아마 그 일을 겪지 않았더라면 황제는 이 평범하기 짝이 없는 자들이 피에 젖은 칼을 든 자들을 맨몸으로 가로막으며 달려들 수 있는 용자(勇者)들이란 것을 몰랐을 것이다.

그를 위해 죽은 이들과 그를 죽인 이가 동시에 서 있다.

황제는 피식 웃었다.

"야."

"네, 말씀하십시오, 폐하."

지금의 젊은 로리랜드는 더없이 충성스런 신하다. 그렇지만 웃음은 참을 수 없다. 이 얼마나 웃기는 상황이란 말인가. 황제는 눈을 번뜩이며 재차 웃었고, 충성스런 젊은 재상은 웃는 황제의 얼굴에 희미한 공포를 맛보았다. 언제나 그랬듯 황제는 웃는 얼굴이 더 무서운 남자였다.

"안 한 게 하나 있더라고."

잊고 있었어. 착하게 살려고 애쓰다 보니 잊고 있었단 말이야. 황제가 고개를 끄덕이며 덧붙이자, 재상은 어색한 웃음을 지었다. 아, 네. 네, 그럼요. 요즘 바쁘셨지요.

황제는 어차피 착한 놈이 될 수 없다. 황제란 건 관대할 순 있어도 선량해질 순 없는 법.

그는 뿌리를 뽑아야 한다고 생각하며 다시 웃었다. 그 옛날 유그 펠리오르는 혼자 살았다. 그래서 아는 게 없었다. 그리고 지금 그는 유그 펠리오르가 아니라 관대하고 현명한 황제 유그 펠리오르 테이아다. 현명한 황제라면 적의 싹을 뭉개고 없애는 건 당연한 일. 스스로 관대하고 현명하다고 칭찬하며 그는 또 웃었다.

"저어, 그럼 그게 무엇인지? 이 모자란 신하에게 가르침을 주십시오, 위대하신 폐하."

황제의 웃음은 예전부터 무서웠다. 누군가를 죽일 생각이 들면 웃는다는 걸 알기 때문에 재상은 더 무서웠다. 옆에 서 있던 메리테인을 비롯한 가디언들의 얼굴이 순식간에 무표정해진 것이 보였다. 재상은 동안을 자랑하는 가디언들이 얼마나 무자비한 살인자인지 누구보다도 잘 알고 있었다. 가디언은 주인의 거울. 익숙한 살기가 온몸을 훑는다. 어디선가에서 피 냄새가 울컥 솟아나는 것 같다. 재상은 소름이 돋는 것을 느끼며 애써 침착하려 노력했다.

"리게르트 에노트."

그 말에 재상은 안도했다. 그는 저도 모르게 활짝 웃었다. 우와! 잘됐다.

결벽증이 있는 편집증 환자 로리랜드는 유일하게 살아 있는 황자 리게르트가 내내 걸렸다. 황제가 만류하지 않았더라면 그의 손에 죽었을 존재. 백해무익한 존재다. 비록 후궁의 사생아라고는 해도 정식으로 황족으로 등록된 리게르트다. 재수없으면 황제의 길에 걸림돌이 될 가능성이 높다고 로리랜드는 누누이 주장했었다.

"네, 전에도 말씀드렸다시피 백해무익한 존재이므로 놔둘 필요는 없습니다. 신혈도 아닌데 왜 살려둡니까?"

"신혈이 아니니까 살려둔 거거든."

계집도 아닌 신혈을 왜 살려두냐? 내게 덤빌 텐데. 황제가 조소하자 재상은 어깨를 늘어뜨렸다. 확실히 신력을 가진 황제의 감각은 남들과 다르다. 그는 아예 정치를 초월한 신적(神的)인 존재니까. 하지만 신혈이 조금밖에 섞여 있지 않아서 신력이 없는 거라고 주장하면 보통 사람들은 다 믿는다. 정치란 게 다 그렇지 않은가. 꼬투리 잡아 말만 조금

바꾸면 증거를 들이 내밀기 전에는 진위를 확인하기 어려워진다. 보통 사람 로리랜드는 정치라는 걸 아예 무시하는 황제가 부러우면서도 불안했었다.

"그럼 어떤 방식으로 하시겠습니까?"

그는 눈을 반짝이며 기쁘게 물었다. 역시 내 눈이 옳았던 게야. 우리 폐하는 영민하시기도 하시지. 이제 슬슬 그놈을 해치워도 남들 눈에 이상하게 안 보일 것이 분명해. 잘됐다. 이번 기회에 아예 끝장을 보면 좋잖아.

오히려 흥분하며 기뻐하는 재상을 야릇한 표정으로 보면서 황제는 다시 웃었다. 참으로 우스운 일이다. 이렇게도 상황이 달라질 수가 있을까. 반역자 로리랜드는 미친 황제를 죽이기 위해 리게르트 에노트를 옹립하고 그놈이 진실한 황족이 아니란 것을 은폐하지 않았던가. 바로 지금 이 자리에서 반역자 로리랜드는 절규하며 주인이었던 그를 죽이라고 부하들에게 외쳤었다.

'이거 우습군. 진짜 웃겨.'

다시 웃는 그를 보고 재상은 또 긴장했지만 내색하지 않았다. 황제는 주눅 들어 고개 숙인 자를 싫어했다. 왜 마음이 바뀌었는지도 재상은 묻지 않았다. 변덕스런 권력자의 비위를 건드려 좋을 건 하나도 없다.

"그는 학림원이나 학계에서 조금 인정을 받고 있긴 하지만 특별히 세력을 모으진 않더군요. 하긴 온화한 황족이라는 별칭만으로도 충분하겠죠. 그럼 어떤 방식으로 진행할까요? 전 신학자와 대무여관 측에 소문을 흘리는 것으로 시작했으면 합니다만."

"소문?"

"네, 소문만으로도 충분히 파멸시킬 수 있으니까요. 신혈이 흐르지 않는 것만이 아니라 아예 황족이 아니란 것만 밝혀져도 끝장입니다. 자고로 후궁의 불륜은 대역죄에 해당하니까요. 리게르트 황자의 생모인 마르게리타 궁비가 불륜을 저질렀다는 증거가 확실하다면 대무여관이 이쪽 편이라는 건 말할 것도 없구요. 그게 아니시라면……."

술잔을 내려놓은 황제는 천천히 일어섰다. 훅 하고 술 냄새가 함께 풍겨오는 것을 느끼며 재상은 부지불식간에 황제의 얼굴을 올려다보았다.

신의 아들이라 불릴 만한 미끈한 용모에는 흐릿한 조소가 떠올라 있었다. 빛나는 푸른 눈은 광기에 젖어 있다. 분명 술 냄새가 흘렀지만 재상에겐 그것이 비릿한 피 냄새로 느껴졌다.

재상은 오랜만에 찾아든 공포에 숨을 삼켰다.

황제의 얼굴에 떠오른 표정은 사 년 전 자신의 형제들을 모두 참살할 때와 똑같았다.

찢어질 듯한 비명과 말발굽 소리, 공포에 질린 자들이 내뿜는 거친 숨소리.

울부짖는 자들 중에는 그를 알아보는 이들도 있었다. 그들은 황제의 얼굴을 보자마자 경악과 충격에 빠진 얼굴로 주저앉았다. 황제의 주변을 휘감고 있는 살육과 광기의 오라는 그가 걸을 때마다 사나운 짐승처럼 으르렁거렸다.

화염과 살육, 비명.

끼익, 끼이이이익. 익숙한 광경을 즐기며 그는 느긋하게 걸었다. 레솔트가 바친 보검으로 잘 장식된 청색 대리석에 상처를 내면서.

그의 검날은 이미 피에 젖어서 번들거렸다. 그의 팔뚝도, 반쯤 벗다시피 한 외투도 마찬가지였다. 길게 늘어뜨린 백금발은 피로 검게 물들었다. 익숙한 피 냄새를 즐기며 그는 깊게 숨을 들이켰다.

"후아."

그의 뒤를 따르는 가디언들의 얼굴은 무표정했다. 기이한 일이기도 했다. 주인이 웃으면 웃을수록 그들의 얼굴은 무표정해진다.

"이 악마!"

누군가가 황제의 등 뒤에서 외쳤지만 그 외침은 곧장 비명으로 연결되어 사라졌다. 화마(火魔)가 황혼의 하늘을 핥으며 희롱하는 동안 황제는 웃었다.

"황제 폐하, 어째서!"

젊은 기사 몇이 악을 지르며 외쳤다. 그들은 도저히 믿을 수 없다는 듯이 넋을 잃고 있었다. 그런 그들을 향해 무표정한 얼굴을 한 근위기사대의 칼날이 날아든다. 뒤를 이어 가디언들이 피로 물든 계단 위를 가로질렀다.

"성문을 아직 벗어나진 못했습니다."

긴장한 얼굴을 한 기사 한 명이 와서 고했다. 제도 황군부에 속한 그는 잔뜩 얼어붙은 얼굴로 고개조차 들지 못했다.

"성문은 봉쇄했나?"

황제의 옆에 서 있던 재상이 묻자, 제도 황군부 총감이 대답했다.

"세 시간 전 이미 봉쇄 조치 완료했습니다. 반역도는 이미 빠져나갈 곳이 없습니다."

오랜만에 보는 황제의 모습은 익숙한 재상도 와들와들 몸이 떨릴 정도였으니 다른 이들은 말할 것도 없었다. 그의 모습에 익숙한 호르데마누들은 괜찮았지만 제도 황군부의 기사들은 아직 황제의 모습에 익숙하지 않았다.

"흐음."

황제는 천천히 걸으면서 고개를 이리저리 돌리며 풀었다.

우두둑우두둑 소리가 난다. 메리테인이 재빨리 술병을 바치자, 황제는 잔도 없이 술을 들이켰다. 피와 섞이는 독주의 맛.

"오랜만이군."

나른한 음성으로 그가 중얼거리자 재상이 움찔했다. 아무리 그래도 정말로 직접 나설 줄은 몰랐던 것이다.

"이게 무슨 일입니까?"

악을 쓰는 여자의 목소리에 황제의 시선이 돌아갔다.

"뭐가?"

황제의 말에 그녀가 주저앉을 뻔했다. 뒤에서 부축하는 시녀들의 얼굴에 공포가 떠올랐다. 그들의 옆에 달라붙은 자들은 호위기사들인지 뜻밖에도 달아나지 않고 있었다.

"넌 누구냐?"

"전 리게르트 전하의 약혼녀인 카를레야 멜런드입니다."

"호오?"

황제가 느긋하게 말하자 여자는 세차게 고개를 저었다.

"왜 이런 일이! 그분은 아무런 죄도 짓지 않았습니다!"

"흐응."

기가 센 여자는 좋아하는 편이다.

황제는 바들바들 떨면서도 할 말을 다 하는 여자에게 다가가 피에 젖은 칼날로 그녀의 턱을 들어 올렸다. 졸도할 것 같은 얼굴을 한 주제에 새파랗게 독기를 뿜는 눈빛으로 노려보는 여자를 보며 황제는 고개를 갸웃했다.

"이거 아비가 누구지?"

아주 희미하지만 그녀에게서 신혈의 냄새가 났다.

서부 귀족연합 멜런드 백작의 여식으로 리게르트와 작년에 약혼했다면서 재상이 설명했다. 그의 처가 될 여자라 그런지 제법 기가 세 보였다. 그러나 보통 귀족 여자가 시체로 뒤덮인 곳에서 태연할 수는 없는 일. 그녀의 얼굴은 새파랗게 질려 당장이라도 기절할 것처럼 보였다.

"멜런드?"

황제는 한 걸음 더 다가가 눈을 질끈 감은 여자의 턱을 잡아당겼다. 옆에 있던 시녀들이 어머나 하며 모두 주저앉았지만 여자만은 주저앉지 못했다. 멜런드 백작의 여식은 시퍼런 얼굴로 부들부들 떨고 있었다.

"혈통은 괜찮군. 그런 것한테는 아까운 여자야."

황제의 말에 그녀는 눈을 부릅떴다. 너무나 모욕적인 말이 아닌가.

잘만 하면 신혈이 나올 만한 여자라고 판단한 황제는 손가락을 까딱거렸다. 그러자 3번과 5번이 앞으로 나서며 부들부들 떨고 있는 여자를 재빨리 낚아챘다.

"왜, 왜 이러십니까! 모욕은 하지 말아주세요!"

그녀가 짜랑하게 외쳤지만 황제는 깨끗이 무시했다. 피비린내 나는 이 상황에서 여자랑 드잡이하며 시간 낭비를 하는 취미는 없었다. 그는 가디언에게 끌려가 후궁에 들어갈 여자에게 시선조차 돌리지 않고 바로 앞에 보이는 리게르트의 거처였던 별궁을 바라보았다.

황족들이 별장으로 썼던 제도 외곽에 위치한 별궁은 몇 대 전의 예술을 사랑한 황족이 설계한 곳으로 여름 별장이나 학자들을 위한 연회에 쓰였던 유서 깊은 곳이다. 작은 조각상 하나까지도 섬세하고 아름다운 곳으로 알려져 있었지만 이젠 아니다. 아름답다는 정원은 이미 반쯤 초토화가 되었고 값나가는 조각상이나 장식품은 황제의 부하들이 집어삼킬 테니까.

"재미있군."

그 옛날 그를 대신해 제위를 집어삼켰던 놈이다. 황가의 신혈이라곤 한 방울도 섞이지 않은 주제에 황제가 된 쥐새끼 같은 놈. 리게르트 에노트.

"전부 태워 버려."

황제는 몸을 돌리며 명령했다.

재상은 아까워했지만 토를 달진 못했다. 일단 움직이면 그에게 토를 달 수 있는 건 황후뿐이다. 물론 황후는 이럴 때 한술 더 뜨기도 하지만.

제도 황군부의 병사들이 황명에 따라서 단 한 명의 온화한 황족이라 불리는 리게르트 선황자의 궁을 초토화시키는 동안 황제는 번들거리는 눈으로 재상에게 물었다.

"그건?"

밑도 끝도 없는 질문에도 재상은 잘도 답했다.

"네, 지금 막 서문 초소에서 발견되었다고 합니다."

그 말이 끝나기도 전에 가디언 하나가 달려와 고했다.

"서문 초소에서 포박했다는 전언이 도착했습니다."

황제는 자신이 나서기도 전에 이미 손을 써놓은 재상 로리랜드를 보며 히죽 웃었다. 역시 유능한 새끼야. 이러니까 내가 죽었지. 그것도 갈가리 찢겨서. 하기야 내가 한두 방 맞는다고 죽지 않으니 그렇게 했겠지만. 재상은 억지웃음을 짓긴 했지만 등골이 오싹했다. 오랜만에 미친놈이 된 황제를 다시 보니 절로 다리가 후들거렸다. 번들번들 빛나는 눈동자는 피에 젖은 입술 사이로 보이는 허연 송곳니와 함께 그동안 잊고 있었던 추억들을 되새기게 했다. 으아, 정말 그동안 많이 참으셨어. 굶주리신 게야.

 황제가 그로선 알 수 없는 기억을 되살리고 있다는 것을 모르는 재상은 그저 억지웃음을 지으며 재빨리 제도 황군부총감에게 지시를 내렸다. 황제가 완전히 돌기 전에 빨리빨리 제물을 바치는 게 살아남는 길인 것이다.

 '저걸 확 죽일까.'

 황제는 다시 고심했다.

 살기가 솟구친다. 지금 다시 보니 속이 부글부글 끓는다. 비록 자신이 나쁜 놈이긴 했지만 그래도 로리랜드 저것이 그 좋다는 머리로 사람들을 끌어모아 그를 쳐 죽였다는 사실은 변하지 않는다. 따지고 보면 리게르트란 놈도 로리랜드의 허수아비나 다름없지 않은가. 그리고 아까부터 좀 낯익다 싶었는데 재상 말에 잘 따르고 있는 저 제도총감이란 놈은 바로 나중에 로리랜드와 한패가 되어 그를 찌른 놈들 중 하나였다. 그렇다는 건 저놈이 로리랜드의 심복이라는 의미다.

 '죽여, 살려?'

 오락가락 생각이 오가는 가운데 눈치 보던 제도총감의 얼굴이 점점 파리해지기 시작했다. 이유도 모르고 그는 하늘과도 같은 황제의 살기를 한 몸에 받고 있는 중이다. 비록 기사 수련을 하긴 했지만 황제가 찍어 누르는 압력에 절로 피를 토할 지경인지라 그는 맹렬하게 황제의 뒤에 선 호르데마누 단장 루네릭 백작에게 구원을 청했다. 날 좀 살려주라. 원래 저러시냐? 원래 저런 분이셔. 그러나 나에겐 자상하신 주군이시거든. 루네릭 백작이 눈으로 말했다. 제도총감은 근위기사단장보다 정치적인 힘이 강한 자리다. 은근히 정치적인 배경이 없던 루네릭을 내리 갈궈왔던 제도총감의 얼굴에 진땀이 줄줄 흘러내렸다.

"폐하."

다행히도 그를 구원해 주듯 제도 황군부의 기사들이 리게르트를 포박해 왔다.

황제는 오락가락하던 마음을 가라앉히고 질질 끌려온 그를 쳐다보았다. 창백한 그의 얼굴은 생각 외로 담담했다. 올 것이 왔다는 그런 표정인지라 황제로서도 뜻밖이었다.

"그래도 밧줄만은 풀어주시지 않겠습니까, 폐하?"

학자로 살아온 그는 체격은 나쁘지 않았지만 완력은 없었다. 그래도 황족인지라 기사들은 험히 다루지 않았다. 그가 밧줄에 묶인 채 처연한 얼굴로 황제를 올려다보자 기사들의 표정이 굳었다.

평판이 유달리 좋았던 선황자 리게르트의 이름은 어지간한 이들이라면 다 알고 있었다. 유일하게 살아남았을 정도로 적이 없는 온화한 성품의 황자였다. 그래서 이 기품있는 황자는 황궁에서 근무하는 이들에게 나름 존경의 대상이기도 했다.

"왜?"

황제는 불량배처럼 삐딱하게 물었다.

"폐하, 카자르 엔더의 피를 받은 자로서 추한 모습은 보이지 않게 해주십시오."

떨리는 입술로 말하는 리게르트의 얼굴을 빤히 보며 황제는 냉소했다. 카자르 엔더의 피?

"웃기는군. 넌 내가 왜 널 살려주었는지 아냐?"

그 말에 그의 턱이 굳었다.

"카자르 엔더의 피? 웃기지 마라. 너의 어미인 마르게리타는 정부랑 놀아나 너를 낳았다. 그래서 널 살려두었던 게야."

리게르트의 눈이 커졌다.

"마, 말도……!"

"왜 네가 힘이 없는 줄 알아? 네가 왜 얌전한지 알아? 신혈이 단 한 방울도 네 몸뚱이 속에 흐르지 않기 때문이지."

히죽 웃으며 황제는 손을 휘둘렀다. 바람을 가르는 소리도 없이 리게르트의 가슴이 쫙 갈라지며 피가 튀었다.

"그냥 살려둘까 생각도 했었는데 생각해 보니 바람난 후궁 년이 낳은 사생아 따위를 먹여 살려야 할 이유가 없잖아? 네가 이렇게 호화로운 생활을 하는 것은 웃기지?"

황제는 피를 줄줄 흘려가며 비틀거리는 그를 빤히 내려다보며 손짓했다.

"이게 다 세금이야. 제국민들이 내는 세금. 내가 요즘 책 좀 읽고 있는데, 황자들도 뛰어나가서 할 일 하고 있는데 너

같은 버러지가 제국민이 낸 세금으로 호의호식하고 있는 건 좀 아닌 거 같아. 그렇지, 로리?"

뜻밖의 폭로에 그 자리에 있던 모든 자들이 얼어붙어 있었다. 사생아? 선황자 리게르트 전하가 사생아? 황족이 아니라고? 그래서 신력이 없었던 거라고?

그러나 로리랜드는 조금 달랐다. 세금! 그의 눈이 번쩍였다. 도색 소설만 읽고 있던 분이 어떻게 그렇게 깊은 뜻을! 그렇다. 생각해 보면 황족들 중에서 리게르트만이 유일하게 화려한 별궁을 유지하고 황자에 걸맞은 사치생활을 하고 있는 중이었다. 장신구며 정원 가꾸기, 의상비, 보석, 엄청난 식비와 시종, 문화생활을 위한 여러 가지 행동. 얼마 전에는 화려한 약혼식까지 올리지 않았던가! 황제조차도 하지 않고 있는 것을 리게르트만이 하고 있었다! 이럴 수가! 내가 그것을 잊고 있었다니!

입술을 깨물며 재상은 가슴을 부여잡았다. 아아! 그런 중요한 것을 잊었다니! 아아! 삼 년간의 별궁 예산! 선황자 품위유지비로 나간 내탕금! 아까워라!

"그, 그렇습니다. 크읏! 그것을 제가 모르고 있었다니!"

재상이 가슴을 부여잡으며 동의하자 황제가 혀를 찼다.

"아직 모자라는군, 로리."

이게 다 네놈이 결혼한다고 들떠서 그런 게다. 모자란 놈!

난생처음 들어보는 황제의 일침에 재상은 새삼 깊이 반성했다. 이 완벽한 내가 이런 실수를! 그가 괴로워하는 동안 황제는 새파랗게 질린 얼굴로 죽어가는 리게르트의 가슴을 한 번 더 걷어찼다. 아까와 달리 그를 안타깝게 여기는 이들은 없었다. 냉혹해진 시선을 느끼며 리게르트는 쓰러진 채로 이를 갈며 절규했다.

"나는 믿을 수 없다! 어머님은 정숙한 분이셨다!"

"정부가 셋이었거든. 너를 배고 있는 동안에도 말이야. 네 친부는 뭐래더라 하는 백작이었어. 일찌감치 죽었기에 나도 손 안 댔지."

"아니야! 모욕하지 마라!"

"그냥 사실을 말해주는 거야. 내가 그동안 왜 살려두었는지 궁금했지?"

"아니다! 아니야!"

참혹한 그의 심정을 아예 짓밟으며 황제는 실제로도 리게르트의 뺨을 밟았다.

"너, 내가 무서웠지?"

히죽 웃는 황제의 얼굴에 그의 몸이 부들부들 떨렸다. 단순히 공포만이 아니란 걸 알지만 잔혹한 황제는 웃으며 무시했다.

"괜찮아. 이젠 안 무서울 테니까."

콰직 소리를 내며 황제는 그의 머리통을 힘주어 밟았다.

앞에 있던 로리랜드의 얼굴에까지 피가 튀었다.

뜨겁고 진득한 피. 앞에 있다가 졸지에 피를 뒤집어쓴 재상은 부르르 떨었다. 그동안 황제의 잔인함에 익숙해졌다

자부했지만 이번은 조금 다르게 느껴졌다. 일부러 피를 그에게 뒤집어씌운 게 분명하다. 이건 경고일까. 앞으로 일 잘하라는 경고인가, 아니면 혹여 레노시아와 결혼한다고 심술을 부리시는 걸까? 은유법은 폐하의 스타일이 아닌데.

달달 떨면서도 로리랜드는 결사적으로 머리를 굴렸다.

'맙소사.'

여기저기서 신음이 절로 흘렀다. 근위대나 가디언들과 달리 제도 황군부의 기사들은 제도의 치안을 담당하는 황제직속 군단이다. 물론 그들도 황제의 무시무시한 면을 모르는 것은 아니었지만 바로 앞에서 보는 것은 아무래도 충격이 크다. 참혹한 죽음이었다. 아무리 사생아라지만 그동안 황자라 불리던 귀인을 목 베어 죽이는 것도 아니고 벌레 죽이듯 밟아 죽이다니. 머리뼈는 단단하다. 숙련된 검사도 베기 어렵다. 그런데 그냥 발로 밟아서 터뜨렸다.

"야, 로리."

시퍼렇게 질린 재상의 얼굴을 물끄러미 보며 유그 펠리오르는 히죽 웃었다. 앞으로 잘해.

그 자리에 있던 모두가 다 얼어붙었다. 발에 붙은 피와 뇌수를 아무렇지도 않게 털어내면서 황제는 손짓했다. 메리테인이 재빨리 달려와 그의 발에 묻은 피와 살점을 닦아냈다. 다른 가디언들도 다가와 그의 몸을 닦기 시작한다.

로리랜드는 숨을 삼켰다. 아무리 봐도 익숙해지지 않는 저 참혹함은 몇 번이나 심장을 움켜쥔다. 이글거리는 화염을 배경으로 시체를 밟고 있는 황제의 모습은 삼 년 전에도, 또 그 이전에도 몇 번이나 봤다. 그럼에도 불구하고 여전히 무섭다.

기둥처럼 굳어 있는 병사들 사이에서 가디언들만이 움직였다. 무표정한 그들은 여상스런 태도로 황제의 손과 발을 닦고 그의 흐트러진 옷매무시를 다듬는다. 그 모습이 더 섬뜩해서 좌중은 더더욱 침묵에 빠져들었다.

그때였다.

"화, 황제 폐하 만세!"

뜻밖에도 근위기사대장인 루네릭 백작이 무릎을 꿇으며 외쳤다.

고지식해서 절대 아첨을 모르는 남자다. 그런 남자가 일부러 나서서 그렇게 외쳤다. 그 뒤를 이어 부단장 이하 다른 근위대 기사들이 일제히 황금빛 깃털을 단 가슴을 자랑스럽게 편 채 외쳤다.

"위대하신 황제 폐하 만세!"

가디언들이 아니라 근위대 기사들이었다. 우렁찬 외침에 고무된 그 뒤를 이어서 제도 황군부의 기사들도 일제히 외쳤다. 아무리 잔인해도 제국의 황제였다. 게다가 그들은 어릴 때부터 황제를 존경하도록 배우며 자라난 황제직속군이다.

얼어붙은 분위기가 바뀌자 재상 로리랜드는 가슴을 쓸어내렸다. 제도 황군부의 기사들이 황제의 잔혹한 모습에 당황할까 봐 두려워했던 자신이 바보였다. 원래 신혈은 잔혹한 것이 아니던가. 이 모습이 당연한 것이다. 적이라면 당연히 야비하고 잔혹하게 죽여 없애야 하는 것이 전쟁의 법칙, 전쟁신의 사도가 걷는 길이다.

그래도 로리랜드는 조금 놀랐다. 가디언도 아닌 근위기사단이 나서다니. 물론 근위기사단이야말로 가장 황제의 측근이긴 하지만 정치와는 무관한 고지식한 루네릭이 나서서 분위기를 바꿀 줄은 몰랐다. 황제도 뜻밖이었다.

'애를 줄줄 낳더니 저게 좀 변한 건가?'

황당하긴 했지만 나쁜 기분은 아니었다. 그는 사실 부하들이 자신을 따르든 말든 관심없었다. 귀족이나 기사들이 공포에 젖어 그를 경원시하든 말든 그것도 관심없었다. 난 원래 세니까. 약해 빠진 것들이 무서워하는 건 당연한 거 아냐? 오히려 아부하는 게 짜증난다.

그럼에도 불구하고 루네릭과 근위기사단의 아부는 별로 기분 나쁘지 않았다. 아마 저것들이 자신에게 진심이란 걸 알기 때문인지도 모른다. 좀 간지럽구만.

"흠."

그는 배부른 호랑이처럼 리게르트의 시체를 밟으며 어슬렁어슬렁 걷기 시작했다.

그 뒤를 따라 걸으며 메리테인이 재빨리 그의 몸에 새로운 외투를 걸쳐 주었다. 피로 얼룩진 부분이 가려지자 빛나는 머리칼이 이글대는 화염 속에서 화려한 색채를 뿌린다.

신화에 나올 법한 아름다운 자태에 방금 전까지 얼어붙어 있었던 기사들이나 병사들이 저마다 황홀한 눈빛을 했다. 우와, 역시 우리 폐하는 멋져. 저 빛나는 모습. 살아 있는 신의 후예라 불리실 만해. 이것이 바로 빌어먹을 외모지상주의의 폐해다.

가디언들은 아예 다른 화제를 떠올리며 저마다 눈으로 대화를 나누기 시작한다. 오늘은 달맞이꽃 마마 차례입니다. 그분 얼마 전에 또 임신하셨다며. 으와, 그분 좀 대단하신 듯! 어떻게 남들은 한 번도 어려운 신혈을 두 번씩이나? 그럼 넷째 도련님 태어나시는 건가? 경축! 축하! 우와, 오늘 향유를 좀 바꿀까요? 아무래도 오늘 같은 날은 짙은 향이 어울리지 말입니다. 태교상 피 냄새는 좋지 않지 말입니다. 내가 오늘 만든 새 신발은 어때 보여? 오늘의 신발은 사슴 가죽하고 전에 잡았던 표범을 써서 만든 거거든. 그리고 외투도 표범 가죽이구. 아씨, 계집애처럼 좋알대지 마. 야, 바느질하는 게 얼마나 힘든지 알아? 니들이 페자페지 바늘의 위력을 알아?

"흠흠."

근위기사대가 질서 정연하게 황제의 뒤를 따르는 동안 제도 황군부의 총감이 따라붙었다. 그는 헛기침을 하며 루네릭에게 슬그머니 다가갔다.

"저기, 폐하는……."

"위대하시지!"

루네릭이 힘주어 말했다. 그는 눈에 힘을 주며 제도총감을 쏘아보았다.

"모든 이가 그분을 오해해도 기사들이라면 그분의 위대함을 몸과 마음에 새겨야 할 것이야."

그는 너무도 진지한 얼굴로 진지하게 열변을 토했다. 안광을 번뜩이며 보이는 박력에 제도총감은 주춤 밀렸다. 이, 이놈이 왜 이래?

"그분의 잔혹함은 적을 향해 내리꽂히는 한줄기 벼락과도 같은 것. 적들의 마음을 동요시키고 흔들어 아국(我國)을 승리로 이끌려는 열망에 부합하려 하는 것. 전쟁을 아는 자들이라면, 싸움을 아는 자들이라면 저분의 저런 면에 당연히 경외의 시선을 보낼 수밖에 없지."

루네릭이 번쩍거리는 눈으로 제도 황군부의 기사들과 총감을 번갈아 보자 옆에 있던 근위기사단 역시 똑같은 얼굴로 그렇게 주장했다. 맞아! 그렇지! 그렇고말고! 우리 폐하는 멋지시지! 강하고도 무자비한 전쟁신의 화신이시지. 원정을 따라다녔던 자들은 모두가 알지!

아닌 게 아니라 원정군에 참여하지는 않았지만 황제직속군인 제도 황군부 기사들은 그저 침묵했다. 맞아! 그래! 아아, 전쟁과 싸움은 수단과 방법을 가리지 말아야 하지. 그렇고말고. 전략과 전술은 다 냉혹무비한 것이지. 카자르 엔더의 아드님이신 저분이 잔혹한 건 당연한 거잖아. 루네릭의 묵직한 한마디에 감동한 기사들이 가슴을 부여잡는 동안 근위대 기사들은 가슴에 꽂은 황금빛 깃털을 은근슬쩍 과시하면서 피식 웃었다. 그렇겠지. 우리처럼 폐하와 광야를 달리며 야만족과 싸우고 전설의 신조와 싸운 적이 없는 애송이 기사들은 모르는 게야. 훗, 알 리가 없지. 이 깊고도 오묘한 뜻을.

다른 이들이 울컥해서 우리도 전쟁 경험 있거든! 하고 외치는 동안 근위기사단은 유유자적 사라진 황제를 따라 질서정연하게 사라져 갔다.

"잘한 거겠지?"

낮은 목소리로 루네릭이 중얼거리자 옆에 있던 부단장 레비스가 무표정한 얼굴로 말했다.

"많이 교육받으셨군요."

"세 시간 동안 와스발딘 백작과 단둘이 대련했다네."

루네릭이 떨리는 음성으로 고백하자 주변에 있던 근위기사들이 일제히 신음했다. 그런 참혹한 일을! 왜 그분은 은퇴도 안 하시는 겁니까! 무언의 외침이 터지는 가운데 묘하게 숙연한 태도로 부단장 레비스가 한마디 했다. 과묵한 그의 한마디는 근위대 기사들과 가디언들의 가슴에 깊은 상처를 남겼다.

"앞으로 30년은 거뜬하실 거야."

그렇다. 검왕 와스발딘이 나이 좀 들었다고 쉽게 은퇴할 인물이던가. 외견상 보아도 한창때다. 앞으로 30년쯤 지나도 극도로 단련된 그의 육체는 강철처럼 굳건할 것이 분명했다.

"우리에겐 황태자 전하가 계십니다. 그분을 믿는 겁니다.

그, 그분이라면 어떻게든 해주실 겁니다."

앙데라그가 진지하게 말하자 듣고 있던 이들이 모두 동조했다.

그래! 그 악마를 우아하게 즈려밟으신 그분이라면! 근위기사들은 일제히 주먹을 쥐었다.

그러나 부단장 레비스는 강력했다.

"대무여관님의 말씀에 따르면 와스발딘님은 세 번째 도련님의 대부가 되실 것 같다는군."

"허어어억!"

기사들의 얼굴이 시퍼렇게 변하자 앙데라그가 이를 악물며 물었다.

"어, 어떻게 그렇게 된 겁니까?"

왜 그런 미친 짓을! 이라고 외치고 싶었지만 언어를 순화했다.

"달맞이꽃 마마는 셋째 도련님이 강한 전사가 되길 바란다고 하시더군. 와스발딘님이 최강의 검사란 말을 들으시고 셋째 도련님의 스승이 되어달라 청하셨다."

그, 그런 무서운 짓을! 모두가 가슴을 부여잡고 충격에 휩싸여 있는 동안 파리해진 앙데라그가 다시 물었다.

"하지만 셋째 도련님은 곧 출궁하신다고 하니까 와스 악마도 같이 사라지지 않을까요?"

"아직 그분은 겨우 두 살이셔!"

"하지만 둘째 도련님도 네 살 때 출궁하셨어. 게다가 황태자 전하께서도 아직 일곱 살이신걸."

근위기사들은 새삼 신혈의 무서움을 실감했다. 우와, 그럼 우린 재작년부터 다섯 살짜리 유아이신 분께 통치받고 있는 거야?

"앞으로 이삼 년만 기다리자고."

근위대들은 한숨을 토해냈다. 그리고 셋째 도련님의 가디언들과 호위기사들을 위해 잠시 동안 묵념을 올렸다.

셋째 도련님, 즉 반니레다의 아들은 이제 겨우 두 살이 넘었을 뿐인데도 이미 열 살이 넘어 보이는 조숙한 소년이었다. 신혈의 소유자로 태어나 이미 무수히 많은 사건사고를 일으키고 있는 중이다. 황가에 대해 별 지식이 없었던 반니레다는 자신이 낳은 아기가 일주일 안에 젖을 떼고 한 달 만에 걷고 달리더니 쑥쑥 자라나 칼질, 주먹질하며 나대는 것을 보고 충격을 받았다. 숙련된 무녀들이나 가디언조차 다루기 힘든 아들의 괴력에 기절할 뻔했지만 그녀에겐 다행히 보호자가 있었다.

뱀의 왕. 가련한 그는 요즘 통역 이외에 애 보기도 겸하고 있었다.

"야, 반니."

다소 풍만해진 자태로 곱게 성장한 달맞이꽃 반니레다는 황제의 방문에 평소처럼 조용히 고개를 숙였다. 그러나 그 뒤를 이어 무언가가 와다다다닥 달려든다.

쾅 소리를 내며 황제의 복부에 와 부딪친 것은 다름 아닌 다갈색 피부에 백금발을 한 소년. 인간의 몸이 와 부딪쳤다고 보기엔 소리가 너무 컸지만 신경 쓰는 이는 아무도 없다. 장난이 뚝뚝 떨어질 것처럼 반들반들 빛나는 눈동자가 사뭇 귀엽게 보였다.

"아빠! 아빠! 아빠!"

"오냐."

황제는 아무렇지도 않게 열 살로 보이는 두 살짜리 아들을 옆구리에 끼고 성큼성큼 걸었다. 처음부터 겁도 없고 생각도 없는 황자 미오레므는 그저 황제가 자신이 마음껏 쳐도 괜찮은 철벽이라 여기는지 걸핏하면 퍽퍽 부딪쳐 왔다. 보통 사람이라면 뼈가 부러지고 내장이 터졌을 압력을 가하면서.

―집기가 남아나는 게 없다.

한숨을 쉬며 뱀의 왕이 말했다.

"애들은 다 그래."

황제의 태연한 말이 끝나기가 무섭게 그의 옆구리에 매달려 있던 미오레므가 문득 오동통해 보이는 시종을 발견하고는 눈을 빛냈다. 소년은 슬그머니 황제의 눈치를 보다가 재빨리 몸을 날려 시종의 팔목을 덥석 물었다. 가련하게도 아픔과 고통에 놀란 시종이 비명도 못 지르며 꺽꺽댔다. 그사이 미오레므는 시종의 피를 쭉쭉 빨았다. 아비를 닮아 피를 마실거리로 인식하고 있었다.

"아니!"

황제와 모친이 황당한 상황에 놀라는 사이에 무언가가 휘익 하고 허공을 날았다.

―이놈이!

교육적 지도가 즉시 행해졌다. 뱀의 왕이 허공을 날아 미오레프의 허리춤에 내려앉더니 찰싹찰싹 매를 치기 시작한 것이다. 보기엔 가늘어도 뱀의 왕의 몸뚱이는 황금의 새도 못 건드린 철벽의 근육을 자랑한다. 맞으면 당연히 아프다. 놀란 미오레프가 피 빨던 것을 멈추며 비명을 질러대자 뱀의 왕도 카악 소리를 내며 황자의 종아리를 다시 치기 시작했다. 철썩철썩.

―네놈이 박쥐냐! 엉? 박쥐야! 빨긴 왜 빨아!

"뱀 주제에!"

미오레프가 울며 외치자 뱀의 왕이 마주 소리쳤다.

―나는 뱀의 왕이다! 인마! 뱀의 신의 화신이지! 까불면 더 맞는다! 어디서 피를 빨아! 엉?

"나만 미워해애!"

아아앙 소리를 내며 미오레프가 뛰쳐나가자 뱀의 왕은 황제의 팔뚝에 처억 하니 감기더니 한숨을 푹푹 쉬었다. 내가 늙는다, 늙어. 이게 웬 고생이냐.

"애는 맞으면서 크는 거야."

황제의 말에 메리테인과 가디언들은 먼 산을 바라보며 생각했다. 낯익은 장면이로다. 그래, 정말 익숙한 모습이야.

"만약에 이래도 애가 들어서지 않는다면 어떻게 하죠?"

두 손 가득히 두툼한 서적을 끌어안고 하얀 오리, 아니, 눈토끼라 불리는 제1후궁이 눈물을 글썽였다. 눈물이 글썽이는 것에 비해 진지하기 짝이 없는 표정이 자못 살벌했다.

"많이 먹고 많이 운동해."

나른하게 황후 폐하께서 말씀하셨다.

그녀는 길고 긴 담뱃대를 쥔 채 우아하게 다리를 꼬고 앉아 연기를 하얗게 내뿜는다. 우아한 그 모습은 막 포식하고 난 사자를 연상하게 했다. 무의식중에 넋을 잃었던 안데르는 멍하니 그녀를 바라보았다. 눈 동그랗게 뜨고 쳐다보는 얼굴이 강아지를 연상케 해서 황후는 피식 웃었다.

"오늘도 귀엽구나."

안데르는 얼굴을 붉히고 괜히 시선을 떨어뜨렸다. 옆에서 보고 있던 가디언과 근위기사들의 희망, 일곱 살짜리 황태자가 코웃음을 쳤다. 첩한테 잘해주는 마음 넓은 본처라기보단 어디로 보나 흑심을 품은 아저씨 모양새다. 하기야 모후의 저 깊고도 음험한 마음을 모두 다 알 사람이 누가 있으랴. 모진 신혈의 아이들은 어지간해서는 잘 잉태되지 않는다. 저 황제의 아이를 이 하얀 오리, 아니, 눈토끼가 가지게 되는 날은 카자르 엔더가 직접 손을 쓰지 않는 이상 불가능하리라. 그런데도 운동하라느니 잘 먹으라는 소리를 한다. 저것은 아마도 자신의 기호대로 그녀를 키우려는 성질 더러운 음모임이 분명하다. 황제의 애첩을 자기 취향대로 키워서 대체 뭘 하려는 걸까.

만사에 달관한 마음으로 황태자는 창문 밖을 내다본다.

멀리 정원에서 뛰어노는 어린애들이 잔뜩 보인다. 나이가 제각각으로 보이긴 하지만 사실 그 애들 모두가 거의 한 살이나 두 살짜리다. 외관상 대여섯 살은 되어 보이지만. 어쨌든 그 사이로 뛰어다니는 시종들과 시녀들의 얼굴은 잔뜩 지쳐 보인다. 그들을 보조하는 가디언들도 무심한 표정으로 뛰어다닌다. 황태자의 가디언들이 그들과 자신의 주인을 비교하며 의기양양한 표정을 짓는 것도 모르고 황태자는 흐흐 웃었다. 짜식들, 아직 어려 꼬물거리는군. 뭐, 나도 까불지만 않으면 죽이진 않을 거야.

무심하고 무식한데다 잔혹무도한 아비와 유식하고 영민하지만 음흉한 어미 아래서 태어난 자신은 상당히 가엾다. 뜨거운 차를 훌훌 마시며 일곱 살짜리 제국의 후계자는 생각했다. 그래도 이 우울함을 풀 곳이 많아서 참 다행이라고.

밤이 되어 안데르의 거처에 찾아든 황제는 순간 발걸음을 멈췄다.

임신도 안 했으면서 〈출산과 육아〉라는 책을 끌어안고 있는 안데르의 눈빛은 빛나고 있었다. 말 그대로 기대와 의지에 찬 눈동자를 보고 황제는 한숨을 삼켰다. 넌 임신 못한다고 꼭 말해야 하나? 마노, 이 계집애는 알면서 모른 척하고 있어. 보약은 그만 좀 먹이지.

"폐하!"

"왜, 나의 눈토끼. 오늘은 어디서 또 이상한 말을 주워가지고 왔느냐?"

"오늘 밤은 만월입니다! 이런 날 정원에서 홍차를 마시며 소원을 빌면!"

안데르의 눈동자가 불타올랐다. 빨간 눈이 불타니 더 무서워 보인다.

"임신한대요."

방방 뛰는 안데르가 황제의 두툼한 손을 쥐고 정원으로 이끌었다. 아닌 게 아니라, 정원으로 나가는 테라스 앞에는 이미 티 테이블과 홍차 세트가 마련되어 있었다. 하얀 장미꽃으로 장식한 정원은 좀 춥긴 했지만 안데르의 눈빛은 불타오르고 있었다.

"달을 담아 홍차를 마시고 사랑하는 남자와 키스하면 아이가 생긴대요!"

"…누가?"

"황후 폐하요!"

홍차 마니아다운 거짓말에 황제는 입가를 일그러뜨렸다.

며칠 전에는 정원 한구석에 큼지막한 빵 반죽을 장만해 놓고 달빛 아래 빵을 빚으면 임신한다는 속설이 있다고 외치는 안데르를 따라 빵도 빚었다. 뿐이랴. 달빛을 띤 장미 꽃잎 속에서 거시기를 하면 임신한다고 해서 또 그리도 했다. 뭐, 나쁜 경험도, 나쁜 기분도 아니었기에 그는 기꺼이 그녀의 소원을 들어주었다. 이토록이나 아이를 가지고 싶어하는 안데르의 마음이 갸륵하기도 했다. 하지만 왕년에 태양신의 무녀였던 어미 밑에서 태어나 태양신의 신전에서 자라난 안데르를 전쟁신이 예뻐할 리가 없다. 거기다 몸도 비실한 주제에 외국인이기까지 하니 신혈을 잉태한다는 것은 불가능하다. 본능적으로 황제도 황후도 그것을 알고 있었다.

'그러니, 가련하군.'

황제는 계속해서 그녀를 놀리는 황후의 심정을 이해했다. 귀엽고도 가련하니까.

다른 것은 다 줄 수 있어도 아이만은 줄 수 없다는 게 얼마나 아이러니한 일일까. 카자르 엔더는 전쟁신이라 아이를 점지해 주는 일은 없다. 물론 아이에게 능력을 부여해 주긴 하지만. 일단 안데르의 목소리는 신에게 닿지 않으리라.

황제는 그녀가 소꿉장난하듯 내민 홍차 잔을 들여다보았다. 달빛이 찰랑대며 찻물 위에서 빛난다.

"드세요."

앞발을 내밀며 권하는 안데르의 말에 황제는 피식 웃었다. 귀엽긴. 아이구, 내 토끼. 달빛 아래 진짜 귀엽네.

그는 카자르 엔더와 달의 여신이 얼마 전부터 연애질을 시작했다는 것을 몰랐다. 또 달의 여신이 여자를 위한 신이며 출산을 장려하고 있다는 사실도 물론 몰랐다. 그는 신의 계보에 대해 무지했으니까.

텅 빈 공간 안에서 거대한 의자 위에 뻐딱하게 앉은 전쟁신께서는 독서 중이셨다.

"뭘 하십니까?"

어울리지 않게. 이제는 그럭저럭 존댓말에 익숙해진 황제가 전쟁신에게 물었다.

삼 년도 넘게 잠만 자면 신의 앞으로 찾아왔던 터라 황제 유그 펠리오르는 느긋했다. 어차피 맞는 거 당당하게 맞고, 어차피 죽을 거 당당하게 죽지 뭐. 골골거리며 피한다고 안 맞고 안 죽는 거 아니잖아?

전쟁신 카자르 엔더는 그렇게 끔찍한 사형을 무수히 당하고도 멀쩡히 자신에게 말을 걸고 있는 지나치게 튼튼한 후손을 물끄러미 바라보았다. 건강하게 자라게 해주세요였던가. 신에게 기원하는 그 건강(健康)이란 두 글자에는 상상을 초월하는 힘이 있었던 모양이다. 산 채로 사지를 찢기고 심장을 뜯기고 수도 없이 뼈가 으스러지고 살점이 짓이겨져도 그를 바라보는 눈에 두려움이라곤 없다. 바로 어젯밤 팔팔 끓는 뜨거운 기름에 튀겨 소금밭에 던져 놓은 장본인인 자신에게 태연자약하게 말을 거는 놈을 보면.

—책.

"무슨 책이요? 신도 책 봅니까?"

황제가 멀뚱대며 묻자 카자르 엔더는 인상을 찌푸렸다.

자길 몇 번이고 죽인 놈에게 엉기는 걸 보면 이 자식, 역시 정상이 아냐. 하기는 원래부터 좀 미쳐 있긴 했지.

손만 대면 미치는 인간도 있지만 아무리 뒤집어엎고 패고 잘라도 멀쩡한 인간도 있다. 하긴 저걸 인간이라 말하기엔 좀 어폐가 있긴 하지.

"야한 거면 저도 좀 보죠."

까막눈 면했다고 자랑질하는 그를 보다 신은 조용히 두툼한 책 모서리로 황제의 이마를 푹 찍어주었다. 억 소리를 내며 피를 뿜는 그를 보다가 신은 그 두툼한 책을 황제에게 건네주었다.

〈대륙의 다양한 사형(死刑) 제도〉.

제목을 읽고 잠시 할 말을 잃은 황제를 보며 신은 어깨를 으쓱했다. 확실히 인간이 더 잔인하단 말야. 이런 발상들을 어찌하는지.

카자르 엔더는 책을 펴볼 생각도 안 하는 그를 보며 느긋하게 말했다.

―쓸 거 없다. 어차피 다 해본 것들이더라.

"그, 그렇습니까?"

슬그머니 책을 찢으려 손아귀에 힘을 주던 황제는 그 말에 얌전히 돌려주었다.

―생각 외로 길어졌어.

카자르 엔더는 아무것도 없는 허공을 바라보다 말고 그를 돌아보았다. 아예 맨바닥에 척하니 앉아서 멀뚱거리고 있던 황제를 발견한 신은 한숨을 내쉬었다. 난 벌받고 있으니 당당하다는 표정을 적나라하게 드러내고 있는 저 뻔뻔함. 왜 양심은 건강하지 않을까.

―오늘까지 넌 1,786번 죽었다.

"더 맞은 거 같은데요."

인상을 찌푸리며 황제가 말대꾸하자 신은 고개를 저었다. 맞은 건 그냥 맞을 짓을 해서 맞은 거고 죽은 건 1,786번이야.

죽은 것과 맞은 것의 차이를 잘 구분하지 못한 황제가 고개를 갸웃대자 신은 그 가증스런 얼굴에 발길질을 하며 설명했다.

―그 숫자는 전생(前生)의 네가 직접 죽인 무고한 자들의 숫자다. 물론 전쟁터나 기타 등등에서 죽인 숫자는 뺐지.

직접 죽인 자들의 숫자가 1,786명이면 전쟁터 및 기타 등등으로 죽인 자들의 수는 네 자리가 훌쩍 넘고도 모자라 여섯 자리는 된다.

"그럼……."

그 숫자에 놀란다기보단 감각이 없는 황제가 눈치를 보자 카자르 엔더는 어깨를 으쓱했다.

―그래, 오늘로써 끝이다.

놀라서 눈을 부릅뜬 황제가 숨을 삼키자 전쟁신은 고개를 끄덕이며 자못 자애로운 표정으로 손을 저었다.

―이제 돌아가거라. 그리고 열심히 살아가거라.

"아, 가, 감사……."

황제가 대답하기도 전에 그의 모습은 사라졌다. 속전속결. 잔정이 없는 신다운 신속함이다.

유그 펠리오르는 잠의 세계로 다시 복귀하면서 생각했다. 정말로 끝일까? 이걸로 정말 나는 속죄를 끝낼 수 있는 건가? 믿기지 않는다.

―설마.

텅 빈 공간에 혼자 남은 카자르 엔더는 피식 웃었다. 물론 죽는 거 말고 맞는 건 계속해야지. 네가 맞을 짓을 좀 많이 하냐? 게다가 앞으로 다른 놈을 안 죽인다는 보장도 없다. 황제 짓을 계속하는 한 죄를 짓지 않는다는 건 불가능한 일. 그는 앞으로도 계속 죽고도 또 죽어가리라. 그러고도 〈건강하게〉 벌떡 일어나 또 죽을 짓을 벌이겠지.

―그것이 인간.

전쟁신 카자르 엔더는 관대하게 웃었다. 별수 없지 않은가.

The END

EP. 종장(終章)을 위한 일언(一言)

…그리하여 죄의 대가로 그는 쇠사슬을 끌었다. 무고한 생명을 앗은 죄, 그 누구도 피해가지 못할지니, 그것이 신의 혈족이라 할지라도 용서받지 못할 대죄이니라. 신께서 말씀하셨다. 자기 방어와 생계를 위한 살생만이 속죄가 가(可)하니, 그 어찌 쾌락을 위한 살해를 용납할 수 있으랴. 쾌락을 위해 남을 해한 자는, 사지를 찢고 쾌락을 탐한 그 손과 성기를 잘라 허공에 매달라. 무력한 이를 해한 자는, 산 채로 뜨거운 물에 넣고 삶아 소금밭에 던져 넣으라. 결백한 이를 무고한 자는 혀를 잘라 검게 얼굴을 물들여 돌팔매를 맞게 하라. 무고한 이의 피 한 방울이 얼마나 무거운 것인지 살인자는 그 죄를 살인 그 이상으로 돌려받으라. 열 명을 죽이면 열한 번 죽을 것이오 백 명을 죽이면 백한 번 죽을지라.

제국기본법 제1장.

RELOAD

"정리는 끝났는가?"

"네, 끝났습니다, 각하."

룬그렌 필고어는 정중하게 선배이자 상관이었던 노인을 향해 절했다.

"오랫동안 내 자네를 봐왔지만 자네의 손이 이렇게나 빠른 줄은 몰랐구먼."

자상한 미소를 띤 채 학림원 원장인 마네아스 제이아스 후작이 말했다. 그는 먼지를 뒤집어쓴 젊은 사학자에게 손짓했다.

"차나 한잔 하세. 자네가 이번에 정리한 고서본은 나에게 아주 중요한 것이었다네."

"네에."

룬그렌은 노인을 따라 자리에 앉았다. 뜨거운 찻물이 찻잔에 들어차자 노인은 깨끗하게 정리된 자신의 서재 안을 둘러보았다. 천장까지 올라 찬 책장은 오각형을 이루며 거인처럼 사람들을 내려다본다. 그 고압적인 무게감에 가끔 젊은 하인들은 숨을 삼키곤 했다. 정확히 말해, 서재라기보단 서고라 불릴 만큼 엄청난 장서량이었다.

"즐거운 일이었습니다."

좋은 경험이었다며 감사를 표하는 젊은 사학자의 말에 노인은 다시 웃었다. 은퇴한 노학자는 잘 정돈된 서고를 바라보다 말고 한구석에서 낡은 상자를 꺼내왔다. 잘 밀봉된 나무 상자를 열자 그 안에서 특이하게 생긴 책이 나왔다. 손바닥만 한 책들은 고어로 쓰여 있어 알아보기 힘들었기에 룬그렌은 슬그머니 그것들을 살폈다. 하지만 요즘 유행하는 마법 처리가 된 것이 아니라서인지 건드릴 때마다 바스락거리며 부서져 내렸다.

"이걸 자네에게 보여주고 싶었다네."

"네? 저 책들은 마법 처리가 불가능한 것인가요?"

"그렇다네. 선친께서도 마법 처리를 하려 했지만 불가능하다는 답변만 받았지."

"특이하네요. 전 저런 책은 처음 보았습니다. 꽤 오래된 것임은 분명한데……."

"하하, 저것은 우리 조부께서 애지중지하시던 책이라네.

자네도 잘 모르겠지만 우리 조부께서는 근위기사단 수석기사이셨지."

"아아, 호르데마누 말입니까?"

호기심 어린 표정을 지은 젊은 학자에게 노인은 다시 웃어 보였다.

"그렇다네. 우리 집안은 대대로 근위기사였지. 우리 조부님이 마지막 기사였어. 호르데마누가 해체될 당시에 마지막으로 남은 단 세 명 중 한 명이셨지."

젊은 사학자는 얌전히 고개를 끄덕였다. 노학자의 가문이 굉장히 오래된 것이라는 것은 알지만 호르데마누와 연결된 것은 몰랐다. 무엇보다 행정사학으로 유명한 제이아스 후작이 호르데마누 기사 집안이라니.

"우리 가계는 아주 멀리 올라가면 루네릭 백작가와 자포에리 후작가로 갈라진다네. 자네도 잘 알겠지만 루네릭 백작가의 후손은 꽤나 많지만 그중에서 가주의 사랑을 독차지한 분이 우리 증조모님이셨지."

"그럼 저 서책들은 루네릭 백작가에서 나온 겁니까?"

놀란 눈으로 룬그렌이 묻자 노학자는 껄껄 웃었다.

"그렇게 알고 있다네. 우리 조부님은 그 때문에 저 서책들을 굉장히 아끼셨지. 저 서책은 놀랍게도 최소한 2,000년 이상 된 것이라네."

"네?"

입을 쩍 벌리고 그가 바라보자 노학자는 껄껄 웃었다.

"자네에게 자랑하고 싶어서 입을 다물고 있었지만 저 서책이 마법 처리가 안 되는 이유가 있다네."

"무엇입니까?"

호기심 어린 눈빛을 한 젊은 학자를 향해 노인은 의미심장하게 웃었다.

"저 서책에는 신혈이 묻어 있거든."

"예?"

"저 서책의 소유주는 자네가 그토록 정체를 파헤치겠다고 난리를 쳤던 신비의 인물이라네."

"저, 실례지만 정말로 그런 케케묵은 신화를 믿으십니까? 신혈이라니오?"

냉소적인 젊은 학자의 말에 노학자는 화를 내지 않았다. 그는 대신 웃으면서 낡아빠진 작은 책을 하나 들어 탁자 위에 놓았다. 책은 손바닥보다 조금 컸고 깨알 같은 글씨가 쓰여 있었다. 책이라기보단 수첩에 가까운 크기의 고서를 물끄러미 보며 노학자는 부드럽게 말했다.

"나도 자네 또래일 때는 그것을 믿지 못했어. 신혈. 신의 피를 이은 황가. 그런 황당무계한 이야기를 쉽게 믿을 수 있는 이는 없겠지. 하지만 500년 전만 해도 마법이란 단어조차 없었다는 것을 말한다면 자네도 이해는 하겠지."

"마법은 과학적 학문이죠. 신비학과 과학의 이상적 결합으로 생겨난 학문입니다."

신화랑은 다르죠. 냉소적인 학자의 말에 노학자는 껄껄

웃었다.

"어쨌거나 옛날 사람들은 어떤 마음이었는지 우린 모르네. 서책이나 유물로 살필 수 있을 뿐. 어쨌거나 이 책은 최소 800년 이상, 최대 3,000년까지 거슬러 올라갈 수 있는 책이라고 마법사들도 인증했다네."

"믿을 수 없군요."

"모든 전문가들이 동의했네. 무엇보다 희한한 것은 이 책에 걸린 마법 저항력이었어. 이 책에 왜 마법이 걸리지 않는가. 그게 그들의 가장 큰 의문이었지."

"놀랍긴 합니다."

진지해진 룬그렌의 얼굴을 보며 노학자는 차곡차곡 쌓여있던 고서들을 끌어모아 탁자 위로 올려놓았다. 일곱 권의 책자가 쌓이자 쾌쾌한 냄새가 났다. 홍차 향과 뒤섞이자 그 괴이한 냄새는 도를 지나쳤다.

"우리 조부님은 내게 유산 한 가지를 남겨주셨는데, 이게 바로 그것일세."

"…호르데마누 기사님치고는 특이한 유산이시군요."

그 말에 노학자는 다시 웃었다.

"물론이지. 이 책에는 사실 비밀이 한 가지 있다네."

"비밀이오?"

"오늘 자네가 왔기에 알려주는 것일세. 나는 이 서고를 자네에게 물려주려 하거든."

"네?"

화들짝 놀란 룬그렌이 그를 쳐다보자, 은퇴한 노학자는 태연하게 말했다.

"자네는 좋은 청년이야. 나에게는 아들도 없고 손자도 없네. 그렇다고 해서 내 소장본이 도서관 행이 되길 바라진 않고, 경매 처분되길 바라지도 않는다네."

"하, 하지만……."

젊은 학자는 그제야 노학자의 외아들이 오 년 전 사고로 죽었다는 사실을 기억해 냈다. 그는 엄청난 부담을 느끼며 주변을 살폈다. 거대한 서고 안에는 수천 권의 고서가 빼곡하게 쌓여 있었다. 이 고서들은 몇 권만 해도 어마어마한 가격일 터였다.

"저, 저는 평민인데다가 그저 평범한……."

"그만하게나. 자네가 어릴 때부터 공부하던 것을 나는 봐 왔다네. 내가 자네에게 주려고 하는 것은 이 서고뿐이라네. 물론 내 연금과 재산은 내가 돌보던 고아원에 기증될 것이니."

"아."

젊은 학자는 눈시울이 붉어지는 것을 느끼고 고개를 숙였다. 아무리 냉소적인 그라 해도 노학자의 건강이 보기보다 나쁘다는 것 정도는 눈치챌 수 있었다. 하지만 명문 귀족이자 대학자로 이름 높았던 그가 아무런 연고도 없는 그에게 이렇게나 엄청난 재산을 남겨주리라곤 상상도 해본 적이 없었다.

"자, 이제 내 비밀을 알려줌세. 내가 사실 이것을 알려주는 건 심술이라네."

"네?"

젊은 학자가 감동의 여운에 잠길 사이도 없이 노학자는 낡아빠진 책을 획획 넘기더니 그 사이에서 무언가를 하나 꺼내 들었다.

"아?"

그것은 황금이었다. 황금 책갈피일까 싶어 멀뚱거리고 있던 젊은 학자의 눈이 부릅떠졌다.

"엑?"

이번에는 괴성이 절로 터졌다.

처음에는 황금으로 세공된 깃털이라 생각했다. 그러나 아무리 정교한 세공이라 해도 머리털보다 가느다란 털이 하늘하늘 바람에 휘날리지는 않으리라. 그것은 정말로 새의 깃털로 보였다. 황홀할 정도의 황금빛으로 빛나는 새.

노학자가 그것을 꺼내 드는 순간 황량하던 서고 안이 황홀한 색채로 가득 찼다. 봄날의 햇살이 쏟아지는 꽃밭이나 고즈넉한 황혼녘에 펼쳐지던 햇살의 여운과도 같은 그런 빛. 꿈결처럼 일렁이는 태양의 빛.

"마, 맙소사! 마법 물품은 아니지요?"

"그렇게 보이나?"

노학자는 황홀한 얼굴로 넋을 잃은 젊은이를 향해 껄껄 웃었다. 그의 표정은 자신이 이것을 처음 보았을 때 조부에게 보였던 표정과 같을 것이 분명했다.

"나도 이것을 처음 봤을 때 조부께 그렇게 물었지. 하지만 그건 아닐세. 이건 정말로 신의 물품이라네."

"신의 물품?"

황당하다는 듯 미간을 찌푸리는 학자를 향해 노인은 천천히 물었다.

"자네도 기억하겠지? 태양신의 상징인 신조 황금의 새. 그것을 정벌한 유그 펠리오르 5세."

"아!"

학자는 믿어지지 않는다는 얼굴로 다시 시선을 빛나는 그 물체로 돌렸다.

"그것은 황가를 신격화하는 이들의 전설 아닙니까?"

"전설이 아니었어. 이건 호르데마누 기사들에게 전해진 황금 새의 깃털이라네. 조부는 이것을 외조부로부터 이어받았고, 루네릭 백작가에서 대대로 비밀리에 전해지던 가보라네."

젊은 학자는 입을 다문 채 아무런 말도 하지 못했다.

"그 전설을 전부 다 믿는 건 사실 우스운 일이라 생각하지만 이렇게 실제로 그 증거가 있으니 나도 할 말이 없지."

"하지만 황가에는 황금 새의 깃털이 없습니다."

"자네도 기록을 보아 알지 않는가? 유그 펠리오르 5세는 욕심이 없어서 그 깃털은 전부 호르데마누 기사들에게 나누어 주었고, 나머지 두 개는 황후와 후궁에게 건네주었지. 그중 황후는 그 깃털을 신뢰의 의미로 레솔트 후작에게 건네주었고 후궁 안데르는 자신의 딸에게 전해주었는데, 그것은 중간에 소실되었지. 레솔트 후작가가 마법혁명 전까지 이것을 보관하고 있었다는 풍문을 들어 나도 찾고 있었는데 결국 찾지 못했네."

"다, 다른 깃털은?"

진지한 얼굴로 묻는 그를 보고 노학자는 깃털을 다시 고서 사이에 끼워놓았다. 빛이 사라지자 저도 모르게 안타까운 표정을 지은 젊은 학자는 떨리는 손으로 고서를 쓰다듬었다.

"알다시피 유그 펠리오르 5세의 호르데마누 기사 대부분이 전쟁터를 누비다가 사망했고 몇몇은 후대까지 이어지지 못했네. 생각해 봐. 3천여 년 전의 일이야. 쉽게 남아 있을 거 같나? 이게 남은 것도 기적이라고 보네."

"이게 위작일 가능성은?"

"없네."

단호하게 말한 노학자는 쓴웃음을 지었다.

"무수히 많은 마법사들이 그간 100여 년간 이 깃털의 비밀을 알기 위해 노력했지만 전부 다 두 손 들었네. 강력한 마법 저항력과 손상 복원력 때문에 이 깃털은 놀랍게도 터럭 하나 빠지지 않아."

잔뜩 굳어버린 젊은이를 보며 노인은 짓궂게 한마디 했다.

"그보다 더 재미있는 게 뭔지 아나?"

"네?"

"이 책의 저자가 누구라고 생각하나?"

미심쩍은 얼굴로 룬그렌이 쳐다보자 노학자는 심술궂게 말했다.

"자네가 십여 년 전에 연구하던 인물일세."

"에?"

그야말로 펄쩍 뛴 그를 보고 노학자는 크게 웃었다.

"이 책의 저자는 자네가 연구하던 인물, 유그 펠리오르 5세의 사생아라 알려진 메리테인 황자라네."

"마, 마, 맙소사!"

그가 벌떡 일어나자, 탁자가 들썩이며 홍차 잔이 엎어졌다. 찻물이 쏟아져 고서 위로 쏟아지자 젊은이는 눈을 부릅뜨며 비명을 질렀다. 하지만 노학자는 태연하게 찻물을 피해 고서를 들어 올렸다. 놀랍게도 고서 위로 쏟아진 찻물은 조금도 책을 손상시키지 못했다. 스며들지 않았던 것이다.

톡톡 떨어지는 물방울을 보면서 젊은 학자가 가슴을 쓸어내리자 노학자는 애정이 깃든 손으로 책을 쓰다듬으며 말했다.

"이 책이 2,000년도 넘은 책이라는 걸 미리 말해두지 않았나. 물 한두 방울로는 이 책을 손상시킬 수 없네. 기름 먹인 양피지거든."

"하, 노, 놀랐습니다. 죄송합니다."

그가 고개 숙이며 절하자 노학자는 관대하게 손을 내저었다.

"이해하네. 나도 자네처럼 기겁했으니까. 그리고 그 기름은 민망하게도 사람 기름이라네."

"네에?"

"고대인들이 잔혹했다는 것은 사실일 게야. 게다가 이 메리테인이란 이름은 더더욱 냉혹했던 거 같아. 옛날 고대 서적이 마법 처리도 없이 오래 남은 이유는 기름을 먹인 것 때문인데, 그 대부분이 사람 기름이라는 게 참 섬뜩한 이야기지."

사람 기름을 먹인 양피지로 만든 일기장. 생각만 해도 끔찍스럽지만 학자의 호기심은 금단을 넘는다. 젊은 학자는 손대기도 끔찍한 검은 얼룩이 핏자국일 가능성이 100퍼센트라 생각하면서 숨을 삼켰다.

"무엇보다 이 책의 내용을 해석하면 더 놀랄 걸세."

"네? 더 놀랄 게 남았습니까?"

"하하하! 자넨 문무를 겸비한 훌륭한 사내였다고 메리테인 황자를 해석했었지? 이 글은 그의 일기장이라네."

"일기요?"

"일종의 비망록이야. 크기를 보면 휴대하면서 썼던 게 맞는 거 같아. 워낙 악필이어서 알아보기도 힘든 글자들이 많아. 하지만 이것을 읽고 나도 얼마나 웃었는지 모른다네. 비록 일부분만 해석했지만 말이야. 이 책에 의하면 유그 펠리오르 5세와 메리테인 황자는 무척이나 친밀한 사이였던 모양이야. 이 깃털도 유그 펠리오르 5세가 그에게 내려준 것이야. 이 깃털을 그는 일기장에 소중히 간직했고."

"아아……."

번쩍이는 젊은이의 얼굴을 보며 노학자는 클클 웃었다.

"더 재미있는 건 어린 메리테인 황자는 유그 펠리오르 5세를 엄청나게 숭배했던 거 같아. 세상에 그보다 위대하신 분은 없다면서 찬양 일변도의 소리만 계속 늘어놓고 있거든. 자네는 그가 냉철한 인물일 거라 말했지만 내가 보기엔 굉장히 엉뚱한 인물이었단 말일세."

노학자의 말에 젊은이는 그저 넋을 잃고 집중하고 있었다.

―XX년 2월 12일. 눈이 XXX하게 내리는 구질한 날

오늘 드디어 주인님을 뵙게 되었다.

아아, 아름다워라. 나의 주인님께서는 최고, 최고, 최강, 최악, 극악잔인무도하시다. 저 빛나는 머리칼, 아름다운 하얀 살결. 저분의 가디언이 되어 좋아. 좋아……. 저분을 위해 난 다시 태어났다. 가슴이 두근거려.

―XX년 5월 12일. 재수없게 비오는 날

위대하시고 영명하신 아름다운 주인님께서는 오늘도 마음이 좋지 아니하시다. 옆에 있던 녀석이 깐죽대기에 일렀다. 나를 총애하시는 주인님께서는 그놈을 때려주셨다. 그럴 줄 알았다. 쌤통이다. 오늘은 안마를 했다. 주인님은 여전히 기분이 나쁘시다.

―XX년 11월 4일. 구름 끼고 음산한 날

기어들어 오는 쥐새끼가 있어서 껍질을 벗기고 내장을 뜯었다. 주인님이 보시기 전에 하려고 했는데 주인님은 너무 예민하시다. 그래도 소금 정도는 뿌릴 수 있다면서 5번이 달려드는 것을 관대하게 지켜보셨다. 황태자 XX가 보낸 가디언 놈들인 거 같다.

요즘 애들은 기름기가 너무 없다. 잘 안 탄다. 그래서 정원에 묻다가 엄마에게 걸려 혼났다.

―XX년 1월 15일. 눈 좀 오고 흐린 날

황제가 되신 주인님은 얼마나 아름다우시고 멋지신지 눈이 머는 줄 알았다. 후광이 쏟아진다. 오늘 나도 기름 좀 뽑았다. 주인님은 웃지만 않으시면 진짜 안 무서운데. 폐자폐지 공방에서 제발 오시지 말라고 애원했다. 곁다리로 단검 몇 개 주워

왔다.

—XX년 7월 12일. 날씨 좋고 바람 좋고

나라 두 개 먹고 이름 모를 도시 세 개 먹었다. 원정길은 성공적이다. 서류 처리하느라 좀 바쁘긴 하지만 괜찮다. 요즘 주인님의 심사가 편치 않으신 걸 보니 여자들이 시원찮은 듯. 주인님의 정력은 대륙 제일. 귀고리 세 개 획득.

—XX년 3월 9일. 쌀쌀하지만 기분 좋은 날

주인님이 생일상을 차려주셨다. 으와아! 선물은 케이크하고 술하고 펴자펴지 단검 세트다. 으와아! 사랑의 키스도 괜찮다고 했다가 얻어맞았다. 그렇지만 이건! 이건! 물론 오늘은 내 생일이 아니지만 어쨌거나! 어쨌거나! 으와아아!
그런데 내일은 2번 생일상 차른댄다. 쳇. 나만 받는 게 아니었어.

—XX년 4월 16일. 꽃은 피고 바람은 쌀쌀

주인님께선 심기 불편하시다. 막내 아가씨가 단식투쟁 중. 죽어도 황태자님한테 시집가야겠다고 울고불고 난리다. 황후님도 화나셨다. 황태자님은 중간에서 침묵 중. 예쁘긴 해도 비리비리한 여자앤 취향이 아니라 했다가 주인님께 얻어맞아 더 혼났다. 할 수 없이 눈토끼 마마께서 주인님께 애원했다. 결국 황후도 매달리는 눈토끼 마마 때문에 넘어갈 것 같다.

―XX년 5월 1일. 햇빛 창창한 날

 주인님도 황후님도 결국 허락하셔서 막내 아기씨는 소원을 성취했다. 첫째 도련님―황태자님은 심기 불편하신 상태. 둘째 도련님이 구박해서 마음 달래느라 바쁘다. 비리비리한 여자애는 싫다고 하셔서 무녀들이 총 집합해 막내 아기씨 몸 키우기에 돌입했다. 그래도 별로 가망성은 없어 보인다.

―XX년 9월 12일. 바람 불어 좋은 날

 주인님이 기분이 좋으시다. 오늘 드디어 주인님이 은퇴하신다. 첫째 도련님―황태자님이 싫다고 눈물을 줄줄 흘리셨지만 황제 폐하께선 맘껏 논다고 좋다하신다. 우리 모두 기뻐했다. 놀고먹는 거 싫어하는 사람이 누가 있나. 허기야 주인님은 전에도 놀고 계셨지만. 호르데마누 기사들도 엉엉 울었다. 뭐하러 우나. 그래 봐야 황궁에서 사는데. 주인님이 좋다니 나두 좋다.

부록

데이페론 제국서기(帝國敍記) 제102권

❖ 인물평전 제29대 황제 제흐나므 1세

제위 기간 85년.

제국 역사상 가장 강력하고 가장 현명한 황제라 불리는 철혈황제로 최장기 제위 기간을 지냈다. 기록에 따르면 그가 정권을 잡은 것은 그의 나이 4세. 그가 정권을 주도하게 된 것은 6세 때로 알려져 있으며, 이것을 제국 황가에서는 신혈의 우월함을 증거한다고 주장하지만 그것은 기록의 오류라 판단된다. 아마도 그가 정권을 주도하게 된 것은 16세 정도로, 그때까지는 붉은 여제라 불렸던 마노시아 황후의 슬하에서 제왕 교육을 받았던 것으로 추정된다. 정식 즉위한 것은 그의 나이 27세 때의 일이다. 부황인 정복황제 유그펠리오르 5세는 제위 기간 25년 내내 제국의 국경선을 다듬는 데

시간을 보냈다. 전쟁신의 재래, 전쟁신의 총아라 불렸던 유그 펠리오르 5세는 내정은 황태자와 황후에게 맡기고 전쟁에만 적극적으로 참여했다. 제위 기간 동안 벌인 전쟁에서 단 한 번도 패한 적이 없다는 정복황제는 일찌감치 정권을 황태자 제흐나므에게 넘기고 선황제로 내려앉아 말년을 보냈다.

 유그 펠리오르 5세의 적극적인 지지하에 즉위한 제흐나므 1세는 제국의 고질적인 병폐였던 법 체제와 군령 체제를 완비하고 도량형을 통일했다. 당시 금본위 체제였던 화폐 역시 조세개혁과 더불어 20여 년에 걸쳐 개혁했는데, 이는 당시 재상이었던 로리랜드 이베어리 평생의 염원이었다. 정복욕이 왕성했던 역대 황제 덕분에 다소 방만했던 제국의 행정을 바로잡은 것은 유그 펠리오르 5세의 심복이었던 재상 로리랜드 이베어리다. 부자 2대를 두루 거친 명재상 로리랜드 이베어리는 무력을 숭배하는 전쟁신을 추앙하는 체제하에서 최초로 권력을 누린 관료로, 정복황제 유그 펠리오르의 위세를 업고 등장했다. 또한 로리랜드는 상대적으로 약세였던 학자층과 관리층을 아우르는 관료 체제를 최초로 완비한 인물로 알려진다.

 철혈황제라 불린 제흐나므 1세는 또한 피로 새겨진 황가를 철권으로 다스렸는데, 그 초인적인 힘에 수백에 달하는 황족 중 그에게 고개를 숙이지 않는 황족은 아무도 없었다. 특이한 점은 그 철혈황제의 제위 기간 동안 황가의 고질적 병폐였던 골육상잔이 한 번도 일어나지 않았다는 점이다. 이는 황자만 백여 명을 생산한 유그 펠리오르 5세가 황태자를 강력하게 지지한 점도 있지만 그가 붉은 여제라 불릴 정도로 강력한 권세를 자랑했던 황후 마노시아의 장자로 태어났기 때문일 것이다. 또한 특이하게도 쌍둥이로 태어났던 제흐나프 1세는 쌍둥이였던 다흐마르 황자나 이복형제 미오레프 황자의 적극적인 가담으로 이복형제들의 도전을 무마할 수 있었다. 속설에 따르면 당시 유그 펠리오르 5세는 황자가 태어나면 필요없다며 황궁 담장 밖으로 집어 던져 버렸다는 말이 있을 정도로 황태자의 지위는 단단했다. 그 결과 제흐나프 1세 통치 기간 동안 백여 명의 황자들이 제국 각지로 떠돌며 암행을 펼쳤는데, 제국 지방 곳곳에 남아 있는 방랑하는 용사의 전설은 이 당시를 기초로 만들어진 것이라 할 수 있다. 하지만 이것은 황가에서 의도적으로 만들어낸 전설로 생각된다. 어찌 오륙 세밖에 안 되는 황자들이 야수를 때려잡고 산적 떼를 몰살시킬 수 있단 말인가. 해안 지방 전설 중에는 여덟 살짜리 황자가 수백 명이나 되는 해적을 소탕하고 산더미 같은 해일을 뚫고 들어가 죽어가는 어부들을 구출했다는 이야기도 있는데, 그 황당함에 기가 막힐 따름이다. 뿐이랴. 네 살짜리 황자가 샤벨 타이거를 때려잡았다든가 날뛰는 황소를 세 살짜리 황녀가 잡았다는 민간 전설은 어이가 없을 지경이다. 현재에도 가끔 오래된 용사의 동상이 발굴되는데, 그 동상의 모습을 보면 완연히 장성한 청년의 모습이지 어디에도 네 살배기 어린이의 모습은 보이지 않는다. 역시 전형적인 황가 숭배의 영향으로 생각된다.

수백의 후궁을 거느리고 수백의 황족을 생산했던 유그 펠리오르 5세와 달리 제흐나프 1세는 황후 외에 단 두 명의 후궁을 거느렸다. 그의 소생은 5남 2녀로 그중 차남 라드바흐 1세가 황태자가 되어 30대 황제로 즉위한다.

添書 1. 다흐마르 레소르나 황자

다흐마르 레소르나 황자는 정복황제 유그 펠리오르 5세와 붉은 여제 마노시아 황후의 사이에서 난 적황자로, 제흐나므 1세의 쌍둥이 동생이다.

제국 역사상 가장 많은 전설을 가진 방랑의 용사로, 민간에서 가장 사랑받은 인물이기도 하다. 그중에는 〈식인 샤벨 타이거의 최후〉, 〈정의의 여신에게 사랑받은 남자〉, 〈평원의 용사〉 등 수많은 것이 연극이나 서사시로 다시 쓰여 역사상 가장 유명한 영웅이 되었다. 그는 철혈황제 제흐나므 1세의 쌍둥이 동생으로 태어나 평생을 제국 전역을 떠돌며 살았다. 그가 남긴 전설은 너무도 많아 기술은 생략한다. 민중을 무척이나 아끼고 불의한 것을 참지 못했다는 이황자에게는 추종자가 구름처럼 많아 일설에 따르면 한때 그를 따르는 사병이 약 20만에 이를 정도였다고 한다. 하지만 이는 사실이 아닐 걸로 판단된다. 왜냐하면 당시 황제(皇弟)는 사병을 거느리는 것이 금지되어 최소한의 기사단과 가병을 거느리도록 규정되어 있었기 때문이다. 만약 그가 20만의 사병을 거느렸다고 한다면 이는 제흐나므 1세의 숨겨진 군세였을 가능성이 크다. 일설에 따르면 두 사람은 너무나 똑같이 생겨서 구분할 수 있는 이는 부모인 황제와 황후뿐이어서 간혹 제흐나므 1세와 번갈아가며 황제 노릇을 했다는 속설도 전해진다. 이는 그만큼 그들의 우애가 유별났다는 것을 보여주는 일화이기도 하겠다. 제흐나므 1세가 즉위한 그즈음 다흐마르 황자는 검술 스승이었던 레솔트 후작에게서 영지와 재산을 물려받고 서부에 자리 잡았다. 이때 제도를 벗어나지 않았던 황가의 영역이 서부 지역으로 확대되어 황가에 가장 적대적 세력이었던 서부 귀족들이 중앙 귀족과 융합되는 현상을 낳았다. 당시 자손이 없었던 대제후 마흐마르 레솔트 후작은 서부 귀족들의 수장으로 다흐마르 황자를 몹시 아꼈는데, 그 때문에 유그 펠리오르 5세가 그의 이름을 다흐마르 황자에게 붙여줬다는 일설이 있다.

添書 2. 미오레프 루사바흐 황자

미오레프 루사바흐 황자는 유그 펠리오르 5세와 후궁 반니레다의 장자로, 미하노르 루노트 황자의 형이다. 학문으로 유명한 동생과는 반대로 미오레프 루사바흐 황자는 이복형인 제흐나므 1세의 열렬한 추종자로 철혈황제의 무장 세력이었다. 그는 친위부대 가디언을 이끌고 제흐나므 1세의 정적을 참혹하게 암살하고 제거하는 데 앞장섰다. 어릴 때부터 타고난 신력이 대단하여 첫 살인을 다섯 살 때부터 했다는 그의 잔혹무비함은 정복황제 유그 펠리오르 5세와 많이 닮아 있다. 외관상 그는 부황이었던 유그 펠리오르 5세와는 그다지 닮지 않았지만 이복형제들을 모조리 참살하고 즉위한 부황처럼 무척이나 잔혹했다. 제흐나므 1세를 방해하거나 거스른 자들은 한밤중 미오레프 황자가 이끄는 가디언 부대의 공격을 받았다. 그는 정적의 3대를 학살하고 처형했다. 얼마나 그가 잔학했는지 걸을 때마다 살기와 독기가 흘러서 꽃이 시들고 나무가 말라 죽었다는 기록이 있을 정도다. 심지어 그의 분노를 사면 시체도 남기지 못하고 녹아버린다는 말 때문에 당시 귀족들은 모두 벌벌 떨었다. 미오레프 황자는 날개 달린 황금빛 독사의 문장을 자신의 것으로 삼았는데, 그는 자신이 뱀의 왕 루사바의 대자(代子)이며 뱀의 신의 총애를 받았다며 집 안에서 독사를 키웠다.

독혈(毒血)의 황자, 잔혹한 피의 황자라 불린 그도 형제간에는 우애가 돈독했다. 이는 모친인 후궁 반니레다의 훈육이 각별했기 때문이 아닌가 생각된다. 제2후궁 반니레다는 북방 유목민 태생으로 정복황제 유그 펠리오르 5세가 북방정벌 시에 거둔 미녀라고 생각된다. 정복황제는 수많은 여인을 후궁으로 삼았는데, 그중 가장 총애한 이가 제1후궁이었던 안데르였고, 그다음이 제2후궁 반니레다였다. 반니레다는 후궁 중에서 가장 다산(多産)한 이로, 미오레프, 미하노르 황자 이외에도 라사이아, 로나이 황녀 등 2남 2녀를 낳았다. 또한 미오레프 황자는 검왕 와스발딘의 제자이기도 했다. 고매한 인품의 소유자였던 검왕은 당시 거친 미오레프 황자의 훈육을 위해 많은 고심을 했다고 알려져 있다.

添書 3. 미하노르 루흐트 황자

철혈황제 제흐나므 1세는 대담하게도 이복형제들을 중요한 위치에 놓고 관료로 부렸다. 그중 주목해야 할 이는 미하노르 루흐트 황자다.

미하노르 루흐트 황자는 정복황제 유그 펠리오르 5세와 그의 후궁 반니레다 사이에서 태어난 차자(次子)로, 제정법을 완비하고 현 제국에서 쓰이는 제국전법(帝國典法)을 서술하였다. 태어날 때부터 천재적인 두뇌로 주목을 받았던 그는 29대 황제 제흐나므 1세의 지시로 제국법을 총정리하여 당시 중구난방으로 흩어져 있던 지방 관습법을 정리하였다. 절대 권력을 자랑했던 철혈황제 제흐나므 1세는 귀족과 평민, 노예를 초월한 제국법을 바로 세우고자 석비를 세우고 기본 법령을 제시했는데, 그것을 초안한 이가 미하노르 루흐트 황자였다. 제흐나므 1세의 칙령하에 만들어진 석비에 새겨진 제국기본법은 전쟁신 카자르 엔더의 사상을 본떴기에 무자비하기로 유명하다.

그러나 그것이 바탕이 되어 귀족법과 민법 두 가지로 나뉘어 법체제가 완비되었다. 약 12년에 걸친 이 대공사에서 미하노르 황자는 〈제국초월법〉, 〈제국신법〉, 〈제국귀족법〉, 〈제국민법〉 등 수십 권의 서적을 저술하였다. 당시 학림원과 황가 직속 신관들이 주도하여 벌어진 이 대공사에서는 〈황가제법(皇家諸法)〉 역시 저술되었는데, 이는 선황제였던 제28대 황제 유그 펠리오르 5세의 구술(口述)로 그 초안을 잡았다. 〈황가제법〉은 대대로 대무여관의 관리하에 보존되었는데 그 내용은 확실치 않으나 이능(異能)을 발휘할 수 있는 황족을 제어하는 법으로, 전설에 의하면 카자르 엔더의 가장 큰 총애를 받았던 유그 펠리오르 5세는 전쟁신을 강림시킬 수 있었다 한다. 그것을 근거로 지나친 행위를 저지른 황족에게 처벌을 내릴 기준을 마련하고 있는데 자못 그 형벌이 잔혹하고 무자비하여 보통 인간으로는 살아날 수 없을 지경이라 기록되어 있다. 그 잔혹함에 기겁한 이들이 모두 그를 만류했으나 유그 펠리오르 5세는 단호했다.

"신혈의 형벌은 따로 정한다."

이 명제는 당시 유그 펠리오르 5세는 신의 아들이라 불릴 정도로 대단한 신력을 지녔다는 증거로, 그의 말은 곧 법이 되었다. 단지 그가 굳이 따로 아들 미하노르 루흐트 황자에게 구술했다 하는 점이 의외로울 따름이다.

添書 4. 레이아노르 사이아 황후

레이아노르 사이아 황후는 유그 펠리오르 5세와 제1후궁 안데르의 사이에서 낳은 황녀로, 역사상 가장 아름다운 미녀로 기록된다. 그녀의 모친인 제1후궁 안데르는 남방 소국의 왕녀로 태어난 정복황제의 전리품이었다. 하지만 유그 펠리오르 5세의 총애를 받아 제1후궁에 봉해지고 황후의 아낌을 받아 탄탄한 지위를 누렸다. 그녀와 총애를 다투었던 제2후궁 반니레다가 벙어리인데 반해 그녀는 절세 미모의 소유자로 보는 이들은 모두 넋을 잃었다고 전해진다. 제1후궁 안데르의 전설적인 미모에 대해서는 수많은 음유시인과 시인들이 격찬을 아끼지 않아 기록이 풍성하다. 순결한 은발에 루비를 박은 듯 아름다운 눈을 가졌다는 그녀는 너무도 아름다워 지나가던 새조차 넋을 잃고 피어나는 꽃조차 부끄러워 고개를 숙였다고 한다. 정복황제는 과묵함에도 불구하고 그녀의 아름다움에 대해서는 많은 기록을 남겼다. 그녀가 한 발 걸으면 샘이 솟았다든지, 사냥 중에 그녀의 아름다움에 넋을 잃은 짐승들이 몰려들어 몰이꾼을 쓸 필요도 없었다든지 하는 등의 기록이다. 그런 총애를 받은 안데르에게서 난 유일한 소생이었던 레이아노르 사이아 황녀는, 태어나면서부터 달의 여신의 축복을 받았다고 한다. 그 미모가 전설적이어서 수많은 이들의 구애를 받았지만 어릴 때부터 이복오라비인 제흐나므 1세를 사모하여 결국 그와 결혼하여 황후가 되었다. 특이한 것은 그녀의 결혼에 가장 크게 반대한 것이 부황 유그 펠리오르 5세와 황후 마노시아였다는 점이다. 특히 마노시아 황후는 격렬하게 반대해 레이아노르 황녀는 단식투쟁까지 벌여 그녀를 설득해야만 했다.

 후에 제흐나므 1세와의 사이에서 2남 1녀를 낳는데 그중 차자(次子)인 라드바흐 1세가 제위를 잇는다.

添書 5. 메리테인 황자와 이름 없는 황자들

메리테인 황자는 기록상 누구의 출생인지는 불분명하다.

기록상 그 이름이 등장하는 것은 정복황제 유그 펠리오르 5세 치하였는데, 이 태생이 불분명한 황자는 아마도 많은 소생을 가졌던 유그 펠리오르 5세의 아들 중 하나가 아닌가 생각된다. 사실 유그 펠리오르 5세는 아이를 너무 많이 낳아 황족임에도 불구하고 기록에 남지 않은 이들이 너무나 많다. 어쨌든 이름이 기록에 남은 이들은 정식 후궁 소생일 경우나 오랫동안 황궁에서 머문 경우인데 황자의 수만 100여 명이 넘고 황녀의 수는 60여 명에 달한다. 또한 후궁의 노예나 시녀들의 소생은 일일이 기록되지도 않았기에 기록상 알아내기는 상당히 어렵다.

어쨌든 메리테인 황자의 이름은 유그 펠리오르 5세 제위 7년에 갑작스레 등장한다. 중간 이름이 없고 모친이 불분명한 것으로 보아 정식으로 인정된 황자는 아닌 듯하지만 정복황제의 총애를 받은 아들인 것만은 확실해 보인다.

정복황제는 약 30여 년간 그를 곁에 두는데 그를 위해 내린 하사품의 목록이 따로 전해질 정도로 그 양이 어마어마하다. 본인이 사치하지 않는 대신 총애하는 신하에게 선물 주기를 즐겨 했던지라 정복황제의 심복들은 대부분 부유함을 누렸다. 메리테인 황자는 측근 중에 측근으로 정복황제의 시중을 들고 수발을 들었는데 당시 황태자였던 제흐나므 1세가 정권을 잡기 직전까지 황제의 권세를 고스란히 누렸다. 기록을 보면 메리테인 황자는 거의 모든 정책 서류에 그 이름이 올라 있다. 그는 황제의 직인을 찍고 중요 기밀 서류를 황제에게 직접 보고했으며, 심지어 재상 로리랜드도 그의 검열을 거치지 않으면 알현이 불가능했다고 한다. 심지어는 황제와 함께 침식을 같이 했다는 기록까지 나오는데 혹자는 그가 정복황제의 애첩이 아닌가 하는 의문을 품기도 하지만 여색을 광적으로 밝혔던 정복황제의 성격상 그것보다는 비서라든가 시종장의 역할을 한 게 아닌가 판단된다. 정치적으로 보면 입장이 모호한데도 당시 정복황제의 입김이 얼마나 강했는지 메리테인 황자는 누구에게도 비난받지 않았다. 심지어 철혈황제라 불렸던 제흐나므 1세나 독혈의 황자 미오레므도 그를 신임했다는 기록이 남아 있다. 실제로 메리테인 황자가 남긴 일기장을 보면 부친인 정복황제에 대한 애정이 고스란히 드러난다. 몇몇 호사가들은 메리테인 황자가 정복황제의 아들이 아니라 그의 이복형제일 것이라는 주장도 하지만 정복황제가 그를 다정하게 애칭으로 불렀다는 기록으로 보아 그의 이복형일 가능성은 적다. 잔혹하지만 유달리 인재를 아꼈던 정복황제 유그 펠리오르 5세는 메리테인 황자 이외에도 약 10여 명가량의 아들을 측근에 두고 썼다. 그 증거로 그들을 위한 선물 목록이 꽤나 다양하고 자상하다. 명품으로 알려진 페자페지 방어구 세트는 물론이고 신발이라든가 바늘, 실 꾸러미나 심지어 브로치, 쿠키나 사탕, 귀고리, 반지까지 있다. 매년 생일선물이란 이름으로 케이크나 옷가지, 무기 등 소소한 물품들이 황제의 이름으로 하사되었다. 이런 애정 넘치는 소소한 물품으로 보아 정복황제는 정식으로 낳은 황자가 아님에도 불구하고 이 이름 없는 어린 황자들을 꽤나 총애했던 것으로 보인다.

   메리테인 황자나 이들 이름 없는 황자들은 정복황제의 양위 이후에도 간혹 등장하지만 정치 활동을 했다는 기록은 전혀 없다. 아마도 제흐나므 1세를 위해 나서지 않았던 것으로 판단된다. 또한 후사를 남겼다는 기록 역시 전무하다. 그러나 미오레프 황자가 거느렸다는 가디언 부대에 가끔 나타나 훈련을 도왔다는 것이라든가 검왕을 대신해 근위기사들을 가르쳤다는 기록이 남아 있는 걸로 보아 문무를 겸한 유능한 황자들이었을 것으로 여겨진다.

학림원 부원장 룬그렌 필고어 著

Reload Episode

Reload

―가디언 1번 메리테인

"저 애로 되겠습니까?"
"미안하다."
"폐하, 무슨 말씀을 하십니까? 제가 모시는 귀하신 아기씨이십니다."
"아기씨라 부르지 않아도 되거든."
황후는 한탄하듯 중얼거렸다.

소년은 네 살 때 친모에게서 버려졌다.
잠에서 깨자 눈에 보이는 것은 어둠. 악을 쓰고 울었다.

몸부림을 치고 울부짖으며 엄마를 부르다 목이 쉬었다. 엄마는 오지 않는다. 아직 어린 소년은 혼자 이 어둠 속에 서 있다.

어린 메리테인은 반쯤 넋을 잃고 바닥에 주저앉아 숨을 헐떡였다. 사방을 둘러봐도 어둠, 어둠, 어둠. 어디에도 빛은 없다. 바동거려도 손에 닿는 것은 없다. 손은 정말 있는 걸까? 발은 있나? 손도 발도 보이지 않는다. 어린 정신은 순식간에 마비되고 붕괴된다. 여기는 어디였지? 배가 고팠다. 목이 말랐다. 너무 울어 목이 갈라질 것처럼 아팠지만 물은 커녕 먹을 것도 없다. 아무리 울어도 아무도 찾아오지 않는다. 단념하기까지 시간이 오래 걸렸다.

울음을 그치고 나자 어디선가 작은 소리가 들려왔다. 까드득. 까드득.

무서운가? 아니, 뭐가 무서운 것인지도 모르겠다. 어린 메리테인은 엉금엉금 기었다. 완벽한 어둠에 사지에서 힘이 빠졌다.

이윽고 어둠만이 가득한 공간에 희미한 빛이 떠올랐다. 뭘까?

하얀 작은 점, 빛을 머금은 구멍은 눈이 부셔서 아프기까지 했지만 소년은 빛에 굶주렸다. 눈물을 줄줄 흘리면서도 손을 내밀어 구멍에 손가락을 쑤셔 넣었다. 그러자 빛이 사라져 다시 어두워진다. 그것이 무서워 소년은 손가락을 뺐다. 그러자 희미하게 스며드는 빛이 마음을 사로잡는다. 결국 어린 메리테인은 구멍에 눈을 가까이 대고 들여다보았다. 바로 앞에 무언가가 보였다.

빛이다.

은빛의 긴 머리칼을 한 소년이다. 하얀 피부에 은빛, 눈은 푸르고 티 하나 없이 아름다운 얼굴. 인간이 아닌 듯 빛으로 빚어낸 존재. 열 살쯤 되어 보이는 소년이 뭔가 불만 어린 얼굴로 팔짱을 끼고 짜증을 내고 있었다. 소년이 손을 뻗자, 바로 앞에 있는 커다란 물병이 와작 부서져 떨어진다.

어린 메리테인은 침을 줄줄 흘리며 멍하니 그 광경을 바라보았다. 새까만 어둠 속에서 빛나는 소년을 본다. 그 안에는 자신의 엄마도 있었다. 아무리 불러도 대답도 하지 않던 엄마도 있었다. 메리테인은 다시 소리 질렀다. 엄마! 엄마!

목이 찢어지도록 울부짖어도 엄마는 돌아보지도 아는 척도 하지 않았다. 엄마는 그가 없어도 아무렇지도 않은 듯 태연해 보인다. 다시 눈물이 터져 나왔다. 엄마, 나 좀 봐! 엄마!

톡톡톡.

무언가가 뺨을 건들기에 손을 대보니 물이었다. 흥분한 어린 소년은 어둠 속에서 있는 대로 입을 벌려 톡톡 떨어지는 물방울들을 받아먹었다. 목이 너무 마르고 배가 고팠다. 달콤한 물 한 방울은 황홀했다. 정신을 못 차리고 어린 메리테인은 물을 마시느라 바빴다.

―*네 주인이란다.*

어디선가에서 누군가가 말했다.

홀린 시선으로 메리테인은 손가락 한 마디만 한 구멍으로 빛 속에 있는 소년을 다시 보았다. 햇빛을 통째로 들여놓은 듯 창백한 금발, 백금발이 후광처럼 소년의 잘생긴 얼굴을 감싸고 있었다. 푸른 눈과 당당해 보이는 태도, 소년은 아름다웠다. 덩치 큰 어른들이 그의 앞에서 쩔쩔매고 고개를 조아리고 있었다.

―*네 주인이란다, 메리테인.*

누군가가 엄하게 다시 속삭였다.

"주인."

어눌한 발음으로 메리테인이 고개를 갸웃했다. 뭐가 뭔지 모르겠다. 주인이란 게 대체 뭘까.

―*널 구해줄 수 있는 것은 주인뿐이다.*

목소리가 다시 속삭였다. 음산하고도 단호한 목소리.

갈증을 풀고 나자 더 이상 짜증을 참지 못한 메리테인은 몸부림을 치며 발버둥을 쳤다. 나갈래! 나갈래! 엄마! 엄마! 아픔도 잊고 벽을 두드리고 머리를 쾅쾅 박았다.

그러나 아무리 울어도 상황은 변하지 않는다. 그의 어미는 백금발의 소년을 시중들며 그를 잊고 있었다. 아무리 불러도 대답하지 않는다. 원망과 증오가 무럭무럭 자라나 메리테인의 어린 마음에 스며들었다. 아무도 없어.

"아무도 없어."

도와줄 사람은 아무도 없어. 날 아무도 도와주지 않아.

눈물이 말라붙고 목소리도 말라붙었다. 바닥을 긁으며 손톱이 부러졌지만 아픔도 몰랐다. 어린 메리테인은 몸을 웅크린 채 유일한 창을 바라보았다. 볼 수 있는 것은 그것뿐. 찬란히 빛나는 백금발의 소년뿐.

자다 깨다 며칠이나 지났는지 메리테인은 기억하지 못했다. 자신의 이름조차 흐려졌다.

떨어지는 물방울에 겨우 목을 축이고 누군가가 던져 주는 마른 빵을 한 줌 입에 넣었다. 그것 외에는 아무것도 없다. 구해달라고 외칠 마음을 접어버린 메리테인은 문득 손을 뻗어 손바닥보다도 작은 구멍에 들이밀었다. 손도 안 들어간다. 손가락 두 개가 고작인 작은 구멍. 사실은 환기구도 못 되는 크기다.

"주인님, 도와줘."

메리테인이 그렇게 중얼거린 순간이었다.

심심한 듯 침대에서 뒹굴거리고 있던 백금발의 소년이 갑자기 고개를 돌렸다. 이상하다는 듯이 눈을 크게 뜨고 불량스레 입가를 뒤틀었다.

그 반응에 메리테인은 입을 벌렸다. 어?

눈이 마주쳤다.

천둥이 쳤다.

벼락이 쳤다.

거품을 물고 메리테인은 외쳤다.

"주인님! 주인님! 주인님!"

엄마 대신 주인님을 외치면서 어린 메리테인은 악을 썼다. 손바닥보다도 작은 구멍을 향해 피투성이 손가락을 넣고 휘저으면서 울부짖었다. 도와줘! 구해줘요!

백금발의 소년 유그 펠리오르는 미간을 찌푸렸다. 어디선가 짐승 우는 소리 같은 게 난다. 며칠 전부터 거슬리는 게 있어서 짜증이 엄청났다. 뭔가가 있긴 한데 찾아낼 수 없어서 더 화가 나서 유모와 시종들을 닦달하고 있었다.

그런데 오늘은 그 소리가 더 크게 들린다.

어린 유그는 일단 바닥에서 검 한 자루를 집어 들었다. 모후에게 안 들키도록 숨겨놓은 물건이다. 난폭한 황자는 2미터 가까운 큼직한 대검을 휘둘러 가차없이 벽을 후려갈겼다. 어떤 벌레인지는 몰라도 잡아 족치면 해결될 일.

콰아아앙! 굉음과 더불어 화려하게 장식된 벽에 쩍 하고 금이 갔다. 두 번, 세 번 휘두르자 이번에는 구멍이 났다. 와르르 벽돌이 무너지는 소리에 놀란 시종들과 가디언들이 달려들었지만 유그는 방의 벽이란 벽은 다 깨부술 기세로 대검을 마구 휘두르고 있었다. 와장창 소리와 함께 집 안 기물이란 기물이 다 부서져 나갔다. 시퍼런 얼굴로 말리는 시녀들을 무시하고 검을 내두르는 유그를 메리테인은 멍하니 보았다.

빛 속에서 검을 휘두르는 소년의 모습은 눈부셨다.

소년의 손짓 한 번에 벽이 무너져 내리고, 주변 어른들이 쩔쩔매며 쓰러진다.

멋지다. 어두운 곳에 갇혀 있는 자신과는 전혀 다르다. 동경과 희망으로 눈을 반짝이면서 메리테인은 침을 흘리며 그 광경을 지켜보았다.

―*저분이 네 주인이시다.*

목소리가 또 말했다.

"내 주인님."

어눌한 음성으로 메리테인이 다시 중얼거렸다.

검을 곧추세운 주인님이 사나운 기세로 다시 한 번 벽을 후려쳤다. 콰아앙! 메리테인이 주저앉아 있는 곳까지 울릴 정도로 대단한 힘이다.

"아아?"

유그 펠리오르의 눈이 사납게 빛났다. 시종들이 정신 사납게 굴어서 그 벌레가 숨어 있는 곳을 놓칠 것 같았다. 속에서 불길이 솟는다. 아, 이것들이! 당장 비켜! 비켜!

콰앙 소리와 함께 또 한 번 벽을 후려친다. 침대머리가 날아가고 고가의 가구들이 파편이 되어 사방으로 비산했다. 흙먼지로 뿌옇게 된 벽면을 예리하게 훑으며 성질 더러운 황자가 악을 썼다.

"아, 씨발!"

마침내 대검의 날이 산산이 부서졌다. 박살난 검자루를 내동댕이치고 황자는 분을 못 이겨 발로 벽을 걷어찼다. 쾅 쾅 하고 무지막지한 소리가 울려 퍼졌다.

메리테인은 얌전히 기다리고 있었다. 주인님이 자신을 꺼

내주기를.

한 번만 더 치면 벽이 무너질 것만 같았다. 이 어두운 곳에서 나갈 수 있을 것만 같았다.

―이리로 와라.

어디선가 목소리가 들려왔지만 메리테인은 무시하고 빛나는 주인님만을 바라보았다. 주인님은 그를 구출하기 위해 몸부림치고 있었다. 사방이 흔들리고 굉음이 터졌다. 화가 난 주인님이 그를 구하기 위해 날뛰고 있다. 기뻤다. 조금만 더. 조금만 더.

―이리로 오라니까!

갑자기 목소리가 그의 손목을 잡아챘다. 놀라 쓰러지는 메리테인을 질질 끌고 목소리는 걷기 시작했다.

"놔! 놔!"

악을 쓰면서 반항하자 목소리가 경고했다.

―시끄럽게 굴지 마라. 주인님께 폐가 된다.

"싫어! 싫어!"

믿을 수 없다. 그를 오랫동안 내버려 둔 목소리다. 믿을 수 없어 메리테인은 발버둥을 치며 필사적으로 반항했다. 주인님이 곧 구하러 올 거야. 우리 주인님이 올 거야!

바로 그때였다.

콰아아앙 소리와 함께 어둠 속에 빛이 쏟아져 내렸다.

"거기냐! 쥐새끼!"

욕설과 더불어 빛이 등장했다.

벽이 무너졌다. 눈이 아린 빛을 등에 지고 주인님이 나타났다. 맨주먹으로 벽을 무너뜨린 주인님은 버둥거리고 있는 메리테인을 향해 걸어왔다.

"뭐야?"

어린 메리테인은 잉잉 울면서 주인님을 향해 손을 뻗었다. 구해주셨어. 구하러 왔어.

감격한 어린 마음을 무시하고 유그 펠리오르는 냄새나는 꼬맹이의 팔뚝을 쥐고 있는 유모를 노려보았다.

"여기에 이런 곳이 있었어? 앙? 너, 나 감시했냐?"

"그럴 리가요. 제 자식이 이곳에 숨어 있어서 잡으러 온 것입니다, 유그 전하."

상냥한 말투.

메리테인은 멍하니 자신의 손목을 쥐고 있는 〈목소리〉를 바라보았다. 환하게 웃고 있는 것은 그의 엄마였다.

"그 앤 왜 여기 있어? 왜 벽 속에 있었어?"

미간을 잔뜩 찌푸린 유그가 다시 캐묻자 유모는 멍하니 입을 벌리고 있는 메리테인을 끌어안고 미소 지었다.

"아이가 숨바꼭질을 좋아해서요. 이런 데서 놀다니. 나쁜 아이죠."

아니야. 난 놀지 않았어. 억울함에 말도 나오지 않는 메리테인은 멍하니 엄마를 올려다보았다. 다른 사람 같은 엄마. 어둠 속의 목소리. 머리가 빙글빙글 돌았다. 먹은 것도 없는데 속이 올라와 왝왝 토해냈다.

"앗! 더러워!"

주인님이 팔짝 뛰며 짜증을 냈다.

"그거 병든 거 아냐?"

"아닙니다. 좀 아픈 거죠. 이 애가 앞으로 전하의 시중을 들 가디언이 될 거예요."

"미쳤어? 저런 비리비리한 꼬맹이 따위가 무슨 가디언이야?"

노망났냐고 소리치는 주인님의 얼굴을 멍하니 바라보면서 메리테인은 중얼거렸다. 구해주세요, 주인님.

"괜찮습니다. 이제 클 테니까요. 제 아들이니까 예뻐해 주세요. 이 아이는 전하와 같은 나이랍니다."

구해주세요, 주인님.

"얼굴이 왜 저래? 그리고 왜 저렇게 작아?"

신기하다는 듯이 바라보는 시선을 받으며 메리테인은 다시 중얼거렸다. 구해주세요.

"보통 아이들은 이렇게 작답니다. 하지만 가디언 교육을 받게 되면 더 커질 겁니다. 괜찮아요."

미소 짓는 엄마의 품에 안겨서 메리테인은 다시 손을 뻗었다. 구해주세요, 주인님.

유그 펠리오르의 얼굴이 괴이해졌다. 저거 미친 꼬맹인가? 그리고 왜 저렇게 작아? 우에, 저 손 좀 봐. 더러워!

"그거 좀 보자."

"전하? 너무 더러워서 씻길 겁니다만."

"내놔보래두!"

유모의 만류에도 불구하고 유그가 악을 썼다. 할 수 없다는 듯이 유모는 그에게 메리테인을 내밀었다. 눈만 퀭한 꼬맹이가 바닥에 주저앉자 먼지 구덩이에서 구른 듯 더러운 몰골이 새삼 눈에 띈다.

유그는 직접 만지지는 않고 슬그머니 한 바퀴 돌며 관찰했다. 작아! 작아! 세상에! 보통 제국의 신민이란 이렇게 작았던가! 손도 발도 다 작아! 머리통도 작아! 으에! 이게 나랑 같은 나이라고?

경악하고 있는 유그와 달리 메리테인은 눈도 깜빡이지 않고 오로지 그만 올려다보고 있었다. 빛 속에서 튀어나온 주인님. 그를 구하러 온 주인님이다.

유그는 조심스레 손가락 하나를 들어 메리테인의 머리통을 찔러보았다. 폭 소리와 함께 작은 머리통이 휘청거린다. 놀란 유그가 화들짝 뒤로 한 걸음 물러섰다.

"에, 이거, 안 죽었지? 보통 애들은 다 이래? 이렇게 다 비리비리한 거야?"

"네, 그렇습니다. 그래도 메리테인은 또래보다 큰 거예요."

"이게 큰 거야?"

입을 쩍 벌리던 유그는 멍하니 앉아 있는 메리테인을 내려다본다. 그리고는 손을 뻗어 조심스럽게 그 작은 머리통에 손을 얹어보았다. 메리테인의 머리통을 다 덮은 자신의 손.

"지, 진짜 작다."

새삼 놀라는 그와 달리 메리테인은 세상이 빙글빙글 도는 것 같은 기분이었다.

따스한 온기가 와 닿았다. 주인님이 머리를 쓰다듬어 주고 계셔. 날 구해주셨어.

두 손을 뻗어 메리테인은 주인님을 안으려 했다. 잡으려 했다. 하지만 뒤에 있던 엄마가 더 **빨랐다**. 모질게 아들을 잡아챈 엄마는 눈을 동그랗게 뜨고 있는 유그에게 말했다.

"나중에 인사하러 올 겁니다. 너무 더러우니까 집에서 씻겨가지고 올게요. 전하."

"아, 응."

얼결에 대답한 그와는 달리 메리테인은 울부짖었다. 싫어! 주인님과 함께 있을 거야!

버둥거리는 아들을 꽉 옆구리에 끼고 유모는 급히 걸었다. 호기심이 솟은 주인이 달려들까 봐 서둘러 걷는 그녀의 등 뒤로 메리테인이 흘리는 피가 톡톡 떨어졌다.

코피도 흐르고 다 해진 손과 발에서도 피가 흘렀다.

그러나 눈물은 흐르지 않았다.

어미가 버린 어둠 속에서 메리테인의 눈물은 다 말라붙었다.

"잘 들어라, 메리테인. 저분이 네 주인이 되실 분이다. 앞으로 넌 저분을 모시게 될 거야."

유모는 멍한 얼굴의 아들을 보고 조금 걱정했다. 아들을 걱정하는 게 아니라 이렇게 모자란 애가 가디언이 될 수 있을지를 걱정했다. 그녀는 황궁에 소속된 무녀 중에서도 황후의 직속이자 대무여관의 직제자. 연애와 결혼이 자유로운 황궁의 무녀들은 자신의 뜻대로 임신하고 남자를 선택했다. 그녀는 결혼이 싫어 적당한 남자를 골라 씨를 받아 임신했다. 그리고 아이가 4살이 되자 가디언으로 바쳤다. 유달리 거친 유그 펠리오르의 유모가 되면서 그녀는 항상 걱정했다. 황제보다도 강해질 거라 예언된 황자의 보좌를 아무에게나 맡길 수는 없는 일.

자신의 아들이 영민해 황자의 옆자리를 지킬 수 있다면 얼마나 좋을까.

말라붙은 눈으로 메리테인은 멍하니 유그 펠리오르의 궁을 바라보았다.

주인님. 빛나는 주인님.

"이제 가디언으로 다시 태어나는 거다. 강해야 해. 그렇지 않고선 저분의 곁에 있을 수 없어. 잘 배워두렴. 뭐든지 다."

강하게 말하던 그녀는 품 안에 안겨 있던 아들을 슬쩍 살폈다. 세뇌가 너무 빨리 끝났다. 유그 펠리오르가 너무 예민해서 그렇다. 보통은 열흘은 지나야 하는데 삼 일밖에는 못했다.

"메리테인?"

메마른 눈으로 소년 가디언은 친모를 올려다보았다.

강하지 않으면 주인님의 곁에 있을 수 없다고?

그녀는 흠칫했다. 작은 소년의 눈빛은 너무도 낯설어 자신이 낳은 아이처럼 보이지 않았다. 짐승처럼 번들거리는 눈과는 달리 표정은 무심하고 차분했다. 도무지 네 살짜리 어린애로는 보이지 않는다.

―계약하자, 꼬마야. 키키.

갑자기 나타난 작은 요정이 그의 머리카락 사이로 빙글빙글 돌았다. 유모의 눈에는 보이지 않는 작은 요정이 메리테인의 더러워진 머리카락을 쥐고 흔든다.

―내 이름은 광기와 이성의 요정 란마. 강하게 만들어주마, 꼬마야. 네 이름은 뭐냐?

"메리, 메리테인."

허공을 보며 멍하니 중얼거리는 아들을 보고 그녀는 눈을 크게 떴다. 이 아이가 어디가 잘못된 걸까? 왜 갑자기 혼잣말이지? 눈은 왜 이래? 동공이 벌어져 있는 게 이상하네.

―메리, 메리테인. 키키키. 좋아, 계약이 성립되었다.

은발, 은안의 요정이 빙글빙글 돌며 메리테인의 머리카락을 움켜쥐었다. 싸늘한 은빛이 소년의 눈동자를 스치고 지나갔다. 그러자 앙상한 소년은 사지를 흔들며 축 늘어졌다.

"메리테인?"

그녀는 갑자기 축 늘어진 아들을 다시 고쳐 안았다.

"애야! 이런!"

놀란 그녀는 아이를 안고 신전으로 급히 달리기 시작했다. 이미 유그에게 바치기로 한 아이다. 아이가 잘못되면 곤란했다.

"이렇게 약한 아이일 줄은 몰랐네. 한심한 것."

그녀는 혀를 차면서 축 늘어진 상처투성이 아들을 치료 담당 신관에게 맡겼다.

다시 어둠이다.

어둠 속에서 다시 눈을 뜬 소년은 이제 어둠이 무섭지 않았다. 무표정한 얼굴로 천장을 보며 소년이 중얼거렸다. 주인님, 이제 모시러 갈게요. 강해져서 주인님을 모시러 갈게요. 그러면 주인님은 날 구해주세요. 착한 아이가 되어 주인님을 잘 모시면 날 꼭 구해주실 거죠? 버리지 않을 거죠?

텅 빈 눈동자를 바라보며 은빛 요정이 웃었다.

—웃으렴. 웃어. 날뛰고 웃고 교활해져. 영리한 것은 웃는 법이야.

메리테인은 멍하니 요정을 바라보았다. 은빛 요정은 귀여운 얼굴과 달리 사나운 웃음을 머금고 소년의 콧등 위에 앉아 거만하게 속삭였다. 멍청한 것은 쓸모없어. 영리하고 교활해야 해. 무조건 이겨야 해.

"빨리 주인님한테 가고 싶어."

메리테인은 웃었다. 어둠 속에 빛이 있었다. 그분이 거기에 있다. 날 구해주신 분. 몽롱한 얼굴 위로 미소가 떠올랐다.

그 소원과 달리 메리테인이 주인님을 다시 만나게 된 것은 3년이 지난 7살이 되던 해였다.

그리고 그 비슷한 과정을 열다섯 명의 소년이 거쳤다. 아니, 네 배 이상이나 되는 소년들이 그 과정을 거쳐 광폭한 황자 유그 펠리오르에게 바쳐졌다. 그리고 반수 이상이 그의 손에 죽어 사라졌다. 그러나 메리테인은 끝까지 살아남았다.

후기

  이로써 막가는 악당참회물 리로드의 이야기가 끝이 났습니다.

이 막장 드라마를 읽어주신 여러분께 감사를 드립니다. 악당을 위한 이 막장 스토리는 이렇게 살면 안 된다는 것을 보여 드리고자 한 이야기입니다. 이래 봬도 참회회귀물입니다. 아무리 귀엽게 굴어도 주인공은 악당입니다. 귀여운 척한다고 악당이란 걸 잊으시면 안 되지 말입니다. 주인공일지라도 악당은 벌받아야 하는 법. 주인공 악당은 회귀하고 아주 쪼금 참회도 했지만 3년간 매일 다양한 방법으로 사형을 받았습니다. 처벌을 빙자한 구타나 고문을 제외하고 말입니다. 원래 전쟁신께서는 고문이나 구타는 그냥 약간의 체벌이라 생각하시는 터프한 분이시지 말입니다. 튼튼한 주인공인 악당이 얼마나 벌을 받는지 세세히 표현하면 고어물이 되기 때문에 자체 심의 삭제했습니다. 하지만 후반부 정비된 제국기본법을 상기하시면 실용주의 노선을 걷는 전쟁신께서 주인공을 어떻게 벌하셨는지 이해하시지 말입니다.

세상에는 많고도 많은 악당들이 있습니다. 이들 악당들에게 사악한 전쟁신의 손길이 깃들기를 기원합니다. 또한 정의의 여신이 빨리 무거운 엉덩이를 들어 올려 열혈의 요정을 품으시길 기원합니다.

불행의 여신에게 너무 사랑받아 세상사 힘든 여러분께 의지와 용기의 요정이 깃들기를. 불행의 여신은 미모에 약합니다. 여러분의 죄는 미모를 가진 것뿐. 잘난 게 죄라 생각하시고 의지와 용기의 요정을 기다리십시오. 그리하시면 언젠가 사악한 신들조차 건드릴 수 없는 파워로 충만하게 될 것입니다.

그럼 여러분, 안녕히.

―막가는 여러 신들의 전령사 나파 올림.